New York Lights

New York Gladiators 1

MRS KRISTAL

Verlag:
Zeilenfluss
Implerstraße 24
81371 München
Deutschland

Text: Mrs Kristal
Cover: Art for your Book
Korrektorat: Sabrina Undank, Dr. Andreas Fischer
Satz: Zeilenfluss

ISBN: 978-3-96714-260-0

MRS KRISTAL

NEW YORK
Lights

LIEBESROMAN

ZEILENFLUSS

Für Marie

1

Lilly

DAS TAXI HÄLT vor einer Bar in Manhattan, und der Fahrer sieht in den Rückspiegel zu meiner besten Freundin Jenna und mir. Er ist schon älter, ich würde ihn auf Mitte fünfzig schätzen. Sein Haar ist ergraut, und auf dem ausgewaschenen Poloshirt befinden sich sichtbare Senfflecken von dem Hot-Dog, den er gegessen hat, bevor wir eingestiegen sind. Er war dennoch sehr freundlich und hat uns sicher durch die Stadt gefahren. Auch das ist keine Selbstverständlichkeit in einem New Yorker Taxi. Die Fahrer sind immer in Hektik, und dank meiner großen Schwester Lesley kenne ich alle Horrorgeschichten rund um Taxifahrer. Es ist egal, ob diese in New York oder in unserer Heimatstadt Old Colorado im gleichnamigen Bundesstaat unterwegs sind. Lesley hält Taxifahrer für eine der unseriösesten Berufsgruppen des Landes.

»Das macht siebzehn Dollar, Mädels«, sagt er und

deutet auf den kleinen Monitor oberhalb des alten Radios, aus dem leise Musik der Neunzehnhundertsiebzigerjahre dudelt. Jenna öffnet ihre Handtasche und reicht dem Mann einen Zwanzig-Dollar-Schein. Er nimmt ihn an und kramt in seinem Portemonnaie nach Wechselgeld, aber meine beste Freundin winkt freundlich ab.

»Das passt so«, lässt Jenna ihn wissen.

»Oh, vielen Dank.« Er ist sichtlich überrascht von dem Trinkgeld, das wir ihm geben. »Ich wünsche euch einen schönen Abend, und wenn ihr heute Nacht ein Taxi braucht, fragt nach Cora. Sie ist meine Kollegin und die Nachtschicht für Frauen, die allein unterwegs sind.«

Jenna hat mir erzählt, dass das Taxiunternehmen, bei dem der Fahrer beschäftigt ist, seit ein paar Wochen nachts zwischen dreiundzwanzig und fünf Uhr zwei Fahrerinnen für Frauen beschäftigt, sodass diese sicher nach Hause kommen. Die Fahrerinnen nehmen auch nur ausschließlich Frauen ohne Begleitung mit. Frauen in Begleitung eines Mannes dürfen nicht einsteigen. Ich finde das eine tolle Sache und werde diesen Service unterstützen.

Jenna stößt die Tür auf, und die stickige Luft des Tages schlägt uns entgegen. Es ist unnatürlich heiß heute in New York. Selbst der Beton in den Schluchten der Hochhäuser schwitzt bei jeder Berührung mit Flüssigkeit. Laut den Wetterdiensten im Radio und im Fernsehen ist es der heißeste September seit Beginn der Wetteraufzeichnungen achtzehnhundertsiebzig.

»Mein Gott.« Jenna stöhnt, nachdem ich die Tür des

Taxis hinter mir geschlossen habe und mein kurzes schwarzes Kleid richte. »Es ist so heiß.«

Sie fächelt sich Wind zu, was ziemlich lächerlich wirkt, weil ihre Hände dabei unkontrolliert hin und her schwanken. Meine beste Freundin ist wunderschön und arbeitet nicht umsonst als Model. Jenna ist eins fünfundachtzig groß und hat die Traummaße einer jeden Frau. Mit meinen eins siebzig bin ich auch nicht klein, aber bei Weitem nicht da, wo sie ist. Meine Hüften sind üppiger als ihre, meine Oberschenkel breiter und meine Brüste größer. Die mir aber sehr gut gefallen, denn bei meinem prallen C-Körbchen kann sie nur müde lächeln. Jenna ist über ein gepushtes B-Körbchen nie hinausgekommen. Als wir Teenager waren und unsere Körper sich veränderten, um zu Frauen zu werden, war ich neidisch auf ihre Wespentaille und sie auf meine Brüste. Eine Mischung aus unseren Körpern wäre wohl perfekt. Wer ist schon perfekt? Das will ich auch gar nicht sein. Ich bin zufrieden mit meinem Körper.

»Lass uns reingehen«, meint Jenna und sieht mich lächelnd an.

»Insofern du wieder atmen kannst«, gebe ich ihr grinsend zur Antwort, und sie verdreht die Augen.

»Du weißt gar nicht, wie dünn die Luft hier oben ist.« Wie immer spielt sie auf die fünfzehn Zentimeter an, die sie größer ist als ich.

»Und du weißt gar nicht, wie sehr die Straßen New Yorks stinken«, erwidere ich sogleich. »Hier unten.«

Jenna grinst und greift nach meiner Hand, um mich zum Eingang der Bar zu führen. Mittlerweile hinterfrage ich es nicht mehr, wie sie es immer wieder schafft, Zutritt zu den tollsten Läden der Stadt zu bekommen. Als gut gebuchtes und noch besser bezahltes Model verdient meine beste Freundin weitaus mehr, als ich mir jemals erträumen kann. Nach der Highschool vor sieben Jahren sind wir zusammen nach New York gezogen. Jenna hat sich bei verschiedenen Agenturen als Model beworben, und ich habe an der *New York University* Soziale Arbeit studiert. Mit einem Vollstipendium, sonst hätte ich mir das niemals leisten können. Nach einigen Anläufen hat Jenna eine Modelagentur gefunden und arbeitet seitdem mit dieser zusammen. Gelegentlich habe ich sie schon zu ihren Jobs begleitet. Wir waren in Paris, London, Mailand, Rio de Janeiro und Los Angeles.

Mein Studium habe ich vor zwei Jahren abgeschlossen und arbeite in einer Einrichtung für schwer erziehbare Mädchen und Jungen zwischen zwölf und achtzehn Jahren. Jenna meint, dass ich verrückt sein muss, dort zu arbeiten. Sie hält die Kids in den meisten Fällen für Kriminelle und auf dem besten Weg ins Jugendgefängnis. Ich hingegen glaube, dass jeder eine zweite Chance verdient hat. Die meisten Kids sind verlorene Seelen und wissen nicht wohin mit sich und der Welt. Sie kommen zu neunzig Prozent aus den schrecklichsten Familienverhältnissen und suchen einfach nur ein Zuhause. Gewalt, Alkohol- und Drogenmissbrauch zählt für die meisten von ihnen zum Alltag ihres noch jungen Lebens.

Im Gegensatz zu Jenna sind Lesley und ich ähnlich aufgewachsen wie diese Kids.

Wir kommen aus einer Kleinstadt am Fuße der

Rocky Mountains. Unseren Dad kennen wir nicht, vermuten aber, dass es Fred, der Tankwart aus dem Nachbarort, ist. In Lesleys Geburtsurkunde ist ein F. Miller eingetragen. Grandpa hat zwischen den Zeilen einmal erwähnt, dass er eine Rolle in Moms Leben während ihrer Schwangerschaft mit meiner Schwester gespielt hat. In meine Urkunde hat unsere Mom keinen Vater eintragen lassen. Sie war fünfzehn Jahre alt, als Lesley zur Welt kam, und achtzehn Jahre bei meiner Geburt. Wir beide kamen einige Monate nach meiner Geburt in die Obhut des Jugendamtes, weil der damalige Freund unserer Mom Lesley fast zu Tode geprügelt hätte. Sie ging ihm auf die Nerven. Ich bekomme auch nach fünfundzwanzig Jahren noch eine Gänsehaut, wenn ich daran denke. In der Obhut des Jugendamtes blieben wir nur zwei Wochen.

Danach wuchsen wir bei unseren Großeltern, den Eltern unserer Mom, Dorothee und Kirk auf. Unsere Mutter sahen wir nur sehr sporadisch. In der Regel, wenn sie mal clean war oder nach einem ihrer vielen Knastaufenthalte unterkommen musste. Meistens missbilligte sie unsere Anwesenheit. Seitdem wir erwachsen sind und Geld verdienen, insbesondere Lesley, ließ sie sich mehr und mehr blicken, weil sie genau dieses brauchte. Bis heute ist unser Verhältnis sehr angespannt. Wir können ihr nicht verzeihen, dass sie uns im Stich gelassen hat.

Jennas Mom ist die Schulsekretärin der Highschool in Old Colorado, und ihr Dad hat einen kleinen Laden für Skibedarf in der Innenstadt. Sie hat einen jüngeren Bruder, Jackson, der Freestyle-Snowboarder ist. Eine

Bilderbuchfamilie aus den Rockys. Die Lakins nahmen mich oft mit in den Urlaub und ließen mich an ihrem Familienleben teilhaben. Meinen Großeltern war das unangenehm, hatten sie doch nie die finanziellen Mittel, Lesley und mir das alles zu bieten. Mrs. Lankin, Jennas Mom, wurde in dieser Zeit zu einer Ersatzmutter für mich. Denn es gab Themen, die konnte ich nicht mit meiner Grandma besprechen.

»Name«, reißt mich der Mann am Eingang der Bar aus meinen Gedanken, und ich sehe zu ihm auf. Er trägt einen schicken schwarzen Anzug, die schwarzen Haare mit Gel zurückgestrichen. Für meinen Geschmack ist er eine Spur zu geleckt. Gar nicht mein Typ. Aber so tot wie mein Liebesleben in den letzten Monaten ist, sollte ich mich wohl glücklich schätzen, wenn ich überhaupt die Aufmerksamkeit irgendeines Mannes auf mich ziehen kann. Ich bin nicht prüde, aber neben einem Supermodel zu bestehen, ist nicht immer leicht. Jenna ist ein Männermagnet. Ich blicke wieder zu dem geleckten Typen. Er flirtet mit Jenna, keine Frage, aber meine Freundin ignoriert es. Sie datet seit ein paar Wochen Pierce Gates, den Running Back der *New York Gladiators*. Zwar gibt Jenna es nur ungern zu, aber sie ist sehr verliebt in Pierce.

Er ist ein Traumtyp mit seinen Locken, dem stählernen Körper und dem unwiderstehlichen Lächeln. Dazu bringt er noch einen Traumjob für eine Traumfrau mit. Ich bin Pierce schon zwei Mal morgens in der Küche unserer Wohnung in Brooklyn begegnet. Jenna drängt mich darauf, umzuziehen, aber ich will nicht. Die Miete ist günstig, und mit der U-Bahn bin ich in zwanzig Minuten an der Arbeit. Wenn wir nach Manhattan ziehen, kann ich mir erstens die Miete nicht mehr leisten, und zweitens brauche ich ewig zur Einrichtung.

»Oh, und Lilly«, sagt Jenna und dreht sich zu mir herum. Ihre dunkelbraunen Augen sehen mich eindringlich an, und als würde das nicht reichen, beißt sie sich auch noch auf die Lippe. Ich werde sofort skeptisch, und mein Körper spannt sich an. Wenn Jenna mich so ansieht, hat sie etwas hinter meinem Rücken organisiert. Dabei weiß sie, wie sehr ich das hasse. Zum Beispiel hat sie heimlich meine Bewerbungen für die NYU abgeschickt. Ich war mir unsicher, ob ich Grandma und Grandpa allein lassen kann. Vor sieben Jahren gingen sie beide auf die siebzig zu. Auch wenn Lesley in Old Colorado blieb, wollte ich dennoch für sie da sein. Jenna und meine Großeltern sahen das anders. Grandma gab Jenna alle Unterlagen, die ich nicht rausrücken wollte, für die Bewerbung, und als das Vollstipendium da war, musste ich es annehmen.

»Was hast du gemacht, Jen?« Mein Unwohlsein nimmt zu, und ich merke, wie mein Inneres zu rumoren beginnt. Ich bekomme immer Bauchschmerzen, wenn ich nervös werde.

»Also ich … ich habe … ich dachte …«, stammelt sie herum, und ich ziehe die Augenbrauen hoch. Langsam werde ich ein wenig ungehalten. Jenna hat mir versprochen, dass das ein Mädelsabend wird. So wie wir ihn schon ewig nicht mehr gemacht haben, weil ich in den letzten Wochen viele Doppelschichten in der

Einrichtung hatte und sie für zwei Jobs in Asien und Europa war.

»Hi Babe!« Die Stimme lässt mich zusammenfahren, und plötzlich steht Pierce hinter Jenna. Er schlingt seinen linken Arm um ihre Hüfte und küsst sie so unanständig, dass ich am liebsten wegsehen möchte. Das muss doch nicht sein. Jenna und Pierce aber haben alles um sich herum ausgeblendet und stecken sich voller Wollust die Zunge in den Hals.

»Ich habe Pierce auch eingeladen«, sagt Jenna, als sie sich endlich voneinander lösen. Sie weiß genau, dass sie mich damit in eine unmögliche Situation bringt. Ich mag Pierce, keine Frage, aber ich will mich nicht mit ihr und ihrem Freund an einen Tisch setzen. Wie sieht das denn aus? Wenn sie Zeit mit ihm verbringen möchte, kann sie mir das sagen. Ich bin ihr weder böse noch eifersüchtig.

»Hi«, sagt er charmant wie immer und gibt mir einen Kuss auf die Wange.

Pierce ist ein verdammt schöner Mann. Seine sonst lockigen Haare sind kürzer. Auch der Bartschatten auf seinen Wangen ist intensiver als sonst. Dazu trägt er ein weißes T-Shirt, das Frauen und auch einigen Männern nicht viel Fantasie lässt, was sich darunter befindet, und eine ausgewaschene Jeans.

»Schön, dass das klappt«, fügt er seiner Begrüßung an.

»Hi«, erwidere ich und lächle. »Äh … ja … schön.«

Jenna ist so unmöglich. Und sowas von tot.

»Brooklyn müsste auch gleich kommen.« Pierce lächelt Jenna an und küsst sie auf die Wange. »Ich frage nach unserem Tisch.« Für einen Mann hat er wahnsinnig viel Einfühlungsvermögen für Situationen, in denen er lieber gehen sollte. Oder ich bin eine so miese Schauspielerin, dass er sich unwohl gefühlt hat. Das wollte ich nicht, aber mich macht die Situation unheimlich sauer. Jenna hat mir versprochen, dass das ein Mädelsabend wird, und sie schleppt ihren Freund, und so wie es aussieht, auch noch dessen Kumpel, an.

Pierce dreht sich herum und spricht einen der Mitarbeiter an.

»Kannst du mir das mal erklären?« Ich packe Jenna am Arm und zerre sie mit mir mit in Richtung der Waschräume. Diese befinden sich in einem kleinen Gang, sodass wir weitestgehend ungestört sind.

»Du hättest Nein gesagt.« Wenigstens hält sie sich nicht mit dämlichen Ausreden auf, wie zum Beispiel, dass Pierce sie so sehr vermisst hat. »Komm schon, Lilly.«

»Nein«, sage ich. »Wenn du Pierce sehen willst, dann ist das okay für mich. Mann, Jenna … was soll das?«

»Ich dachte nur, dass es nett wird, etwas mit Pierce und seinem Kumpel zu machen.« Betreten sieht sie mich an. Langsam scheint es ihr auch zu dämmern, dass die Aktion absolut nicht cool ist. Ganz im Gegenteil. Es war eine dumme Idee, und am liebsten würde ich abhauen. Aber ich weiß auch, dass Jenna es nur gut meint. Sie glaubt, dass ich einsam bin und wieder einen Mann in meinem Leben brauche. Ganz unrecht hat sie damit nicht, aber doch nicht auf diese Art und Weise. Ich bin in der Lage, einen Kerl kennenzulernen.

»Jen«, flüstere ich und massiere mir meine Schläfen, um wieder ein wenig runterzukommen. »Was meinte Pierce genau damit, dass Brooklyn auch gleich kommt.«

Jenna beißt sich auf die Unterlippe und beginnt zu grinsen. Oh, Herr, erbarme dich und sag mir, dass das kein Doppeldate wird. Noch dazu ein engagiertes Doppeldate mit Brooklyn Webster. Auch wenn ich die Hoffnung darauf längst begraben habe und jede junge Frau – was sage ich da – jede New Yorkerin mit mir tauschen möchte. Brooklyn ist Pierces Quarterback und einer der begehrtesten Junggesellen der Stadt. Und das nicht ohne Grund. Pierce ist schon heiß, aber Brooklyn ist wow. Ich wette, dass der Typ unter seinem Trikot und den Protektoren ein Eightpack zu bieten hat. Seine braunen Haare trägt er meist an den Seiten rasiert und auf dem Oberkopf ein wenig länger. Soweit ich es mitbekommen habe, hat er sich einen Vollbart wachsen lassen in der Sommerpause. Absolut heiß. Dazu ist er mindestens eins fünfundneunzig groß.

»Brook und Pierce sind beste Freunde so wie wir, und … wusstest du, dass sie sich seit dem Kindergarten kennen, aber …«

»Komm zum Punkt!« Ich verliere die Geduld mit der Frau und bin auf dem besten Weg, zu gehen und den Abend seinem Schicksal zu überlassen. Vor allem aber Jenna. Soll sie den Jungs mal erklären, warum ich abgehauen bin. Ich bin mir sicher, dass das lustig werden würde.

»Lilly«, sagt Jenna und greift nach meinen Händen.

Intensiv mustert sie mich. »Du hattest schon so lange kein Date mehr und …«

»Und da dachtest du, dass du mir ein Date mit dem heißesten Typen in New York verschaffst, weil er der beste Freund deines Freundes ist?«

»Ich wusste, dass Brook dir zusagt.«

»Jenna!«

»Lillian!«

»Oh nein«, rufe ich fast schon aus und entziehe ihr meine Hände. »Du wirst es nicht wagen, meinen vollen Namen zu benutzen.«

»Okay Lilly«, meint sie und grinst. »Ich wusste, dass Brook dein Typ ist. Er ist Single, du bist Single, und Pierce und ich sind eure Freunde. Was ist schon dabei?«

»Was dabei ist?« Ich glaube, dass ich allmählich durchdrehe. »Es ist so viel dabei, dass wir beide mit Pierce Gates und Brooklyn Webster in einer Bar sitzen.«

»Findest du nicht, dass du ein wenig übertreibst?« Jenna hält ihren Daumen und ihren Zeigefinger einen Millimeter auseinander. »Es wird sicher nett. Und du magst im Gegensatz zu mir sogar Football.«

»Das heißt aber noch lange nicht, dass du mich in so eine unmögliche Situation bringen kannst und …«

»Jenna, Lilly«, ruft Pierce nach uns und winkt. »Kommt ihr? Brook ist da.«

»Hast du gehört«, trällert Jenna, und ihre Laune ist binnen einer Sekunde wieder auf dem Höhepunkt. Wenn ich genauer darüber nachdenke, wird sie heute Nacht noch mehr als einen Höhepunkt erleben. Denn mit ziemlicher Sicherheit wird sie mir im Verlauf des Abends verkünden, dass sie mit zu Pierce fährt. Was ihr auch gegönnt sei. Dass mein Sexleben eine vage Erinnerung längst vergangener Zeiten ist, ist nicht ihre Schuld. Das ist heute Abend aber auch schon das einzige.

»Komm jetzt!« Jenna greift nach meiner Hand und zieht mich wie ein bockiges Kind hinter sich her. »Das wird nett, du wirst sehen.«

Mit jedem Schritt, den wir Brooklyn und Pierce näherkommen, schlägt mein Herz schneller in meiner Brust. Bisher kenne ich Brooklyn nur von diversen Plakaten in der ganzen Stadt. Mal mit mehr, mal mit weniger Klamotten am Leib. Gerade erst wurde er das neue Gesicht einer großen Unterwäschekampagne, deren Leinwände auf meinem Weg zur Arbeit in der U-Bahn aushängen. Natürlich retuschieren die Firmen immer viel mit Photoshop, das weiß jeder. Ich habe mal gelesen, dass sie sogar Penisse optisch größer machen. Sowie Brüste bei Frauen. Außerdem habe ich den einen oder anderen Klatsch und Tratsch über Brooklyn verfolgt und denke nicht, dass ich sein Typ bin. Er wird Pierce damit einen Gefallen tun, und der wiederum tut es für Jenna. Ich bin ganz unten angekommen, dass meine beste Freundin ihren Freund überreden muss, dass wiederum dessen bester Freund sich auf ein Date mit mir einlässt. Wenigstens ist es ein Doppeldate, und Brooklyn kann sich mit Pierce unterhalten.

»Da sind wir.« Jenna lässt mich los, um Brooklyn zu begrüßen. Während er sie drückt und ihr einen Kuss auf die Wange gibt, habe ich Zeit, ihn zu mustern. Er ist unnatürlich attraktiv. Zum einen ist er riesig, hat ein breites Kreuz, und das weiße T-Shirt fällt lässig über seinen muskulösen Körper. Sein linker Bizeps und die Innenseite seines Unterarms sind mit Tattoos bestückt. Er trägt so wie Pierce eine Jeans.

Doch was mich am meisten fasziniert, sind seine schwarzbraunen Augen, die von einem ebenfalls schwarzen Wimpernkranz umhüllt sind. Sein dunkelbrauner Vollbart ist gepflegt. Die Haare trägt er ein wenig länger, als ich es von Fotos in Erinnerung habe.

»Und das ist Lilly«, stellt Jenna mich vor. Da ich total in Gedanken war, als sie nach meiner Hand greift, stolpere ich ungalant nach vorne und kann es gerade noch verhindern, vor den beiden heißesten Typen New Yorks auf die Nase zu fallen. »Meine beste Freundin. Lilly, das ist Brooklyn.«

Ich schaue auf, und sein Blick trifft wie ein Komet auf meinen. Er schlägt ein und hinterlässt in mir eine Intensität, die ihresgleichen sucht. Mein gesamter Körper kribbelt.

»Hi«, keuche ich und strecke ihm zitternd die Hand entgegen. »Ich … ich bin … Lil … ly.«

Ich klinge, als würde ich soeben einen Schlaganfall erleiden, und mein Sprachzentrum ist das einzige, das in Mitleidenschaft gezogen wird. Es ist furchtbar peinlich, und ich werde knallrot im Gesicht.

»Hallo«, erwidert er und lächelt leicht. Dabei biegen sich seine Mundwinkel unglaublich süß nach oben, und Grübchen bilden sich. »Ich bin Brooklyn. Jenna hat gar nicht gesagt, dass ihre beste Freundin so sexy ist.«

2

Brooklyn

ALS PIERCE mich gestern nach dem Training gefragt hat, ob ich Lust habe, mit seiner Süßen, Jenna, und ihrer besten Freundin Lilly essen zu gehen, war ich nicht begeistert. Mein erster Gedanke war es, abzusagen, aber da ich Jenna bereits kenne, habe ich mich ein letztes Mal darauf eingelassen. In der Hoffnung, dass sie die richtige Frau für meinen besten Freund ist. Pierce wechselt seine Freundinnen wie andere ihre Socken. Sehr regelmäßig, aber am Ende hat er doch immer das gleiche Paar an. Sie sind immer Models, immer blond und meistens relativ dämlich. Dasselbe gilt für ihre Freundinnen, die sie zu Doppeldates mitschleppen. Gleich und gleich gesellt sich gern.

Ehrlich gesagt frage ich mich, was Frauen daran toll finden, mit einem Typen, den sie frisch daten oder mit dem sie seit ein paar Wochen zusammen sind, in eine Bar zu gehen, ihre beste Freundin oder wahlweise ihre

Schwester mitzubringen und diese dem besten Freund ihres Freundes schmackhaft zu machen. Diese Ideen gingen immer von Pierce‘ Freundinnen aus, nie von ihm. Dass Jenna nun auch die Idee mit einem gemeinsamen Abend hatte, hat mich ein wenig an ihr zweifeln lassen. Aber vielleicht meint sie es wirklich nur nett und möchte, dass Lilly und ich einander kennenlernen.

Ich tue Pierce allerdings jedes Mal wieder den Gefallen und komme mit. Jenna hat er mir vor drei Wochen vorgestellt. Wir waren zu einem Barbecue bei unserem Wide Receiver Dan Larson eingeladen. Plötzlich stand Pierce mit ihr an der Hand in dessen Garten. Mir und dem Rest des Teams ist direkt die Kinnlade runtergefallen. Pierce bringt seine Fickgeschichten nie mit zu Mannschaftsabenden, umso erstaunter war ich, dass er Jenna dabeihatte. Dass ich diese Damen kennenlernen muss und ganze Abende meines Lebens an sie verschwenden, das interessiert Pierce nicht. Dans Partys allerdings sind heilig. Dazu muss man nämlich sagen, dass zu diesen Abenden nur die Schwestern und Partnerinnen eines Spielers zugelassen sind. Wir wollen damit verhindern, dass Groupies mögliche Interna ausplaudern, die an diesen Abenden immer wieder zum Thema werden.

Meistens lerne ich Pierce‘ Freundinnen, wenn man es überhaupt so nennen kann, auch erst kennen, wenn wir dieses unsägliche Doppeldate haben. Als ich Jenna das erste Mal getroffen habe, war ich mehr als überrascht. Sie hat dunkelbraune, fast schwarze Haare, kleine Brüste und ist wahnsinnig nett. Und intelligent. Jenna ist wirklich intelligent, und sie hat keine Hupen wie ein Basketball. Auch das scheint eine Affinität meines besten Freundes zu sein. Jenna passt so gar nicht in Pierce' Sockenschublade, sodass sie vielleicht die richtige Partnerin ist. Ich würde es ihm auf jeden Fall gönnen. Pierce ist ein feiner Kerl und verdient es, glücklich zu sein.

Wir sind seit der Grundschule befreundet. Dann zog er in der Middleschool mit seinen Eltern nach New Jersey, um in der Highschool zurückzukommen. Ich hingegen bin ein waschechter New Yorker. Meine gesamte Familie stammt seit Generationen aus New York und den angrenzenden Gebieten der Metropolregion. Ich bin in Brooklyn geboren, und meine Eltern fanden es urkomisch, mich nach dem Stadtteil zu benennen. Später ging ich in Queens zur Schule und bekam ein Football-Stipendium an der *New York University*, um letztendlich auch von einem New Yorker Club gedraftet zu werden.

Ich würde sagen, man bekommt mich vielleicht aus New York, aber New York niemals aus mir.

Zurück zu Jenna muss ich sagen, dass ich sie sehr angenehm finde. Wenn sie angenehm ist, wird ihre beste Freundin auch keine Katastrophe sein. Also habe ich zugesagt, und umso gespannter war ich natürlich auf Lilly.

Und was soll ich sagen: Sie ist heiß!

Fuck, das ist sie. Lilly ist unglaublich attraktiv und doch irgendwie auch eine Spur zurückhaltend und süß. Ich mag ihre Art sehr. Wie sehr nerven mich die Frauen, die sich mir um meines Namens willen an den Hals werfen, als wären sie Ketten. Jede von ihnen ist der hellste Diamant. Ekelhaft ist das. Lilly hingegen scheint nicht mal meinen Blick suchen zu wollen. Stocksteif sitzt sie neben mir und dreht ihr Cocktailglas in der Hand. Ich gebe mich wie immer mit einem Wasser zufrieden. Ich trinke nie Alkohol. Schon seit vielen Jahren nicht mehr, und ich habe auch nicht vor, das zu ändern.

»Und was machst du beruflich?«, frage ich, und Lillys Kopf fährt herum, als könnte sie nicht glauben, dass ich sie angesprochen habe. Ihre Wangen sind immer noch leicht gerötet. Ob es an der Hitze in der Bar oder ihrem Cocktail liegt, weiß ich nicht.

»Ich bin Sozialarbeiterin«, erwidert sie und schenkt mir ein zauberhaftes Lächeln. »Ich arbeite mit Teenagern, die vom rechten Weg abgekommen sind.«

»Vom rechten Weg?«, hake ich nach.

»Lilly arbeitet mit Kriminellen, die mit einem Bein im Knast stehen«, unterbricht Jenna uns. Lilly verdreht die Augen, das nehme ich deutlich wahr. Ihr Körper spannt sich unweigerlich an, als ihre beste Freundin so abfällig über ihren Job spricht.

»Jenna, bitte!« Lilly ringt nach Fassung und massiert ihre Nasenwurzel mit Daumen und Zeigefinger der rechten Hand. »Wie oft soll ich dir noch sagen, dass wir die Kids genau davor bewahren wollen?«

»Oh, bitte.« Jenny seufzt. »Was war denn neulich, als dieser Spinner dich geohrfeigt hat, weil du ihm sein Handy abgenommen hast?«

»Jenna!«

»Ist doch wahr.«

»Es ist nicht wahr«, erwidert Lilly angespannt und trinkt von ihrem Cocktail. Sie wirft Jenna noch einen Blick zu, dass sie den Mund halten soll, und sieht mich wieder an. »Die Kids sind zwischen zwölf und achtzehn Jahre alt. Ihr Leben ist und war geprägt von Gewalt, Alkohol und Drogen. In den meisten Fällen bereits im Elternhaus. Wir geben ihnen ein neues Zuhause und helfen ihnen, so gut wir können.«

Wir schweigen einen Moment, und ich muss zugeben, dass ich sie unterschätzt habe. Mir war zwar klar, dass sie mit unserer Welt in der Öffentlichkeit nichts zu tun hat, aber dass sie so einen Job hat, überrascht mich sehr. Vielmehr hätte ich sie in einem langweiligen Büro an der Upper Eastside gesehen. Vielleicht auch noch in einer schicken Boutique, aber nicht auf New Yorks Straßen.

Ich räuspere mich.

»Ich finde, das klingt sehr interessant.«

»Lass gut sein«, kanzelt sie mich ab. Überrascht sehe ich sie an. »Du musst wirklich nicht so tun, als würde es dich interessieren.«

»Nein«, sage ich und sehe zu Pierce. Er soll mir jetzt helfen, die Situation zu retten. Immerhin hat seine Freundin uns überhaupt an diesen Punkt gebracht. Es hat mich ehrlich interessiert, was Lilly beruflich macht. Es ist doch nicht meine Schuld, dass Lillys Job zwischen Jenna und ihr ein Streitpunkt ist. Wobei ich dem Jungen, der sie wegen des Handys geohrfeigt hat, gern mal einen Besuch abstatten würde. Ich bin gespannt, ob er mich auch ohrfeigt. Was denke ich denn da? Das werde ich natürlich nicht tun, und vermutlich nennt man sowas auch Berufsrisiko, oder? Lilly weiß, was sie tut, und ich schätze sie taff genug ein, dass sie meine Hilfe nun wirklich nicht braucht.

»Wie lange arbeitest du schon dort?«, starte ich einen neuen Versuch der Konversation.

»Interessiert dich das wirklich?«, giftet sie mich an. »Oder willst du nur nett sein, weil du hierzu genauso gezwungen wurdest wie ich.«

Okay, wow, sie ist mehr als angepisst über den Umstand, heute Abend hier sein zu müssen. Mit solch einer Heftigkeit hätte ich nicht gerechnet. Natürlich wurde ich auch von Pierce überredet, aber ich dachte, sie wäre einverstanden, so wie all die anderen Freundinnen und Schwestern seiner Ex-Freundinnen es auch waren. Die meisten von denen konnten es gar nicht erwarten, dass der Abend zu Ende geht und wir nach Hause gehen – zu zweit natürlich. Dass das in den allermeisten Fällen nicht passiert ist, muss ich nicht erwähnen.

»Ja, es interessiert mich wirklich«, erwidere ich druckvoll. »Und ja, ich wurde auch genötigt, herzukommen. Damit sitzen wir im gleichen Boot. Antwortest du mir nun?«

Lilly sieht mich wieder an, und ich stelle erneut fest, wie wahnsinnig hübsch sie ist. Ich mag ihre Porzellanhaut, die langen getuschten Wimpern und das liebevolle Lächeln, das nun ihre Lippen ziert. Ihre braunen Haare fallen in weichen Wellen über ihre Schultern.

»Ich arbeite seit zwei Jahren dort«, sagt sie. »Sicher ist es nicht der bestbezahlte oder sicherste Job, aber die

Kids haben niemanden. Und wenn wir nicht für sie da sind … wer ist es dann?« Ernsthaft nachdenklich sieht sie mich an. »Im Knast wird es ihnen auch nicht besser gehen. Ihr Leben ist oft vorbestimmt, und sie können nichts tun.«

»Das stimmt«, erwidere ich und versuche meine Gedanken nicht abschweifen zu lassen zu der Person, wegen der ich mich mit diesen Problemkids so gut auskenne. Pierce scheint zu merken, an wen ich denke, und reißt die Unterhaltung an sich. Dankbar lächle ich ihn an.

»Wir …« Er deutet auf mich. »Brook und ich sind immer für soziale Projekte zu haben. Wir kommen gern mal vorbei und machen was mit den Kids.«

Ich sehe auf und ihn an. Damit, dass er das Wort an sich reißt, meine ich nicht, dass er uns zu Lillys Arbeit einlädt. Natürlich engagiere ich mich gern und versuche zu helfen. Aber ich stelle lieber Schecks aus oder bezahle Stipendien für die Kids, statt wirklich vor Ort zu sein, um mir das Elend anzusehen. Ich weiß, dass es feige ist, aber ich kann das nicht. Ich schlucke den Kloß in meinem Hals herunter und sehe Lilly wieder an. Sie wirkt nun viel fröhlicher.

»Ja«, ich räuspere mich, »können wir machen.«

»Das müsst ihr nicht.« Sofort hebt sie beschwichtigend die Hände. »Wir kommen klar.«

»Nein, nein.« Pierce zwinkert Lilly zu. »Wir bemühen uns um eine coole Aktion. Stimmt's, Brook?«

»Sicher«, erwidere ich und bin heilfroh, als im nächsten Moment unser Essen gebracht wird. Die Kellnerin stellt es vor uns ab, und ich greife fast schon gierig nach meinem Besteck, um etwas zu tun zu haben.

»Du wirkst nicht so, als hättest du Lust dazu«, wirft Lilly ein und kratzt sich im Nacken, als sie mir einen fragenden Blick zuwirft. »Wirklich … du … du musst das nicht tun.«

»Ich bin eher der Typ fette Schecks, statt persönlich aufzutauchen«, gebe ich ehrlich zu und versuche zu lächeln. Obwohl das für jemanden wie sie absolut oberflächlich klingen muss. Sie arbeitet tagtäglich mit diesen Kids zusammen, baut sie auf und versucht, ihnen einen neuen, besseren Lebensweg zu zeigen. Dann komme ich, jemand, der vor allem für viele Jungs ein großes Vorbild ist und dessen Lebensweg eine Chance raus aus dem Teufelskreis ist, in dem sie sich befinden. Und was mache ich? Ich werfe lieber mit Geld um mich.

»Klar tust du das.« Lilly klingt bedient und wendet sich von mir ab. »Jenna hat erzählt, dass du eine Stiftung für krebskranke Kinder unterstützt?«, richtet sie das Wort an Pierce.

Ihr voller Fokus liegt nun auf ihm, der sofort aus dem Nähkästchen plaudert. Zwar versucht mein bester Freund immer wieder, den Schlenker auf mich und meine Wohltätigkeit zu lenken, aber Lilly lächelt nur müde. Ich balle die rechte Hand zu einer Faust und atme tief durch, um nichts Unpassendes zu sagen. Wie, dass es Gründe hat, warum ich nur spende und mich ansonsten fernhalte. Dass jeder seine Geschichte hat, die ihn zu seinen Taten bewegt, aber ich tue es nicht. Lieber sitze ich da und habe den Stempel des ›Arroganten Arschlochs‹ auf der Stirn. Mein Privatleben geht Lilly nichts an. Ich kenne sie doch nicht mal, und vielleicht sehe ich sie auch nie wieder, wenn Pierce in zwei oder vier Wochen Jennas überdrüssig geworden ist. Dennoch wurmt es mich, dass sie ein so schlechtes Bild von mir hat.

»Darf ich Ihnen noch etwas zu trinken bringen?« Die Kellnerin tritt erneut an unseren Tisch heran und lächelt freundlich in die Runde.

»Für mich ein Bier, was möchtest du, Baby?« Pierce lehnt sich zu Jenna hinüber. Seine Fingerspitzen streichen sanft über ihre nackte Schulter. Vielleicht sollte ich meine Vermutung, dass er sie bald abschießt, überdenken. Ich habe meinen Kumpel noch nie so in Gegenwart einer Frau erlebt. Vor allem nicht in der Öffentlichkeit. Auch bei seinen letzten Freundinnen, und davon gab es eine Menge, wenn man die Sockentheorie nochmal hervorkramt, war er nie derart verliebt und zärtlich. Zärtlich ist sowieso ein Attribut, das ich Pierce niemals zuschreiben würde.

»Für mich noch einen Margarita«, bestellt Jenna lächelnd und grinst Pierce an. »Lilly, du?«

»Für mich auch.«

Die Kellnerin notiert die Bestellung in ihrem digitalen Board und sieht mich an.

»Und für Sie, Mr. Webster?«, fragt sie freundlich und klimpert mit ihren Wimpern, als wollte sie mir später noch ihre Nummer zustecken. Solange ich keine Frau offiziell an meiner Seite habe, versuchen sie alle, auf sich aufmerksam zu machen. Ein weiterer Pluspunkt, den ich Lilly zuschreibe. Ihr ist es völlig egal, wer ich bin.

»Ein Wasser, danke.«

»Ich kann Ihnen unser alkoholfreies Bier empfehlen«, schlägt sie mir eine Alternative zu dem Wasser vor. Lilly sieht zu mir und verdreht die Augen, was mich grinsen lässt. Besser kann ich es auch nicht ausdrücken. »Perfekt«, flötet die Kellnerin und hat mein Grinsen auf sich bezogen. Sie notiert das Bier. »Sie werden es nicht bereuen, auf mich gehört zu haben.«

Bevor ich dieses alberne Bier, das ich nicht anrühren werde, abbestellen kann, macht sie auf dem Absatz kehrt und läuft zurück zur Bar.

»Das ist deine Schuld!« Ich pieke Lilly spielerisch mit dem Zeigefinger in den Oberarm, und sie lacht hell auf. Großer Gott, ihr Lachen geht mir durch Mark und Bein. Ich bin mir sehr sicher, dass ich es öfters hören möchte. Es ist ein ehrliches, befreites Lachen und keines dieser gekünstelten, das mir die ausgewählten Begleitungen von Pierce‘ Freundinnen sonst vorlachen. Mittlerweile müsste auch die letzte graue Zelle in meinem Hirn begriffen haben, dass Lilly nicht so ist wie andere Frauen.

»Wieso das denn?«, fragt sie und schüttelt mit dem Kopf. Dann schnappt sie sich ihr Glas und schließt ihre vollen Lippen um den Strohhalm, um den letzten Rest aus dem Margarita zu saugen. Und mein Kopfkino nimmt volle Fahrt auf. Denn in diesem ist es nicht der Strohhalm, den sie hingebungsvoll mit ihrem Mund verwöhnt, sondern meine Eichel. Fuck, das kann doch nicht wahr sein. Hitze durchflutet meinen Körper, und ich rutsche näher an den Tisch heran, um mir zwischen die Beine zu fassen. Meine Jeans ist ungeahnt eng geworden in den vergangenen Sekunden.

»Soll ich dir ein Wasser oder eine Cola nachbestellen?« Lillys Stimme dringt sehr langsam zu mir vor. »Es tut mir leid, dass du …«

»Nein«, sage ich. »Das passt schon. Ich lasse es stehen.«

»Dann gebe ich dir die …« Sie greift nach der blauen Getränkekarte, die immer noch in der Tischmitte steht, und schlägt sie auf. Sie wird doch nicht …

»Lilly.« Es ist das erste Mal, dass ich ihren Namen ausspreche. Sie sieht sofort auf und mich an. Ihr Blick trifft auf meinen, und ich stelle wieder fest, wie fesselnd er ist. »Du guckst doch nicht nach, was das Bier kostet.«

»Ich übernehme das«, erwidert sie, und ich reiße ihr energisch die Karte aus der Hand, was sie nach Luft schnappen lässt. »Ich kann mir das leisten.«

Die Karte geht zurück in ihre Hände, und sie schlägt sie erneut auf.

»Die …« Lillys Augen werden riesig, als sie wohl zum ersten Mal an diesem Abend auf die Preise sieht. Die Bar ist sehr exklusiv, eine der exklusivsten Adressen in ganz New York. Einige meiner Teamkollegen halten hier sogar Sponsorentreffen und Meetings mit ihrem Management ab. Ich vermute auch, dass sich unser Aufenthalt bereits rumgesprochen hat und vor der Tür einige Fans und Paparazzi warten. Lilly wird sich niemals auch nur ein Getränk hier leisten wollen. Die

Preise sind lächerlich hoch.

»Wie bitte?« Lilly schnappt nach Luft. »Siebzehn Dollar für ein Bier? Dann nicht mal mit Alkohol.«

Sie schnaubt, was eher wie ein süßes Luftholen wirkt, und legt die Karte zurück auf den Tisch. Ich räuspere mich.

»Ich denke, ich zahle selbst«, sage ich, und bevor Lilly sich erneut beschweren kann, kommt die Kellnerin an unseren Tisch zurück und serviert die Getränke. Jenna und Lilly nehmen dankend ihre Cocktails entgegen und ich mein alkoholfreies Bier sowie Pierce sein normales.

»Sorry«, spricht Lilly die Kellnerin an und hebt die Hand. »Wir hätten gern noch ein Wasser.«

»Still, medium oder spritzig?«, erwidert sie freundlich.

»Medium«, sage ich, und sie nickt, notiert es erneut und verschwindet wieder an die Bar.

»Also dann.« Jenna hebt ihr Glas. »Cheers!«

»Cheers.« Lilly tut es ihrer besten Freundin gleich, und die Gläser der Mädels stoßen mit einem klirrenden Geräusch aneinander.

»Lil«, motzt Jenna sogleich. »Du musst mir in die Augen sehen. Du weißt doch, was sonst passiert.«

»Oh, bitte!« Lilly lacht erneut. »Jetzt erzähl mir nichts von ›sieben Jahre schlechter Sex‹.«

Lilly lacht wieder, und ich verschlucke mich an meinem Bier, das ich doch probiert habe, bei dem Gedanken, dass diese heiße Frau seit sieben Jahren keinen Sex hatte. Wer wäre ich, wenn ich ihr nicht anbieten würde, dieses Problem zu beheben. Mein

Blick fällt wieder auf Lilly, und ich mustere sie. Ihre üppige Oberweite ist genau mein Geschmack, dazu die vollen Hüften und ihre sinnlichen Schenkel. Jenna ist eine wunderschöne Frau, und ich kann verstehen, dass Pierce nicht genug von ihr bekommt, aber mir ist sie zu dünn. Ich mag es lieber, wenn an einer Frau etwas dran ist. Immerhin bin ich auch kein Hungerhaken und Wall-Street-Guru, der noch nie ein Fitnessstudio von innen gesehen hat. Mit meinen fast einhundert Kilogramm und eins fünfundneunzig Körpergröße brauche ich keine Frau, die ich unter mir begrabe beim Sex – und das nicht in der leidenschaftlichen Version. Sondern wirklich plattmache. Bei Lilly hingegen würde das definitiv nicht passieren.

»Sieben Jahre schlechter Sex.« Pierce zieht die Augenbrauen zusammen und mustert Lilly. »Wie alt warst du damals?«

»Achtzehn«, erwidert sie lachend. »Das würde bedeuten, dass ich noch nie Sex hatte.«

»Moment«, unterbreche ich sie und hebe zur Verdeutlichung meiner Worte die rechte Hand. »Du warst vor sieben Jahren noch Jungfrau.«

Lilly zieht die Augenbrauen zusammen und schmunzelt. Eine Antwort gibt sie mir nicht. Stattdessen umschließen ihre heißen Lippen, die ich lieber um meinen Schwanz hätte, erneut den Strohhalm.

»Wie alt wart ihr vor sieben Jahren?«, will sie wissen und schaut zwischen Pierce und mir hin und her.

»Ich war zweiundzwanzig und Brooklyn einundzwanzig«, antwortet mein Kumpel für uns.

»Ich wusste gar nicht, dass Jenna einen so alten Mann datet.«

»Hey!« Pierce lacht, und auch ich muss breit grinsen. »Kennst du nicht den Spruch, dass man auf alten Pferden das Reiten lernt?«

»Oh, bitte!« Lilly rollt mit den Augen. »Wenn sie von dir noch was lernen soll, solltest du dich echt mehr anstrengen.«

Pierce wird auf einmal blass um die Nase, und während Jenna noch versucht, nicht zu lachen, um ihn nicht noch mehr in Verlegenheit zu bringen, kann ich nicht anders, als loszuprusten. Fuck, das war ein Tiefschlag für Pierce, aber dennoch so extrem gut platziert, dass ich meinen Hut vor Lilly ziehen muss. Es gibt zwei Dinge, bei denen Pierce sich niemals eine Niederlage eingestehen kann: Football und Sex!

Von der stotternden und stolpernden jungen Frau zu Beginn des Abends ist nichts mehr übrig.

Stattdessen sitzt neben mir die interessanteste, lustigste und sexyste Frau, die mir seit Jahren begegnet ist.

3

Brooklyn

Eine Woche später

Ich schalte die Brause in der Mannschaftsdusche ab und greife nach meinem Handtuch, das ich über die massive Steinwand gehängt habe, die meine Kabine von der Nachbardusche abtrennt. Ich binde es mir um die Hüften, schlüpfe in meine Badelatschen und gehe zurück in die Umkleide, um mich anzuziehen. Das Training hat mich heute wirklich gefordert. Wieder und wieder bin ich denselben Spielzug durchgegangen, um den Verteidigern aus Miami am Sonntag möglichst schnell zu entwischen. Ich muss nicht betonen, dass meine Jungs mich absolut nicht geschont haben. Ich befürchte sogar, dass ich morgen früh eine Extrastunde bei den Physiotherapeuten einlegen muss, um meine linke Schulter behandeln zu lassen.

Wir sind gut in die Saison gestartet und haben das Auftaktspiel gegen Minneapolis gewonnen. Wir wissen alle, dass wir uns noch steigern müssen und die Saison noch verdammt lang und vor allem hart wird. Boston und Buffalo, unsere direkten Gegner an der Ostküste, haben die Teams im diesjährigen Draft verstärkt. Wir nicht, weil unser Eigentümer und der General Manager der Meinung waren, dass wir gut aufgestellt sind. Ich kann nur hoffen, dass sich das in den entscheidenden Spielen nicht als Fehler rausstellt. Ich meine, ich vertraue meinem Team, und ich bin mir auch sicher, dass sie diese Saison genauso auf Topniveau spielen werden wie letzte. Aber, und jetzt kommt das große Aber, diesen Ansporn haben alle Mannschaften.

Ich betrete die Kabine, und die regen Unterhaltungen meiner Teamkollegen schallen mir entgegen. Von ihren letzten Eroberungen, über die Milchzähne ihrer Kinder bis hin zum neuesten Sponsorenvertrag ist mal wieder alles dabei. Footballspieler sind solche Tratschtanten.

Die Wände in der Kabine sind weiß gestrichen. Davor stehen unsere Spinde in einem Halbkreis, sodass der Coach und die Kapitäne, zu denen Pierce und ich sowie unser Running Back Dean Matthews, Wide Receiver Dan Larson und Tight End Josh Anderson gehören, zu allen im Team sprechen können. Die Spinde sind rot mit schwarzen Türen in den Vereinsfarben der Gladiators. Die Rückennummer eines jeden Spielers ist in goldenen Ziffern aus Metallblättchen auf die Tür geschraubt. In der Mitte des Raums ist das Vereinslogo in hunderten einzelnen Fliesen eingelassen.

An meinem Spind angekommen, der die Nummer Sieben trägt, gebe ich die Zahlenkombination ein und öffne ihn. Wie jeden Tag ziehe ich mir das Handtuch von den Hüften, werfe es hinter mich in einen der großen Wäschekörbe und krame eine Boxershorts aus meiner Sporttasche. Pierce tritt neben mich und lächelt mich an. Der Kerl ist immer noch so krass gut drauf, dass seine hochgezogenen Mundwinkel wehtun müssen. Mit Jenna muss es wohl mehr als perfekt laufen.

Was mich zu dem Umstand bringt, dass bei mir gar nichts mehr läuft. In meinem Sexleben ist absolute Flaute, seitdem ich Lilly an jenem Abend ins sogenannte ›Frauentaxi‹ steigen lassen musste. Ich hätte sie gern nach Hause gefahren, als klar war, dass Jenna mit zu Pierce fährt. Nachdem Lilly so offen kommuniziert hat, dass Pierce schlecht im Bett ist, wollte mein bester Freund seine Süße wohl nicht mehr in Lillys Beisein vögeln. Lilly aber ließ sich nicht davon überzeugen, dass ich ein guter und sicherer Fahrer bin und auch nichts getrunken habe. Nach ihrer Nummer zu fragen, habe ich mich nicht mehr getraut, da sie immer ungehaltener wurde, als das Taxi neben uns wartete. Dabei hatte ich den Eindruck, dass wir uns gut verstanden haben in der zweiten Hälfte des Abends. Aus ihrer Sicht war dem wohl nicht so.

Seitdem bin ich mehr als nur frustriert und bekomme sie nicht aus dem Kopf. Das ist mir noch nie passiert – sowohl, dass ich den Sex, den ich wollte, nicht bekommen habe, als auch, dass eine bestimmte Frau mir nicht mehr aus dem Kopf geht.

In den vergangenen Tagen habe ich immer wieder überlegt, Pierce nach Lillys Nummer zu fragen, aber mich nicht getraut. Mein bester Freund würde eins und eins zusammenzählen und wüsste sofort, dass ich mehr als nur oberflächliches Interesse an Lilly habe.

»Und«, spreche ich Pierce doch an. Ich versuche so beiläufig wie möglich zu klingen. »Wie läuft es mit Jenna?«

»Gut«, antwortet er und schlüpft in sein T-Shirt. »Ich kann mich nicht beklagen.«

»Also ist es noch nicht vorbei«, feixe ich, und Pierce zieht die Augenbrauen zusammen und sieht mich grimmig an. »Ach, komm schon, Alter. Sie ist deine längste Beziehung seit … seit … der Highschool?«

»Und was ist daran schlimm?« Ich frage mich, warum er so angepisst ist, dass ich ihn auf Jenna anspreche, wenn er doch glücklich mit ihr ist. Verdammt, das ist Pierce. Ihm scheint seit Wochen die Sonne aus dem Arsch. »Ich bin glücklich mit ihr.«

»Das ist doch schön«, beschwichtige ich meinen besten Freund sogleich. »Ich freue mich doch für dich. Ist Jenna in der Stadt?«

Pierce muss mich doch für einen absoluten Idioten halten, und hoffentlich denkt er nicht, dass ich selbst scharf auf Jenna bin. Das bin ich ganz und gar nicht, aber ich muss das Thema irgendwie relativ galant auf Lilly lenken.

»Sie ist bis morgen in Miami«, erwidert er. »Ein Shooting für eine landesweite Kampagne.«

»Okay«, erwidere ich und schließe meine Jeans. »Und … also … ist Lilly gut nach Hause gekommen?«

»Ich denke schon, ja«, erwidert er und schlüpft in seine Schuhe. »Vorgestern war sie zumindest noch quicklebendig.«

Natürlich macht Pierce sich über mich lustig. Viel schlimmer ist auch noch, dass sich ein leichter Groll in meinem Inneren regt, dass er Lilly vor mir wiedergesehen hat. Was absoluter Bullshit ist. Immerhin wohnen Jenna und sie zusammen.

»Ich wollte nur fragen«, sage ich möglichst beiläufig und stopfe den Rest meiner Sachen in meine Sporttasche, schließe meine Spindtür.

Ohne Pierce noch eines Blickes zu würdigen, gehe ich an ihm vorbei. Ich muss dringend raus aus der Kabine, am besten raus aus dem gesamten Gebäude, um nicht doch noch etwas richtig Dummes zu sagen oder gar zu machen. Wie zum Beispiel Pierce nach Lillys Nummer zu fragen oder ihrer Adresse.

»Jetzt warte doch«, ruft er mir nach, und ich verdrehe die Augen. »Brooklyn, warte!«

Ich bleibe tatsächlich auf der Mitte des Gangs stehen und warte, bis er mich eingeholt hat.

»Wieso rennst du mitten im Gespräch weg?«

»Ich bin nicht weggerannt«, motze ich. »Das Gespräch war beendet.«

»Das Gespräch war nicht beendet, und das weißt du auch.«

Ich presse die Lippen aufeinander und seufze. Ja

gut, das weiß ich, aber ich mache mich zum Affen, wenn ich ihm mein Interesse an Lilly mitteile. Denn Lilly hatte eindeutig kein Interesse an mir. Sonst hätte sie mein Angebot, sie nach Hause zu fahren, angenommen. Wir haben uns im Verlauf des Abends immer wieder gut unterhalten, aber für sie schienen wir nicht auf einer Wellenlänge zu sein. Vielleicht bin ich auch nicht ihr Typ und sie … Oh Gott, was ist, wenn sie einen Freund hat und dem Theater wirklich nur zugestimmt hat, um Jenna einen Gefallen zu tun? Dann komme ich daher und biete ihr an, sie nach Hause zu fahren. Lilly ist nicht doof, ihr wird bewusst gewesen sein, dass ich mir durchaus mehr hätte vorstellen können.

»Sie hat einen Freund, oder?«, frage ich Pierce, und meine Brust zieht sich unangenehm zusammen bei dem Gedanken, dass sie einen anderen Kerl hat. Was ist nur los mit mir? Es kann mir doch echt egal sein, ob sie einen Freund hat. Nur weil ich scharf auf sie bin, muss ich noch lange nicht zu einem Weichei mutieren.

»Lilly?« Pierce lacht. »Wie kommst du denn darauf?«

Ich kratze mich am Hinterkopf und zucke mit den Schultern.

»Hat sich so angefühlt«, murmle ich. »Vergiss, was ich gesagt habe.«

Ich drehe mich von Pierce weg und will losgehen, um das Trainingsgebäude endlich hinter mir zu lassen, als er nach meinem Oberarm greift und mich zurückhält.

»Lilly hat keinen Freund«, erklärt mir Pierce grinsend. »Ich traue Jenna schon viel zu, aber nicht, dass sie ihre vergebene beste Freundin zu einem Doppeldate schleppt. Vor allem, weil ich weiß, dass du das auch immer scheiße findest.«

»Okay.«

»Und?« Pierce zieht die Augenbrauen hoch und grinst mich noch breiter an.

»Und was?«

»Sollte das nicht der Moment sein, in dem du versuchst, mich nach Lillys Nummer zu fragen, ihrer Adresse oder der Adresse ihrer Arbeitsstelle?«

»Fick dich«, knurre ich, genervt von mir selbst, dass er mich so schnell durchschaut hat.

»Ich ficke lieber Jenna«, antwortet Pierce schmunzelnd, und ich verdrehe wieder die Augen. »Ich habe ihre Nummer nicht, und ich würde sie dir, wenn ich sie hätte, auch nicht geben. Ihre Adresse kann ich dir sagen, aber sie ist noch bis fünf bei der Arbeit.«

»Aha.« Und es wurmt mich, dass er ein Gentleman sein möchte und ihre Nummer nicht rausrückt, und noch mehr wurmt es mich, dass er damit alles richtig macht.

»Du könntest dort vorbeifahren«, schlägt er mir vor, und nun gehe ich doch weiter. Das werde ich mit Sicherheit nicht tun. »Lilly hat kein Auto, sie macht alles mit der U-Bahn.«

»Lass mich in Ruhe, Pierce.« Seufzend gehe ich durch die Eingangstür des Trainingsgeländes. Auf dem Parkplatz nicke ich den Angestellten des Security-Teams zu.

»Ach, komm«, meint er, »du bist doch sonst auch nicht so.«

»Wie bin ich denn?«, frage ich und werfe ihm einen genervten Blick zu. Natürlich weiß ich, wie ich gerade bin.

»Na ja … du hast dich nach einem dieser Doppeldates noch nie nach der Freundin meiner Freundin erkundigt«, sinniert Pierce hinter mir.

»Du warst auch noch nie so lange mit einer von ihnen zusammen, dass das in Frage gekommen wäre.«

»Lügst du dir gerade selbst in die Tasche?«, will er wissen.

»Ja gut«, knurre ich und entriegle mein Auto per Fernbedienung. »Trotzdem will ich weder Lillys Nummer noch ihre Adresse.«

Der Kofferraum des Mercedes öffnet sich per Knopfdruck automatisch, und ich werfe meine Sporttasche hinein. Dann schließe ich ihn wieder und drehe mich zu Pierce herum. Mein bester Freund grinst über beide Wangen. Er weiß, dass er gewonnen hat, aber ich es mir nicht eingestehen will. Ich kenne Lilly doch gar nicht, und ich kann mir die Faszination, die sie auf mich ausübt, selbst nicht erklären.

»Die Einrichtung befindet sich am Cunningham Park in Queens. Es müsste die Hanson Street sein. Altes Backsteinhaus aus dem achtzehnten Jahrhundert.«

Ich ziehe die Augenbrauen zusammen und sehe ihn wütend an.

»Ich will die Adresse nicht haben«, fauche ich. »Hörst du mir nicht zu?«

»Jetzt komm mal wieder runter, Brook.« Pierce

entriegelt seinen Porsche, der neben meinem Mercedes steht. »Dann eben nicht. Wir sehen uns morgen früh zur Teamsitzung.«

»Ja«, sage ich. »Bis morgen.«

Bevor ich mir weitere Ratschläge, Kommentare, Adressen oder gar Telefonnummern anhören muss, stampfe ich zur Fahrerseite meines Wagens und steige ein. Mit einem lauten Rums schlage ich die Tür zu und schnalle mich an. Meinen kontaktlosen Schlüssel sowie mein iPhone werfe ich in die Mittelkonsole. Nachdem ich den Motor gestartet habe, lege ich den Rückwärtsgang ein und parke den Wagen aus. Bloß weg hier.

Das Trainingsgelände liegt außerhalb von New York, fast schon in New Jersey. Für die meisten Spieler, die in einem noblen Viertel in der Nähe wohnen, ist es gut zu erreichen. Nicht so für die Junggesellen, die immer noch ihre Wohnungen mitten in der Stadt haben. Bei Gelegenheit sollte ich darüber nachdenken, ob ich nicht einen Immobilienmakler beauftrage, um mir Häuser in der Nähe anzusehen. Fast eine Stunde brauche ich nun, um wieder nach Manhattan zu gelangen.

Ich merke, dass mein Blick immer wieder zu meinem Bordcomputer und dem dort eingelassenen Navigationsgerät fliegt, um nicht doch die genannte Adresse von Lillys Arbeitsstelle einzugeben. Aber was soll ich ihr sagen, wenn ich dort bin? Selbst ein Blinder mit Krückstock hat gesehen, dass ihr Interesse an mir nicht sonderlich groß war. Zwar haben wir uns immer wieder unterhalten, aber Lilly machte nie den Anschein, dass sie mich kennenlernen will. Wieso auch? Sie hat Jenna einen Gefallen getan, wie sie es vermutlich schon etliche Male in ihrer Freundschaft gemacht hat.

Genervt schlage ich mit der linken Hand aufs Lenkrad und verstehe nicht, dass ich sie nicht aus dem Kopf bekomme. Sowas ist mir noch nie passiert. Normalerweise sind es die Frauen, die mich nicht mehr aus dem Kopf bekommen. Lilly hingegen war ganz anders. Vielleicht macht sie gerade das so unglaublich anziehend für mich. Eine Frau, die in mir nicht den hochbezahlten Quarterback der New York Gladiators sieht, sondern einen ganz normalen Typen, ist verdammt sexy.

»Scheiß drauf«, schimpfe ich, bevor ich Siri aufrufe. »Adresse: Cunningham Park, Hanson Street.«

Das Navi sucht und zeigt mir eine Fahrzeit von fast fünfundvierzig Minuten an. Ich habe also noch sehr viel Zeit, um mir zu überlegen, was ich Lilly sagen will, wenn ich gleich vor ihr stehe.

Ich könnte das ausgedachte Projekt von Pierce vorschieben, aber das wird sie mir nicht glauben. Sie wird skeptisch die Augenbrauen zusammenziehen und ihre Arme vor der Brust verschränken. Es wäre definitiv eine ablehnende Haltung, die sie einnehmen würde. Anderenfalls könnte ich ihr die Wahrheit sagen. Dass ich sie gern wiedersehen wollte. Aber klingt das nicht zu verzweifelt?

Genervt lege ich den Kopf zurück an die Stütze des Sitzes und konzentriere mich auf den dichten Verkehr. Je näher ich New Yorks Grenze komme, umso voller werden die Straßen. Lilly macht es genau richtig, dass sie alles mit der U-Bahn erreichen kann. Doch selbst mit einer extrem guten Verkleidung schaffe ich es niemals mit der U-Bahn nach New Jersey raus zum Trainingsgelände. Queens ist keiner meiner favorisierten Stadtteile in New York. Ich bin lieber in Brooklyn, wo meine Eltern bis heute leben, oder in Manhattan. Meiner neuen Wahlheimat in New York.

Ich lasse das Schild mit dem Hinweis, dass ich mich nun in Queens befinde, hinter mir und sehe auf mein Navi. Die Zeit verging im dichten Stadtverkehr doch schneller, als ich dachte. »Biegen Sie rechts ab«, weist mich die Stimme des Navigationsgeräts an. »Das Ziel befindet sich auf der linken Seite.«

Mein genaues Ziel befindet sich dort nicht, sondern da muss ich noch suchen. Pierce hat gesagt, dass es ein Backsteingebäude aus dem achtzehnten Jahrhundert ist. Ich scanne die Gebäude an den Straßenseiten ab, bis ich fast am Ende der Hanson Street eben jenes Haus finde. Darum ist ein großer Zaun gezogen, sodass es den Anschein einer Schule erweckt. Möglich wäre es, dass es ein altes Schulgebäude ist, das nun anderweitig verwendet wird.

Zu meinem Glück befindet sich ein freier Parkplatz in einer Parkbucht gegenüber der Einrichtung. Ich lenke mein Auto hinein und schalte den Motor aus. Bevor ich noch lange darüber nachdenke, ob es eine gute Entscheidung war, herzukommen, schnalle ich mich ab und steige aus. Mein iPhone und meinen Schlüssel stecke ich in die Taschen meiner Jeans. Mein Portemonnaie lasse ich im Wagen. Ohne Verkleidung laufe ich über die Straße und betrete das Gelände der

Einrichtung. Ein großes Schild am Tor signalisiert mir ebenfalls, dass ich richtig bin.

Wie zu erwarten, fröstelt es mich, obwohl das Thermometer immer noch weit über fünfundzwanzig Grad anzeigt. Mir behagen diese Einrichtungen nicht, und ich meide sie. Dass Lilly es tatsächlich geschafft hat, dass ich ebenjene besuche, sollte mir noch mehr zu denken geben.

Das Gebäude sieht genauso aus, wie Pierce es beschrieben hat. Dazu die störrisch angelegten Fensterreihen, die meine erste Vermutung eines alten Schulgebäudes noch weiter festigen. Es ist weder besonders einladend, noch ist der Hof für Teenager hergerichtet. Links neben der kleinen Treppe vor dem Haupteingang befindet sich ein Fahrradständer. An diesem steht genau ein Rad, und dessen Räder sind zerstochen. Willkommen in Queens würde ich sagen.

Ich gehe die drei Stufen der kleinen Treppe hinauf und bleibe vor der Eingangstür stehen, die durch einen Holzkeil angelehnt ist. Ich atme noch einmal durch, schiebe all die bösen Erinnerungen weg und greife nach dem Türknauf, um die Tür aufzuschieben. Sie quietscht scheußlich, als wäre sie seit Jahrzehnten nicht geölt worden. Im Inneren riecht es nach Zitrusfrüchten, und die Wände sind in einem hellen Beige gestrichen. Gegenüber der Tür befindet sich eine große Treppe, die ins erste Obergeschoss führt. Es ist viel einladender, als der Vorgarten und die Fassade erahnen lassen.

Ich lehne die Tür wieder an und sehe mich um. Keine Ahnung, wie ich Lilly in diesem Haus finden soll, ohne Aufsehen zu erregen. Ich hätte mir wenigstens eine Snapback aufziehen sollen. Manchmal bin ich doch echt so ein Idiot und lerne nicht dazu. Erst letzte Woche mussten sich mein Anwalt und meine Berater wieder mit unerwünschten Bildern herumschlagen. Bilder, die nicht nur mich, sondern meine gesamte Familie in größte Bedrängnis bringen.

»Hallo Sir«, sagt eine leise Stimme, und ich drehe mich herum. »Wie kann ich Ihnen … Oh, mein Gott, Sie sind Brooklyn Webster.«

Der Junge wird hochrot und schnappt vor Aufregung nach Luft. Mein erster Impuls ist es, ihm zu sagen, dass er die Klappe halten soll, aber ich entschließe mich dagegen, da er mich vielleicht zu Lilly führen kann.

»Hallo«, begrüße ich ihn und setze mein bestes Zweihundertzwanzig-Watt-Lächeln auf. »Wohnst du hier?«

»Ich komme nur in die Mittagsbetreuung von Ms. Mosley«, erwidert er und tritt auf mich zu. Ich würde ihn auf dreizehn oder vierzehn Jahre schätzen. In der Pubertät angekommen ist er noch nicht richtig. Dazu ein wenig pummelig und mit einem viel zu weiten ausgewaschenen T-Shirt mit dem Logo der Boston Pats drauf. Einem unserer größten Rivalen.

»Kennst du eine Lilly?« Erst jetzt wird mir klar, dass ich ihren Nachnamen nicht kenne. So wie es aussieht, spricht der Junge Lilly auch nicht mit diesem an.

»Lilly?« Er schüttelt mit dem Kopf. »In meiner Gruppe ist keine Lilly, aber …«

»Kaden.« Die Stimme, die mir nur allzu bekannt

vorkommt und mein Herz sofort dazu bringt, schneller zu schlagen, lässt den Jungen am ganzen Körper zusammenzucken. »Drückst du dich etwa schon wieder vor dem …« Mit einem Geschirrtuch in der Hand und überhaupt nicht mehr die durchgestylte Sexbombe von letzter Woche steht Lilly vor mir. »Gemüseschneiden«, bringt sie ihren Satz leise zu Ende.

»Nein, Ms. Mosley«, erwidert der Junge und senkt den Kopf. »Aber Brooklyn Webster sucht eine Lilly. Da wollte ich helfen.«

Ich lächle sie an, und sie sieht zwischen dem Jungen und mir hin und her, als müsste sie erst mal einordnen, wer da vor ihr steht. Dabei ist sie doch diejenige von ihnen, die nicht überrascht sein sollte, mich zu sehen. Wir kennen uns bereits.

»Geh zurück in die Küche«, weist sie ihn an und nickt in Richtung der Tür, aus der sie gekommen ist. Stimmen sind von dort zu hören.

»Aber …« Kaden scheint nicht begeistert davon zu sein, dass er mich nun verlassen muss. Er hat sicher auf ein Foto oder ein Autogramm gehofft.

»Kaden.« Streng sieht Lilly ihn an. »Geh zurück in die Küche.«

»Ich hätte gern ein Foto mit Mr. Webster und ein Autogramm und …«

»Ich denke nicht, dass Brook–, ich meine Mr. Webster, hier ist, um Autogramme zu geben.«

Kadens Schultern sacken in sich zusammen. Die Enttäuschung ist ihm deutlich anzusehen, während das Hoch in meinem Inneren immer mehr Fahrt aufnimmt.

»Ein Autogramm ist kein Problem«, spreche ich ihm Mut zu. »Geh schon mal vor in die Küche.«

Lillys Blick wandert zu mir. Sie ist alles andere als begeistert von meinem Angebot. Aber ich schlage damit zwei Fliegen mit einer Klappe. Ich schaffe es unter einem Vorwand zumindest bis in die Küche, und die Kids werden mich so lange aufhalten mit ihren Autogramm- und Fotowünschen, dass ich alle Zeit der Welt habe, um Lilly von mir zu überzeugen.

»Oh, super!«, ruft Kaden so theatralisch, dass Lilly die Augen verdreht. Schließlich geht er zurück in die Küche und lässt uns allein.

»Hi«, sage ich und schiebe die Hände in die Taschen meiner Jeans, während ich auf sie zugehe.

»Hi.« Ihre Stimme wird sofort eine Nuance kälter. »Was machst du hier?«

4

Lilly

ICH KANN NICHT BESTREITEN, dass ich in der letzten Woche nicht immer wieder an Brooklyn gedacht habe. Auch wenn ich mir dabei echt bescheuert vorkam. Er ist Pierce' bester Freund, und natürlich hat er nur deswegen einem Doppeldate zugestimmt. Ein reiner Freundschaftsdienst. Demnach wusste ich, dass er niemals echtes Interesse an mir haben würde, das über eine schnelle Nummer, nachdem er mich nach Hause gebracht hat, hinausgehen würde. Zwar beschwere ich mich immer noch über mein brachliegendes Sexleben, aber für einen Fick mit einem Footballspieler bin ich mir zu schade. Sollte dieser Fick auch noch so gut sein, ich würde es sicherlich bitter bereuen eines Tages. Den Umstand, dass er sich immer wieder in meine Gedanken geschlichen hat und ich ihn nicht vergessen konnte, habe ich darauf geschoben, dass er ein Promi ist. Begegnungen mit Promis sind für Normalos wie mich etwas Besonderes. Brooklyn ist ein leckeres Exemplar Promi.

Ihm nun hier, an meiner Arbeitsstelle, in meinen ausgebeulten Jeans, dem viel zu weiten T-Shirt und einer Frisur, die man im Volksmund wohl als Vogelnest bezeichnen würde, gegenüberzustehen, behagt mir nicht. Denn er sieht aus wie aus dem Ei gepellt. Die Haare sind nicht wie vor einer Woche mit Gel zurückfrisiert, sondern stehen natürlich von seinem Kopf ab. Der ordentlich getrimmte Vollbart bildet dazu einen absoluten Kontrast. Dazu trägt Brooklyn ein weißes T-Shirt und eine schlichte Jeans.

Auf meine Frage, was er hier macht, hat er immer noch nicht geantwortet, sodass ich nun langsam ein wenig ungehalten werde. Er kann doch nicht einfach hier reinspazieren und nach mir fragen. Woher hat er die Adresse?

»Und woher hast du die Adresse?«, setze ich meiner ersten Frage nach.

»Ich … also ich …« Irre ich mich oder ist er nervös? Brooklyn hat die Hände immer noch tief in die Taschen seiner Jeans vergraben, und sein Oberkörper ist angespannt. Was seine muskulöse Brust und seine Arme perfekt zur Geltung bringt. Himmel, der Mann ist wirklich zum Niederknien sexy. »Du warst letzte Woche auf einmal weg, und ich wollte sehen, ob du gut nach Hause gekommen bist.«

»Okay«, erwidere ich gedehnt und löse meine Arme vor meiner Brust. »Wie du siehst, geht es mir gut, und ich muss noch zwei Stunden arbeiten.«

»Das sehe ich«, stimmt er mir zu. »Ich kann helfen und fahre dich danach nach Hause.«

Sein Angebot lässt mich scharf die Luft einziehen. Nicht, weil ich es unpassend finde, obwohl es das ist, sondern weil ich nicht weiß, ob es eine gute Idee ist, wenn er sich hier aufhält. Die Kids werden sofort erzählen, dass Brooklyn Webster zu Gast bei uns war. Natürlich werden sie auch nicht müde darum, zu erwähnen, dass er meinetwegen hier war und ich ihn kenne. Das wird dann so weit gehen, dass sie mich die kommenden Tage und Wochen immer wieder nach ihm fragen. Ich werde in einem Hamsterrad namens Brooklyn Webster stecken und habe keinen Ausweg.

»Das ist lieb«, erwidere ich und lächle leicht. »Aber ich glaube, das ist keine gute Idee.«

»Warum?«, will er wissen und macht noch einen Schritt auf mich zu. Nun ist er mir so nah, dass mir ein Hauch seines Aftershaves in die Nase weht. Es riecht großartig und macht es noch schwerer, ihn abzuwimmeln. »Es ist doch nett.«

»Du weißt schon, dass du mich in ziemliche Schwierigkeiten bringst, oder?« Ich ziehe die Augenbrauen hoch, und er grinst.

»Ist das ein Ja, dass ich bleiben darf?«

»Brooklyn«, ich seufze und schüttle mit dem Kopf, »ich bin an der Arbeit.«

»Ich verspreche dir, dass ich mich nicht einmische, nicht im Weg rumstehe und auch nichts wegesse, obwohl ich echt Hunger habe nach dem Training.« Er grinst wie ein Fünfjähriger, der den größten Lolli im Laden bekommen möchte. Dabei schwört er mich mit dem Peace-Zeichen ein. »Indianer-Ehrenwort«, setzt er nach. Nun muss ich doch leise lachen und knicke schließlich ein.

»Du Spinner«, erwidere ich, »dann komm eben mit. Kaden wird ihnen sowieso schon erzählt haben, dass du hier bist.«

Brooklyns Grinsen wird noch breiter, ich mache auf dem Absatz kehrt und gehe zurück in die Küche.

Wie zu erwarten, stehen die Kids dort lauernd und haben keinen Handschlag getan in den letzten fünf Minuten. Ich ziehe die Augenbrauen hoch, und immerhin sehen sie mich betreten an. Sie wissen genau, dass sie nicht untätig rumstehen sollen, wenn ich etwas klären muss. Es sind einfachste Strukturen, die sie nicht haben und die meine Kollegen und ich ihnen beizubringen versuchen. Aber oftmals sind sie völlig verloren, wenn wir nicht neben ihnen stehen und ihnen Anweisungen geben.

»Ich habe es euch doch gesagt«, ruft Kaden. »Das ist Brooklyn Webster.«

»Hi«, sagt jener Brooklyn hinter mir und hebt kurz die linke Hand zum Gruß.

Ein Raunen geht durch die Küche, und ich verdrehe die Augen. Ich bezweifele, dass das Abendessen unter diesen Umständen fertig wird.

»Okay!« Ich klatsche in die Hände, um diese Begrüßungsszene nun endgültig aufzulösen. »Wir haben viel zu tun. Alisha, Gemma, Kaden, ihr schneidet das Gemüse. Ronny, du kochst die Nudeln, und ich würze die Soße und brate das Hackfleisch an.«

Sie werfen noch einen schnellen Blick auf Brooklyn, der weiter hinter mir steht, und machen sich dann an die Arbeit.

»Und was kann ich machen?«, flüstert er mir zu, und ich zucke heftiger zusammen als nötig. Sein warmer Atem kitzelt in meinem Nacken und schickt Gebete direkt in meinen Schoß. Es kann doch nicht sein, dass ich derart heftig auf diesen Mann reagiere. Noch dazu in der Küche meiner Arbeitsstelle unter den wachsamen Augen der Kids.

»Du willst etwas machen?«, frage ich, und Brooklyn nickt. Dabei tut er so, als würde er die Ärmel hochkrempeln. Kichernd sehe ich ihn an.

»Ich will mitessen, also tue ich auch was dafür.«

»Du kannst mit mir das Fleisch anbraten. Oder bist du Vegetarier?«

»Nein«, sagt er, und ich nicke und gehe mit ihm zum Herd hinüber, wo ich mir schon alles bereitgestellt habe, bevor ich Kaden suchen musste.

»Ms. Mosley«, dringt Ronnys Stimme zu mir durch.

»Ja?«, frage ich und sehe ihn an. Ronny ist stark übergewichtig, lebte, bis er zu uns kam, in den Tag hinein und besuchte die Schule nur sehr unregelmäßig. Seit ein paar Wochen lebt er ganztags bei uns, statt so wie Kaden nur zum Mittag- oder Abendessen. Wir mussten ihn aus seiner Familie rausnehmen. Alisha geht es ähnlich.

»Wäre es möglich, dass … dass Mr. Webster uns ein Autogramm gibt?«

Ich sehe zu Brooklyn, und er nickt natürlich sofort.

»Ja«, sage ich, und das Strahlen in den Augen der Kids ist wie Balsam für die Seele. Ich kann ihnen das nicht nehmen. »Erst wenn wir fertig sind und Ms. Miller die Abendschicht übernommen hat.«

Einstimmiges Nicken und sie machen sich weiter an die Arbeit.

Ich hingegen versuche zu ignorieren, wie wild mein Herz schlägt, weil Brooklyn direkt neben mir steht. Auch die Gänsehaut, die sich auf meinem Körper ausbreitet, jedes Mal, wenn er mich wie zufällig berührt, muss ein Trugschluss sein. Routiniert bereiten wir die Soße und das Hackfleisch vor. Brooklyn beantwortet dabei geduldig alle Fragen von Kaden und Ronny. Während Gemma und Alisha mehr damit beschäftigt sind, den attraktiven Footballspieler zu begaffen. Alisha ist vierzehn und Gemma fünfzehn Jahre alt. Natürlich gefällt Brooklyn ihnen.

Lächelnd sehe ich zu ihm, und er zuckt mit den Schultern, um Ronny und Kaden einen weiteren Spielzug zu erklären. Ich kann nur hoffen, dass keiner von ihnen auf die Idee kommt, die Ketchupflasche auf der Anrichte in einen Football zu verwandeln.

»Was ist denn hier los?« Ich drehe mich um und sehe meine Kollegin und Freundin Claire im Türrahmen stehen. Sie trägt eine schwarze Leggings, ein abgetragenes T-Shirt und Sneakers. Ihre Haare fallen im Gegensatz zu meinen in weichen Wellen über ihre Schultern. »Ich bin Claire.«

Als wäre es das Normalste der Welt, geht sie auf Brooklyn zu und reicht ihm die Hand.

»Brooklyn«, stellt er sich vor. »Lilly hat mich netterweise eingeladen mitzuessen.«

»Oh.« Claire sieht mich an und lächelt. »Lilly ist die gute Seele des Hauses.«

»Claire«, murmle ich, und meine Wangen färben sich rot. »Übertreib nicht.«

Dann wirble ich herum und wende mich den Kids zu. Die stehen natürlich wieder untätig herum und sehen zwischen uns hin und her.

»Deckt ihr den Tisch mit Brooklyn?«, formuliere ich es als Frage, obwohl es keine ist. »Ms. Miller und ich machen Übergabe.«

Einvernehmliches Nicken und ich eile an Brooklyn vorbei und zerre Claire aus der Küche in unser Büro gegenüber auf dem Gang.

Nachdem die Tür ins Schloss gefallen ist, beginnt Claire zu kreischen.

»Was macht der heißeste Typ New Yorks hier?«, ruft sie und klatscht in die Hände. »Lilly, ich wusste gar nicht, dass du und er …«

»Claire!« Energisch hebe ich die Hand und bin dankbar, dass sie still wird. »Brooklyn und ich kennen uns über gemeinsame Freunde. Jenna ist mit Pierce Gates zusammen.«

»Wow.« Sie seufzt. »Wo findet die immer solche Traumtypen.«

Zugegebenermaßen hat sie damit nicht unrecht. Aber das lasse ich sie in diesem Moment nicht wissen. Ich habe ein ganz anderes Problem als Jennas Männergeschmack.

»Oh, Claire«, murmle ich, »das ist überhaupt nicht witzig. Wir hatten letzte Woche ein Doppeldate, nach dem Brooklyn mich nach Hause fahren wollte, aber ich habe abgelehnt.«

Mit einer schnellen Bewegung schießt ihre rechte Hand nach vorne und klatscht gegen meine Stirn, sodass ich vor Schreck nach hinten taumle.

»Kein Fieber«, stellt sie nüchtern fest und prüft dann noch meinen Puls am Handgelenk. »Puls ist ein wenig erhöht, aber der Kerl lässt die Luft auch brennen.« Aufreizend wackelt sie mit den Augenbrauen.

Ich entreiße ihr meine Hand und reibe mir über die Stelle, die sie wenige Sekunden vorher noch berührt hat.

»Das ist nicht witzig«, fauche ich.

»Nein, das ist es echt nicht.« Claire lacht. »Der heißeste Type in New York wollte dich nach einem Date –«

»Arrangierten Doppeldate mit unseren Freunden.«

»Wie auch immer.« Sie winkt ab. »Nach Hause bringen und vermutlich in den Himmel vögeln, und du lehnst ab. Bist du wahnsinnig?«

»Ich bin nicht so … so … leicht zu haben«, verteidige ich meine Entscheidung, Brooklyn letzte Woche abgewiesen zu haben.

»Lilly«, Claire seufzt, »wir reden hier von Brooklyn Webster. Der Typ hat ein Eightpack. Da fragt man nicht, ob man leicht zu haben ist – man ist es.«

»Du bist unmöglich.« Ich kichere und schüttle mit dem Kopf. »Selbst wenn wir Sex gehabt hätten, was hätte es geändert?«

»Du hättest den besten Sex deines Lebens gehabt und –«

»Und dann?«, unterbreche ich sie. »Hätte ich immer nur an ihn gedacht die nächsten Jahre.«

»Und das ist schlimm, weil …?«

»Claire.« Ich massiere meine Schläfen. »Lass uns die Übergabe machen und nicht mehr über Brooklyn reden.«

»Vergiss es«, erwidert sie sogleich, aber nickt dennoch. »Ja, wir machen die Übergabe, aber das Thema Brooklyn ist noch nicht vom Tisch. Der Kerl ist, obwohl du nicht mit ihm in die Kiste gestiegen bist, hier und kocht mit den Kids. Da geht mehr als Sex.«

»Wie gesagt«, wimmle ich sie erneut ab. »Wir reden nicht mehr über Brooklyn.«

Nach dem Essen und einer weiteren Überstunde für mich hat Brooklyn alle Autogramm- und Fotowünsche erfüllt. Claire hat auch ein Autogramm abgestaubt. Er hatte eine Engelsgeduld mit den Kids, und natürlich hat es sich auch in den anderen Gruppen rumgesprochen, dass er da ist. Ich habe ihm gesagt, dass er das nicht tun muss, aber Brooklyn meinte, dass das zu seinem Job gehört. Als er im Alter der Kids war und Autogramme von seinen Idolen gesammelt hat, hat er manchmal Stunden vor dem Trainigsgelände der Gladiators gewartet.

»Wollen wir?«, fragt er an mich gerichtet, nachdem er das letzte Autogramm verteilt hat.

»Ja.« Ich lächle ihn an. »Danke nochmal, dass du das gemacht hast. Das ist nicht selbstverständlich.«

»Es gehört zu meinem Job.« Zum wiederholten Mal tut er so, als wäre es keine große Sache. »Sieh es als Überstunden an.«

Brooklyn zwinkert mir zu, und ich muss lachen.

»Dann bist du der Einzige, der gerne Überstunden macht.«

»Vermutlich«, erwidert er und zuckt mit den Schultern. »Ein Grund mehr, zu fahren.«

»Ja«, antworte ich ihm und schultere meine Tasche. »Bis morgen, Claire.«

»Bis morgen«, ruft meine Freundin und Kollegin aus unserem Büro. »Bring sie gut nach Hause, Brooklyn. Dass mir keine Klagen kommen.«

»Claire«, kiekse ich und laufe rot an. Wäre es denn zu viel verlangt, wenn sie einfach mal die Klappe halten würde? So wie es aussieht auf jeden Fall. Es ist mir unangenehm, dass sie Brooklyn nun auch noch in die Schranken weist.

»Kein Problem«, erwidert er gut gelaunt. »Ich bin ein guter Fahrer – seit zwölf Jahren unfallfrei.«

Ganz weit hinten in meinem Gedächtnis krame ich die Information hervor, dass Pierce letzte Woche gesagt hat, dass Brooklyn vor sieben Jahren einundzwanzig Jahre alt war. Demnach ist er achtundzwanzig. Ich habe immer wieder überlegt, ihn bei Google zu suchen, um meine Erinnerung aufzufrischen, habe es aber nicht getan. Das, worauf ich möglicherweise stoßen würde, wollte ich um jeden Preis vermeiden. Frauengeschichten zum Beispiel. Es würde mir nicht gefallen, ihn mit zig anderen Frauen zusammen zu sehen, obwohl das absolut nicht abwegig ist. Er ist, wie ich nun weiß, achtundzwanzig Jahre alt, er sieht zum Anbeten aus und wird keine Probleme haben, eine Frau zu finden.

»Dann wünsche ich euch einen schönen Abend«, flötet Claire und streckt den Kopf noch einmal durch die Bürotür, um uns zu winken. Brooklyn hebt schmunzelnd die Hand, um ihr ebenfalls zu winken. Gemeinsam verlassen wir die Einrichtung und laufen die zwei Stufen hinunter.

»Mein Auto steht auf der gegenüberliegenden Straßenseite.« Brooklyn zieht seinen Schlüssel aus der Tasche. Er lächelt mich an, als er meinen Blick sieht, aber ein Gespräch will nicht ins Laufen kommen. Schweigend gehen wir zu seinem Auto hinüber. Die Rushhour am Nachmittag ist zum Glück schon vorbei.

»Wow«, stoße ich aus, als Brooklyn den Mercedes per Knopfdruck öffnet und die Rücklichter aufleuchten. »Der ist … krass.«

Und das ist es wirklich. Mattschwarz mit silbernen dicken Felgen. Einfach wow.

»Danke«, sagt Brooklyn und umrundet die Motorhaube, um mir die Beifahrertür aufzuhalten. »Darf ich bitten, die Dame.«

»Vielen Dank, der Herr«, gehe ich auf seine Blödelei ein und steige grinsend ins Auto. Die Ledersitze im Inneren empfangen mich und fressen sich kochend heiß in meine Oberschenkel. Das Auto ist auch im Inneren der pure Wahnsinn. Eine riesige Mittelkonsole, in der eine angefangene Flasche Wasser steht, ein großer Bordcomputer, dessen Bildschirm sich über das gesamte Armaturenbrett zieht.

Brooklyn steigt auf der Fahrerseite ein und schaltet den Wagen per Knopfdruck ein. Die kühle Luft der Klimaanlage bläst uns entgegen, und ich atme erleichtert aus.

»Sorry«, meint Brooklyn und parkt aus. »Im Sommer sind die Ledersitze eine Tortur.«

»Es ist September.« Ich lache und sehe ihn an. »Das macht es noch schlimmer.«

»Vermutlich«, erwidert er und öffnet die Navigationsapp auf dem Bordcomputer. »Gib deine Adresse ein.«

»Du weißt nicht, wo wir wohnen?«, frage ich erstaunt und lehne mich gegen den Gurt nach vorn, um die Adresse einzutippen.

»Nein«, sagt Brooklyn, »Pierce wollte es mir nicht sagen, und deine Nummer habe ich auch nicht.«

Zustimmend nicke ich diesmal und drücke ›Okay‹, sodass das Programm die Strecke bis zu uns nach Hause berechnen kann. Laut dem Navi brauchen wir mehr als eine halbe Stunde. Mit der U-Bahn bin ich deutlich schneller.

»Und bevor wir in ein unangenehmes Schweigen verfallen«, sagt Brooklyn und sieht lächelnd zu mir rüber. »Erzähl mir von dir. Wo kommst du her? Hast du Geschwister? Warum bist du Sozialarbeiterin geworden?«

5

Lilly

BROOKLYNS FRAGEN PRASSELN auf mich ein. Ich kann in seiner Stimmlage keinerlei geheucheltes Interesse erkennen, dass er die Zeit totschlagen muss, bis wir bei mir zu Hause ankommen, um dort zu tun, was auch immer wir tun werden. Scheiße, verdammt, ich denke die ganze Zeit nur an Sex mit ihm, und er möchte wirklich etwas über mich erfahren. Das ist alles Claires Schuld, die mich förmlich dazu gedrängt hat, mit ihm in die Horizontale zu gehen. Ich mache es mir sicherlich ziemlich einfach, wenn ich die gesamte Schuld auf Claire schiebe.

»Ich komme aus Colorado«, beginne ich zu erzählen. »Genauer gesagt aus Old Colorado, kein Scherz, die Stadt heißt wirklich so. Sie liegt am Fuße der Rocky Mountains und ist eine typische Kleinstadt.«

»Meine Großeltern leben in Trenton«, sagt er. »Die haben neunzigtausend Einwohner. Zählt das?«

»Gott, nein.« Ich lache und schüttle den Kopf. »Old Colorado hat viertausend Einwohner. Wir haben alles, was eine Stadt braucht. Einen Supermarkt, mehrere Schulen, einen Kindergarten, eine Bowlingbahn und einige Bars sowie *Daisys Diner*.«

»Was ist an dem Diner besonders, dass du erwähnen musst, dass es Daisys Diner ist?«, fragt Brooklyn nach, und ich kann sehen, dass er die Augenbrauen zusammenzieht.

»Es gehört Daisy, und deswegen heißt es *Daisys Diner*«, antworte ich irritiert, dass er es nicht versteht. »Findest du das nicht logisch?«

»Klar.« Er lacht. »Das ist logisch, aber viertausend Einwohner – wow. Ich glaube, unsere Straße hatte eintausend.«

»Du bist New Yorker, richtig?«, hake ich nach und schaue ihn lächelnd an. Sofort heben sich Brooklyns Mundwinkel.

»Aber sowas von, Baby«, ruft er aus, und ein breites Grinsen erscheint auf seinem Gesicht. »Du kriegst mich aus New York, aber New York niemals aus mir.«

»Du würdest also weggehen aus New York?«, frage ich. Ich weiß noch, wie schwer ich mich damit getan habe, Old Colorado zu verlassen. Vor allem auch, weil ich meine Großeltern und meine Schwester zurücklassen musste. Zum Glück hatte ich Jenna. Sie hat mir den Start in New York erleichtert.

»Wenn ich von einem anderen Team beim Draft ausgewählt oder von einem anderen College angenommen worden wäre, dann hätte ich New York verlassen. Und du? Du klingst nicht so, als wärst du glücklich mit deiner Entscheidung, nach New York gekommen zu sein.«

»Anfangs habe ich mich schwergetan. Ich bin sehr gern dort aufgewachsen«, sage ich. »Es hatte etwas so Ruhiges, Besinnliches. Obwohl das Jeder-kennt-jeden-Prinzip manchmal echt ungünstig ist.«

»Die Anonymität der Großstadt auch«, sagt Brooklyn. »Wir fassen also zusammen, dass du ein Landei bist.«

»Ich bin kein Landei«, gebe ich empört zurück und wende mich ihm zu. »Old Colorado hat viertausend Einwohner.«

»Brooklyn hat zwei Millionen.« Er lacht wieder. »Aber gut, du bist kein Landei.«

»Für dich ist jeder ein Landei, der nicht in einer Millionenstadt aufgewachsen ist«, antworte ich schmunzelnd. »Du bezeichnest auch Trenton mit neunzigtausend Einwohnern als Kleinstadt.«

»Ich glaube, da haben wir noch weiteren Diskussionsbedarf.« In meinem Magen beginnt es auffällig zu kribbeln, weil ich aus seinen Worten raushöre, dass er mich wiedersehen möchte. »Hast du Geschwister?«

Brooklyn scheint mit seiner Fragerei noch lange nicht am Ende zu sein.

»Ich habe eine drei Jahre ältere Schwester, Lesley. Sie lebt noch in Old Colorado mit ihrem Mann Luke.«

»Das klingt gut«, erwidert er. »Deine Eltern auch?«

Und jetzt sind wir auch schon an dem Punkt in meiner Lebensgeschichte, an dem ich mich gern winden würde. Ich könnte Brooklyn die Geschichte der vielbeschäftigten Hoteliers erzählen, die ihre Töchter bei den Großeltern haben aufwachsen lassen. An der Uni habe ich das einige Male getan. Nicht, weil ich mich für meine Familie, insbesondere für meine Großeltern, schäme, sondern einfach, weil ich keine Lust auf Fragen hatte, wie es so weit kommen konnte, dass man uns zu ihnen gegeben hat. Das geht niemanden etwas an. Meine innere Stimme hingegen sagt mir, dass ich ihm vertrauen kann und er mich nicht für meine Herkunft verurteilt.

»Um ehrlich zu sein«, ich atme tief durch, mein Blick ruht auf dem Armaturenbrett vor mir, »Lesley und ich wurden unserer Mom weggenommen, als ich ein paar Monate und Lesley drei Jahre alt war.«

Brooklyn sagt nichts. Einerseits bin ich ihm dankbar, dass nicht direkt aus ihm rausplatzt, wie leid ihm das alles tut, und andererseits kann ich nicht einschätzen, wie er darüber denkt. Er steht in der Öffentlichkeit, kommt aus einer typisch amerikanischen Familie und hatte mit so einer Scheiße noch nie zu tun.

»Darf ich fragen, wie es dazu gekommen ist und was passiert ist, als ihr bei euren Großeltern wart?«, hakt er vorsichtig nach. »Oder möchtest du nicht weiter darüber reden?«

Seine Stimme ist bedächtig, und es ist kaum eine Regung in ihr zu erkennen.

»Meine Mom war fünfzehn, als meine Schwester geboren ist, und achtzehn Jahre bei meiner Geburt. Sie konnte sich nicht um uns kümmern, hatte immer wieder die falschen Männer und mit Drogen zu tun.« Ich atme tief durch. »Als Lesley drei wurde, hat ihr damaliger Freund sie misshandelt.«

Mir steigt auch nach all den Jahren noch die Galle hoch, wenn ich die Geschichte erzähle.

»Oh Gott«, murmelt Brooklyn und umklammert das Lenkrad fester mit seinen Händen, sodass seine Knöchel weiß hervorstehen. »Geht es ihr … ich meine, hat sie es gut überstanden?«

»Ja, er hat sie zum Glück nur geschlagen«, erwidere ich und verziehe sogleich das Gesicht, dass ich es so abgedroschen erzählen kann. Aber es ist die Wahrheit. Lesleys großes Glück war es, dass er sie nur geschlagen hat und nicht getreten, gewürgt oder anderweitig misshandelt. »Sie war am ganzen Körper mit blauen Flecken übersät, das ist meiner Grandma aufgefallen, und sie hat es endgültig nicht mehr ausgehalten, uns bei unserer Mom zu lassen. Daraufhin hat das Jugendamt uns weggeholt.«

»Und dann?«, will er wissen. »Seid ihr ins Pflegesystem gerutscht?«

Ich bin überrascht, dass er das so offen anspricht. Das Pflegesystem ist eine logische Schlussfolgerung, aber wenn man damit nie etwas zu tun hatte, hat man das nicht sofort auf dem Schirm. Ich traue mich allerdings nicht zu fragen, wieso er das so genau weiß. Wenn man selbst betroffen ist, ist es immer schwieriger, darüber zu sprechen. Andererseits habe ich noch nie etwas davon gehört, dass er bei Pflegeeltern aufgewachsen sein soll. Ich kann mir aber auch sehr gut vorstellen, dass Brooklyn Mittel und Wege hat, dass das nicht an die Öffentlichkeit gerät.

»Unsere Großeltern haben uns zu sich genommen«, sage ich und lächle. »Sie haben uns aufgezogen, als wären wir ihre Kinder. Du weißt schon …«

»Klar«, erwidert Brooklyn, »das hätte ich ehrlich gesagt nicht erwartet, wow. Was ist mit deinem – eurem Dad?«

»Keine Ahnung«, erwidere ich. »In Lesleys Geburtsurkunde steht ein Name, aber er streitet es ab. Bei mir steht nichts, aber es könnte der gleiche Kerl sein.«

»Das tut mir leid, Lilly«, sagt er und klingt aufrichtig. »Darum auch die Arbeit mit den Kids?«

»Ja.« Ich sehe ihn diesmal nicht an, sondern aus dem Fenster. Ich arbeite gern mit ihnen zusammen, weil ich aus meiner eigenen Kindheit und Jugend weiß, dass man zu schnell vorverurteilt wird in dieser Gesellschaft. Ohne meine Großeltern, Jennas Eltern und teilweise auch meine Lehrer hätte ich es niemals zu einem Stipendium gebracht. Jeder in Old Colorado wusste, dass Lesley und ich die Kinder von Mandy Mosley sind. Wir hatten sofort den asozialen Stempel auf der Stirn. »Ich weiß zu gut, wie es ist, wenn niemand an dich glaubt. Jeder hat eine Chance verdient und kann etwas aus seinem Leben machen.«

»Das glaube ich auch«, antwortet Brooklyn entschlossen, als das Navi sich meldet, um anzukündigen, dass wir abbiegen müssen. Wir kommen unserer Wohnung immer näher. Die Häuserblöcke werden schicker und die Vorgärten größer.

»Hätten unsere Großeltern uns nicht aufgenommen, wissen wir nicht, was aus uns geworden wäre«, füge ich noch hinzu, weil es mir wichtig ist, zu erwähnen, welch große Rolle sie für unsere Entwicklung und unseren späteren Lebensweg spielen.

»Hast du noch Kontakt zu deiner Mom?«

»Nein«, sage ich und seufze dann. »Ja, doch. Sporadisch. Immer dann, wenn sie nach dem Knast eine Unterkunft brauchte, oder neuerdings Geld. Lesley ist Polizistin und verdient gut, ihr Mann Luke ist bei der Army. Ich habe auch ein volles Gehalt.«

»Und ihr unterstützt sie?«

»Nein, aber sie ist dauernd pleite und braucht etwas.« Ich zucke mit den Schultern. »Sie wird sich nicht ändern.«

Traurig sehe ich aus dem Fenster. Im Grunde ist mir meine Mom egal. Sie hat sich nie um uns gekümmert, und wir waren ihr nie wichtig genug. Sie hat sogar zugelassen, dass ihr Freund Lesley verprügelt. Dennoch ist und bleibt sie unsere Mutter. Wir werden uns nie gänzlich von ihr lossagen können. »Als ich noch ein Kind war, dachte ich, dass sie aus ihren Knastaufenthalten und ihren Fehlern lernt. Ich war so dumm, aber –«

»Du warst nicht dumm«, unterbricht Brooklyn mich sogleich und setzt den Blinker, um in eine Parklücke vor unserem Haus zu fahren. »Kinder sehen zu ihren Eltern auf und immer das Gute in ihnen. Das ist auch richtig so.«

»Glaubst du?«, frage ich und schaue zu ihm hinüber.

Er lächelt und nickt dann. »Ja, das glaube ich«,

erwidert er. »Ich finde es aber auch richtig, dass ihr ihr kein Geld gebt.«

»Das tut gut zu hören.« Aufrichtig lächle ich ihn an. »Was ist mit deiner Familie?«

»Wir sind langweilig.« Brooklyn lacht, und ich kann nicht anders, als ebenfalls zu lachen. »Da gibt es nichts zu erzählen.«

»Echt jetzt?« Ich ziehe die Augenbrauen hoch und schnalle mich ab. Er tut es mir gleich. »Du sagst nur, dass sie langweilig sind.«

»Na gut«, erwidert er. »Meine Eltern leben noch in Brooklyn, und ich habe eine jüngere Schwester namens Lorraine.«

»Und was arbeiten sie?«, bohre ich weiter. »Jetzt lass dir nicht alles aus der Nase ziehen.«

»Meine Mutter ist Krankenschwester und mein Vater Sportlehrer an der Highschool, an der ich war.«

»Ein Lehrerkind also.« Ich kichere. »Die haben ja bekanntlich den besten Ruf.«

Ich wackle mit den Augenbrauen, und Brooklyn boxt mich gegen den Oberarm. »Hey!« Gespielt empört sieht er mich an. »Das war gemein. Es ist nicht einfach, wenn dein Dad Sportlehrer ist und du die größte sportliche Hoffnung der ganzen Schule bist.«

»Mein Mitleid hält sich in Grenzen, Brooklyn«, erwidere ich. »Auch wenn ich deiner Meinung nach ein Landei bin, hatten wir auch eine Footballmannschaft an der Highschool. Ich weiß, wie das mit den Sportlern läuft.«

»Ach ja?« Seine Augen blitzen auf, und ein amüsiertes Grinsen legt sich auf seine Lippen.

»Erzählst du es mir. Ich habe leider so gar keine Ahnung.«

»Du weißt schon«, ich kichere, »das waren immer diese aufgeblasenen Typen, deren Ego größer war als ihr Schwanz zu jener Zeit, und die dachten, dass ihnen die Welt gehört, weil sie einen Ball halten können.«

»Wow.« Brooklyn lacht. »Noch schlimmer kann man nicht abschneiden.«

»Ich denke, du warst nicht so.«

»Und wieso nicht?«

»Dein Dad war einer der Lehrer«, erwidere ich. »Ich will gar nicht wissen, was bei euch zu Hause los gewesen wäre, wärst du so ein Kotzbrocken gewesen.«

»Gut gerettet.« Brooklyn zwinkert mir zu. »Aber ich werde bei Gelegenheit prüfen, ob du von Sportlern im Allgemeinen so eine hohe Meinung hast.«

»Okay«, sage ich und frage mich gleichzeitig, wie er das machen will. Außer ihm und Pierce kenne ich nicht sonderlich viele Sportler. »Mach das.«

Dann schweigen wir und sitzen nebeneinander. Jeder von uns starrt durch die Windschutzscheibe auf den dunkelroten Honda meiner Nachbarin. Ich sehe für eine Millisekunde zu ihm hinüber und dann wieder zurück auf den Honda. Verdammt, das kann doch nicht so schwer sein, ihn mit nach oben zu bitten.

»Hast du …« Ich breche den Satz ab. »Ich meine … möchtest du?« Oh, lieber Gott, das kann doch nicht so schwer sein. »Möchtest du noch mit hochkommen. Jenna ist in Miami.«

Erneut beschleunigt sich mein Puls, als die Worte meinen Mund verlassen.

»Gern«, erwidert Brooklyn und löst den Sicherheitsgurt. Ich tue es ihm gleich, und wir steigen schweigend aus seinem Mercedes. Zwischen dem roten Honda und dem älteren schwarzen Audi hinter seinem Mercedes in der Reihe sieht sein Auto aus wie aus einer anderen Welt. Ich ziehe meinen Haustürschlüssel aus meiner Tasche, und Brooklyn schließt das Auto ab, während er zu mir kommt. Ich muss zu ihm hochsehen, da ich in meinen flachen Sneakers deutlich kleiner bin als er.

»Folg mir.«

Wir gehen zur Haustür, und ich schließe auf. Jenna und ich wohnen im ersten Obergeschoss, und wir können in Ruhe die Treppe nach oben nehmen. Mit jeder Stufe, die wir zurücklegen, werde ich nervöser. Ich hoffe sehr, dass Brooklyn mir das nicht anmerkt. Ich bin nicht der Typ, der Kerle mit nach Hause nimmt. Noch dazu mitten am Tag und einen stadtbekannten Footballspieler. Ich komme mir fast schon ein wenig verrucht und waghalsig vor. Aber das ist totaler Schwachsinn. Vielleicht benehme ich mich auch wie viele andere Frauen in meinem Alter, die einen richtig heißen Typen kennengelernt haben.

»Hier sind wir.« Mit einem Nicken deute ich auf unsere Wohnungstür. Daneben steht ein kleines Schuhregal, und eine Fußmatte liegt davor. »Zieh deine Schuhe bitte hier aus.«

»Okay«, sagt Brooklyn und kickt seine Sneakers von den Füßen.

Ich schlüpfe ebenfalls aus meinen und stelle sie zu seinen vor das Regal. »Jenna mag es nicht, wenn Gäste mit Schuhen in unsere Wohnung kommen. Ein Tick ihrer Mutter.«

»Dann wollen wir sie nicht hintergehen«, meint Brooklyn amüsiert, und ich schließe die Wohnung auf und lasse ihn an mir vorbei eintreten. Dabei weht mir sein Aftershave um die Nase, und ich atme seinen Duft tief ein. Ich ziehe den Schlüssel aus dem Schloss, lasse die Tür hinter mir zufallen und lege ihn auf dem Schlüsselbrett neben der Tür ab.

»Fühl dich wie zu Hause«, ordne ich an. »Hunger hast du nach dem Auflauf hoffentlich keinen mehr.«

Brooklyn hat in der Einrichtung ordentlich zugeschlagen. Zufrieden grinst er mich an und schüttelt mit dem Kopf.

»Erst mal nicht«, meint er und macht einen Schritt auf mich zu. »Für die nächsten Stunden zumindest.«

»Möchtest du etwas trinken?«, rattere ich die Standardfragen der Höflichkeit runter. »Ich habe Wasser, Cola, aber leider nur Cola-Zero, weil Jenna –«

Mit einem Mal greift er nach meiner Hüfte und zieht mich an sich. Ich pralle gegen seinen muskulösen Körper, mein Puls rast, und ich sehe ihn mit großen Augen an.

»Wir wissen beide, dass ich weder etwas trinken noch essen will«, raunt er mir zu und kommt meinem Gesicht näher. »Das stelle ich mir vor, seitdem du in dieses gottverdammte Frauentaxi gestiegen bist, Lilly.«

Ich will noch nachfragen, was er meint, aber das erübrigt sich, als seine Hände an meinen Hintern wandern und seine Lippen fordernd auf meinen liegen.

6

Brooklyn

Lillys Lippen fühlen sich noch besser an, als ich es mir ausgemalt habe. Sie sind weich und von keinerlei Unebenheiten befallen. Ihr Hintern passt perfekt in meine Hände. Er ist nicht zu groß und nicht zu klein. Genau so, wie ich es mag. Im Gegensatz zu Pierce stehe ich nicht auf diese dünnen Modelgestelle, die man in unserem Job unweigerlich trifft. Ich mag normale Frauen, mit einer Fünftagewoche und einer Figur, die nicht sofort nach *Sports Illustrated* schreit. Obwohl ich mir Lilly auch sehr gut auf dem bekanntesten Männermagazin des Landes vorstellen kann. Ihre festen Brüste, die gegen meinen Oberkörper drücken, in einem knappen Bikini haben sicherlich etwas für sich. Bedächtig erwidert sie meinen Kuss und macht mich dabei schier wahnsinnig, weil ich in meinem Kopf schon fünf Schritte weiter bin. Ich will ihr die Zeit geben, die sie braucht, um sich auf das hier einzulassen. Bereits als sie vor einer Woche in das Frauentaxi gestiegen ist, wusste ich, dass sie sich nicht auf einen unverfänglichen One-Night-Stand einlassen würde. Möglicherweise sitzt auf meiner Schulter immer noch der kleine Teufel, der meint, dass ich besser damit bedient wäre, wenn ich sie nicht wiedergesehen hätte. Aber eine innere Stimme sagt mir, dass ich sie wiedersehen musste und schauen, wohin das mit uns führt. Was total irre ist in Anbetracht dessen, dass ich weder nach einer festen Partnerin noch nach einer Affäre suche. Ich will mich unter keinen Umständen an eine Frau binden. Dafür habe ich keine Zeit. Mein Lebensrhythmus ist absolut untauglich für eine Beziehung, und die Frau muss sehr viel Verständnis mitbringen, da mein Job immer an erster Stelle stehen wird. Aber Lilly – Fuck, sie hat meine Vorsätze mit Karacho gegen die Wand fahren lassen.

Sie erwidert den Kuss endlich, und ich stöhne wohlig auf, als sie es ist, die mit ihrer süßen Zunge gegen meine Lippen drückt, um Einlass in meine Mundhöhle zu bekommen. Diesen gewähre ich ihr nur zu gerne und genieße die süßen Laute der Lust, die sie macht, als ich meine Hände unter den Bund ihrer Jeans schiebe. Meine Handflächen kribbeln, als ich ihren Hintern Haut auf Haut fühle. Lilly macht mich so unglaublich an, obwohl wir bisher nicht mehr getan haben, als uns zu küssen und ein wenig zu fummeln. Ihre Zunge umspielt meine, und ich gehe darauf nur zu gerne ein, während ihre Hände unter mein Shirt fahren und über meine Bauchmuskeln streichen.

»Du hast tatsächlich ein Eightpack«, nuschelt sie zwischen zwei Küssen. »Wow.«

»Ernsthaft?«, frage ich und löse mich von ihr, um ihr in die Augen zu sehen. Sie wird rot, und ich drücke ihren Körper noch näher an meinen. »Das ist das Erste, was dir auffällt.«

Nicht, dass es mich stört, dass es ihr aufgefallen ist. Es wäre gelogen, würde ich sagen, dass mein Körper nicht auch mein Kapital ist. Denn das ist er. Ich habe ihm so einige sehr lukrative Werbeverträge zu verdanken. Viele unserer Defense-Spieler sind deutlich massiger und können es sich auf Grund ihrer Position gar nicht leisten, so einen Körper zu haben. Ihre Masse steht ihrem Six- oder gar Eightpack definitiv im Weg. Demnach bietet man ihnen seltener an, sich für Millionen von Dollar auszuziehen.

»Auf den Werbeplakaten im Kaufhaus hast du auch eins.« Lilly zuckt mit den Schultern und grinst mich an. »Ich wollte wissen, ob es stimmt. Habe ich das laut gesagt?«

Röte schießt ihr in die Wangen, und ich drücke meinen Mund erneut auf ihren, bevor sie auf die Idee kommt, sich zu rechtfertigen und unser Zusammensein beendet. Denn ich will dieser Frau mein Eightpack auf keinen Fall vorenthalten.

»Wo ist dein Schlafzimmer?«, frage ich und hebe sie auf meine Arme. Lilly schlingt ihre Beine um meine Hüfte, und ihre Hände legt sie in meinen Nacken. In dieser Position muss ich zu ihr aufsehen, was mir aber nichts ausmacht. Sie lächelt, und das Streichen ihrer Fingerspitzen in meinem Nacken beschert mir eine

Gänsehaut. Bereits jetzt bin ich mir sicher, dass ein einziges Mal Sex mit ihr mein Verlangen nach ihr nicht stillen wird. Ich will sie so sehr. Jeden Zentimeter ihres Körpers will ich mit meinen Händen, meinen Lippen und meiner Zunge erkunden. Allerdings befürchte ich, dass ich einen Frühstart sondergleichen hinlegen werde, wenn dieses Biest ihr Becken weiterhin kreisen lässt.

»Lass das«, knurre ich und gebe ihr einen Klaps auf den Hintern. »Ich halte nicht lange durch, wenn du mich weiter reizt.«

»Oh.« Verlegen beißt sie sich auf die Lippe. »Ich bin ganz brav.«

Lachend sehe ich sie an und küsse sie wieder. Lilly erwidert den Kuss und schiebt ihre Zunge in meine Mundhöhle.

»Dein Schlafzimmer«, erinnere ich sie. »Wo?«

»Die Tür neben der Treppe.«

Ich war so versessen darauf, sie zu küssen, dass ich mir die Wohnung überhaupt nicht angesehen habe. Das hebe ich mir für später auf, denn alles, was ich jetzt will, ist Lilly in ihrem Bett – nackt und willig.

Wir durchqueren den Wohnbereich, von dem ich lediglich eine dunkelblaue Couch wahrnehme, und steuern eine braune Holztür an. Ich öffne sie und trete ein. Die Tür kicke ich mit meinem Fuß wieder zu, um Lilly im nächsten Moment dagegenzudrücken. Mit meinem Becken reibe ich mich an ihr. Unsere Küsse werden noch wilder, noch leidenschaftlicher.

»Zieh es aus.« Sie keucht, als ich mich an ihrer Jeans zu schaffen mache, und zerrt an meinem T-Shirt. Grinsend lasse ich sie runter und trete einen Schritt zurück, als ich mich vergewissert habe, dass sie einen sicheren Stand hat. Lilly sieht mich auffordernd an, und ich grinse.

»Du auch.« Mit einem Nicken deute ich auf ihr T-Shirt. Ohne zu zögern, greift sie nach dem Saum und zieht es sich über den Kopf. Ich tue es ihr gleich und werfe mein T-Shirt neben ihres auf den Boden. Lillys Blick fällt sogleich auf meine Bauchmuskeln, und sie streckt die Hände aus, um darüberzustreichen. Pack für Pack tastet sie es ab und grinst zufrieden.

»Es sind acht«, lässt sie mich wissen. »Du hast mich nicht belogen.«

»Du bist unglaublich«, erwidere ich und drücke sie zurück gegen die Tür.

Die Hände auf ihren Hüften mache ich mich an ihrem Hals zu schaffen. Lecke und küsse die dünne Haut, um mich langsam, aber sicher zu ihren wunderschönen Brüsten vorzuarbeiten. »Deine Brüste haben auch nicht zu viel versprochen«, sage ich und sehe zu ihr auf, um zufrieden zu registrieren, dass sie rot wird. »Perfekte Größe.«

Ich schiebe meine Hände auf ihren Rücken und öffne den Verschluss ihres schwarzen BHs, sodass sie sich diesen von den Schultern streifen kann. Lillys Brüste sind perfekt. Gierig beuge ich mich vor und lecke mit der Zunge über ihre linke Brustwarze. Sie stöhnt leise auf und lehnt den Kopf zurück an die Tür. Das gleiche Spiel wiederhole ich mit ihrer rechten Brustwarze. Ich nehme ihre Brüste in die Hände und knete sie. Immer wieder zupfe ich mit meinen Lippen und Zähnen an ihren Nippeln, bis sie vollständig erregt sind.

»Brook.« Sie stöhnt, nachdem ich vor ihr auf die Knie gegangen bin, um ihre Jeans zu öffnen. Der enge Stoff gleitet von ihren Hüften und ihren Oberschenkeln, sodass sie sie ausziehen kann. Ihre Socken folgen. Nur noch in einem schwarzen Höschen mit fliederfarbener Spitze am Bündchen steht sie vor mir. Ich streiche mit meinen Händen über ihre Waden, die Kniekehlen und schließlich ihre Oberschenkel bis über ihre Hüften zum Bund des Slips.

»Darf ich?« Meine Stimme ist nur noch ein Hauch, und ich bin der Verzweiflung nah, wenn sie mit dem Kopf schüttelt.

»Ja«, flüstert Lilly und schenkt mir ein zufriedenes Lächeln. In Windeseile ziehe ich ihr das letzte Stück Stoff vom Körper und werfe es zum Rest unserer Kleidung.

Ich küsse die Innenseiten ihrer Schenkel bis hoch zu ihrer Mitte. Lilly stöhnt und will die Beine zusammendrücken, als ich dem Zentrum ihrer Lust immer näher komme. »Keine Chance«, sage ich und lege mir ihr linkes Bein über die Schulter, um sie zu öffnen. »Ich will alles von dir sehen.«

»Brook«, sie stöhnt erneut, »bitte, ich …«

»Ich auch!« Ich habe keinen blassen Schimmer, was sie sagen wollte, aber ich will sie jetzt lecken.

Sanft drücke ich meinen Mund auf ihren Venushügel und küsse mich an dem dünnen Streifen brauner Haare entlang bis zu dem kleinen Knoten oberhalb ihrer Schamlippen.

»Scheiße«, sie keucht, »oh Gott.«

Lillys Kopf fällt zurück gegen die Tür, und sie schiebt ihre linke Hand in meine Haare, während die rechte sich in das Fleisch ihres Oberschenkels gräbt. Sie ist so unglaublich heiß und bei der Sache, dass ich befürchte, in meiner Jeans zu kommen, bevor ich sie überhaupt nur ansatzweise fertig verwöhnt habe. Um keine Zeit zu verlieren, schiebe ich meine Zunge zwischen ihre Schamlippen, ziehe sie zusätzlich mit meinen Fingern auseinander, um sie von ihrer Klitoris bis zu ihrem After zu lecken. Lillys Stöhnen lässt mich beinahe den Verstand verlieren.

»Brooklyn«, sie keucht, »Ich will nicht so kommen.«

»Wieso?«, frage ich und schaue zu ihr auf.

»Fuck.« Sie stöhnt, als ich sie erneut lecke. »Ich will … ich will, dass du in mir bist, wenn ich komme.«

Ich schiebe ihr Bein von meiner Schulter, um mich aufzurichten. Lilly sieht mir direkt in die Augen, und die Lust, die sich in ihnen widerspiegelt, macht mich nur noch heißer auf sie. Ich hätte niemals gedacht, dass eine zuvor so schüchterne Frau so selbstbewusst in Bezug auf Sex ist. Ich mag es, wenn Frauen im Bett wissen, was sie wollen und mögen. Lilly weiß das eindeutig.

Ich öffne meine Jeans und streife sie mitsamt meiner Boxershorts und Socken ab. Sie beobachtet mich dabei, und ein Lächeln erscheint auf ihren Lippen, als mein Schwanz emporsteht. Ich werfe meine Sachen zu unseren restlichen auf den Haufen und ziehe sie an mich heran. Lilly schlingt ihre Arme um meinen Hals und drückt ihre Lippen wieder auf meine. Ich erwidere ihren Kuss und hebe sie erneut hoch. Die Beine um meine Hüfte geschlungen, drückt mein harter Schwanz gegen ihren Bauch. Ich stöhne in den Kuss hinein, als sie sich weiter an mir reibt.

»Du machst mich wahnsinnig«, sage ich und lege sie vorsichtig auf dem großen Bett ab. Lilly grinst mich an, ihre Fingerspitzen tanzen über meine Schultern, und sie spreizt einladend ihre Beine, sodass ich dazwischenrutschen kann.

»Hast du Kondome?«, frage ich und sehe sie an.

Egal wie scharf ich auf eine Frau bin, und bei Lilly ist es wirklich die reinste Zerreißprobe, achte ich immer auf ein Kondom. Auch wenn sie oft sagen, dass sie die Pille oder ein anderes Verhütungsmittel nehmen. In meiner Position als Sportler, und vor allem mit meinem Bankkonto, traue ich keiner Frau, die laut rausposaunt, dass sie verhütet. Ein Kind mit einem One-Night-Stand ist das Letzte, was ich will.

»In der Schublade.« Sie deutet auf ihren Nachtschrank mit zwei Schubladen. Ich nicke und beuge mich über sie, um die erste davon zu öffnen. Lilly nutzt dies, um mit ihren Lippen über meine Brust zu streichen. Eine Gänsehaut breitet sich auf meinem Körper aus, und ich stöhne leise, als ihre Zunge über meine linke Brustwarze leckt. Schnell taste ich blind in die Schublade und habe binnen weniger Sekunden drei Kondomblister in der Hand. Nur drei? Fuck! Wir bräuchten eine Jumbopackung.

Ich gebe der Schublade einen übertriebenen Schubs, sodass sie krachend schließt. Dann werfe ich zwei der drei Kondome neben Lillys Kopf und reiße das dritte auf. Sie lächelt mich an, und ich streife das Gummi über meinen harten Schwanz. Dann greife ich nach ihren Schenkeln und ziehe sie zu mir. Lilly sieht mir direkt in die Augen, und ich habe das Gefühl, dass sie bis auf den Grund meiner Seele blicken kann. Als ob sie all meine Geheimnisse wüsste, die ich ihr nie erzählt habe. Sowas habe ich noch nie erlebt. Ich schließe für eine Sekunde die Augen und bewege meinen Körper über ihren. Meine rechte Hand stütze ich neben ihrem Kopf ab und greife mit der linken nach meinem Schwanz, um ihn zu positionieren. Lilly stöhnt leise und beugt sich mir entgegen, als ich meine Spitze in sie einführe.

»Brook«, wispert sie, und ich küsse sie erneut, während ich komplett in sie eindringe. Ihre Enge umschließt mich, und ich gebe uns einen Moment Zeit, um uns an das Gefühl zu gewöhnen. Lillys leises Stöhnen lässt mich noch härter werden, und ich beginne, mich langsam in ihr zu bewegen. Sie schlingt ihre Arme und Beine um mich. Mein Becken bewegt sich rhythmisch vor und zurück.

Schweiß bedeckt unsere Körper, und unser Stöhnen hallt in ihrem Schlafzimmer wider. Ich greife nach Lillys Händen, um unsere Finger über ihrem Kopf miteinander zu verschränken. Immer tiefer dringe ich in sie ein. Immer härter werden meine Stöße.

»Brook.« Sie keucht. »Ich … ich bin gleich so weit.«

»Fuck«, ich stöhne ich und presse meine Lippen auf ihre, »komm mit mir zusammen, Baby.«

Lilly stöhnt ebenfalls, und ich entlade mich in ihr.

Kurz darauf folgt sie mir zum Höhepunkt. Am liebsten würde ich sofort auf ihr zusammenbrechen, aber ich will sie nicht unter meinem Gewicht begraben. Mit letzter Kraft ziehe ich mich aus ihr zurück. Die Reibung lässt uns erneut stöhnen. Dann lasse ich mich neben sie auf die Matratze fallen und ziehe das benutzte Kondom ab. Ich verknote es und werfe es neben das Bett auf den Boden.

Der Sex war der absolute Hammer, obwohl es schneller ging, als ich erwartet habe. Ich streiche mir die verschwitzten Haare aus dem Gesicht und sehe zu ihr hinüber.

Lilly neben mir regt sich langsam, und ich sehe zu ihr. Lächelnd betrachte ich sie und streiche ihr eine Haarsträhne aus dem Gesicht.

»Bist du okay?«, will ich wissen, und sie nickt.

»Absolut.« Lilly bedeckt meine Hand, die auf ihrer Wange liegt, mit ihrer. »Und du?«

»Ja«, sage ich und drehe mich komplett zu ihr auf die Seite. Wir sehen uns einen Moment nur an und sagen nichts, während mein Daumen über ihre Wange streicht.

»Hältst du mich für verrückt, wenn ich dich frage, ob wir uns anziehen wollen und einen Film schauen?«, fragt sie, »Ich meine … wir … also das –«

»Klingt perfekt«, unterbreche ich sie, bevor sie sich den Kopf darüber zerbricht, dass wir uns jetzt verabschieden müssen. »Vorher eine Dusche?«

Ich wackle mit den Augenbrauen, denn eine Dusche beinhaltet auch eine zweite Runde Sex. Lilly grinst und beugt sich zu mir hoch, um mich nochmal zu küssen. Ich ziehe sie ganz nah an meine Seite und lasse meine linke Hand über ihren Rücken bis zu ihrem Hintern wandern. Lilly stöhnt gegen meinen Mund, als mein Schwanz an ihrem Schenkel reibt.

»Vergiss die Dusche«, nuschle ich und lege mich auf den Rücken. Dann hebe ich sie auf meinen Schoß und greife nach einem der Kondome. Ich reiße es auf und streife es mir über. Lilly beobachtet mich dabei. Ich greife nach meinem Schwanz, und sie hebt ihr Becken und positioniert sich darüber.

Wir stöhnen erneut auf, als sie sich auf mich sinken lässt.

7

Lilly

Mit einem fetten Grinsen im Gesicht steuere ich die Wohnungstür an, um dem Pizzaboten unsere Bestellung abzunehmen. Nachdem wir noch einmal Sex in meinem Bett hatten, sind wir weiter in die Dusche gezogen. Tatsächlich haben wir es auf den sechs Quadratmetern nicht geschafft, nochmal Sex zu haben, ohne dass sich jemand gestoßen hätte, sodass wir brav geduscht haben und viel gelacht über den Versuch, es überhaupt zu versuchen. Gut, dass ich nie mit einem One-Night-Stand versucht habe, es in unserer Dusche zu tun.

Ich muss aber auch zugeben, dass die Dusche mit Brooklyn allein schon voll war. Dass ich noch in die winzige Kabine gepasst habe, war ein Wunder. Er hat mich aufs nächste Mal in seiner Dusche vertröstet. Immerhin wäre diese komplett offen und hätte eine wunderschöne Regenwaldbrause, die währenddessen mit gedimmtem Licht Wasser auf uns herabregnen lässt. Er macht immer wieder unterschwellige Bemerkungen, dass wir uns wiedersehen werden und nochmal Sex haben. Dabei dachte ich immer wieder, dass es bei diesem Mal bleiben wird oder zweimal, dreimal … je nachdem, wie oft wir es bis morgen früh noch treiben werden.

»Soll ich dir tragen helfen?«, erklingt seine raue Stimme hinter mir und jagt mir sofort einen angenehmen Schauer über den Rücken. Der Kerl macht mich noch ganz verrückt mit seiner puren Anwesenheit. Dafür muss er mich weder berühren noch küssen.

»Nein«, antworte ich. »Du kannst im Kühlschrank Getränke holen.«

Nachdem wir die Dusche verlassen haben, um auf den Pizzaboten zu warten, hat Brooklyn sich nur in seine enge Boxershorts gehüllt, die mehr zeigt, als mir lieb ist. Dass er tatsächlich ein Eightpack hat, finde ich immer noch unglaublich. Wie viel Zeit muss dieser Mann im Fitnessstudio verbringen, um so einen Körper zu haben. Ich fühle mich neben ihm wie eine kleine, dicke Ente. Auch wenn Brooklyn mir mehr als einmal gesagt hat, wie sexy er mich findet.

Als es erneut klingelt, werfe ich den Kopf in den Nacken. Wieso müssen Lieferanten immer so ungeduldig sein? Ich verstehe das nicht. Das Essen ist in den meisten Fällen sowieso kalt, bis sie es in dem kleinen Kasten auf dem Rücksitz ihrer getunten Roller zu mir gebracht haben. Trotzdem zahle ich noch viel zu viel Geld dafür. Seufzend öffne ich die Tür, aber davor steht kein junger Mann mit einem albernen Basecap und einem zu großen Poloshirt, um mir meine Pizza entgegenzuhalten, sondern mein Nachbar Brian.

»Hallo«, sage ich überrascht und lehne mich an die Tür, um ihm den Blick ins Innere der Wohnung zu verwehren.

»Hi«, erwidert er und lächelt mich schüchtern an. Seinen hellblonden Bart hat er komplett abrasiert, seitdem wir uns das letzte Mal gesehen haben, und seine blonden Haare trägt er ein wenig länger. Zugegebenermaßen sehr lang. Sie sind über seinen Kopf zurückfrisiert und berühren fast seine Schultern. Seine Hände hat er in die Taschen seiner Jeans vergraben, und mit einem weißen Poloshirt, wie ich es dem Pizzaboten angedichtet habe, nur dass seins die richtige Größe hat, steht er vor mir. Brian lebt in der Wohnung neben uns und ist von Beruf Anwalt. Wir waren ein paar Mal einen Kaffee trinken. Ich finde ihn nett, aber darüber hinaus kann ich mir nichts vorstellen. »Wie geht's dir?«

»Gut, und dir?« Ich lächle ihn an, aber würde am liebsten die Tür schließen. In meiner Wohnung ist der heißeste Kerl dieser Stadt, mit dem ich auch noch den besten Sex meines Lebens hatte, da habe ich leider keine Zeit für ein Pläuschchen mit meinem Nachbarn.

»Mir auch«, erwidert Brian. »Ich dachte … also ich … ich wollte dich fragen, ob du …«

»Sind Sie Ms. Mosley?« Neben Brian taucht der Pizzabote auf. Mit einem viel zu großen roten Poloshirt am Körper, dem passenden Basecap und wahnsinnig genervt.

»Ja«, sage ich und ziehe zwanzig Dollar aus der Tasche meiner Sweatjacke. »Stimmt so.«

»Danke«, sagt er erfreut und reicht mir die beiden Kartons. Brians Blick bleibt an diesen hängen, und er sieht mir wieder in die Augen. »Ist Jenna schon wieder zurück aus Miami?«

»Äh, nein«, murmle ich, »Sie ist …«

»Lilly«, erklingt Brooklyns Stimme aus der Wohnung, und ich zucke zusammen. Brian presst die Lippen aufeinander, und seine zuvor noch erheiterte und fröhliche Laune ist dahin. Was ich aber auch verstehen kann. Er steht vor meiner Tür, möchte mich wohl um ein Date bitten – zumindest gehe ich davon aus –, und dann ertönt aus dem Inneren meiner Wohnung eine Männerstimme.

»Ich komme«, rufe ich Brooklyn zu. »Eine Minute.«

»Eine Minute?«, erwidert er. »Die Pizza wird kalt und … oh.«

Ich drehe meinen Kopf herum und sehe ihn hinter mir. Wie in Stein gemeißelt steht er da und starrt über meinen Kopf hinweg Brian an. Mir ist die Situation maximal unangenehm, und mein Puls schießt in die Höhe. Nicht nur, dass Brian mich mit einem anderen Mann erwischt hat, dieser ist auch noch einer der bekanntesten in New York. Ich weiß nicht, ob er Football mag, aber er wird Brooklyn kennen. Jenna würde sagen, dass es mir egal sein soll, was Brian denkt. Aber wir sind Nachbarn, dass sein Interesse an mir weiter geht als ein kurzes ›Hallo‹ und ›Tschüss‹ im Treppenhaus, weiß ich. Er wird die falschen Schlüsse aus Brooklyn und mir ziehen. Völlig egal, was zwischen uns gelaufen ist oder nicht.

»Hallo«, sagt Brooklyn und legt seine Hände auf meine Hüften, um mich an sich zu ziehen. Brians Blick folgt seinen Bewegungen, aber er reagiert nicht. »Ich bin Brooklyn.«

»Br… Brian«, erwidert dieser, aber keiner der Männer rührt sich oder macht Anstalten, dem anderen die Hand zu geben. Ich stehe dazwischen, mit zwei kalten Pizzen in der Hand, und traue mich nicht, mich zu regen. »Ich wohne nebenan.«

»Okay«, entgegnet Brooklyn gedehnt. »Wir haben Pizza bestellt«, klärt er Brian unnötigerweise auf. »Man sieht sich.«

Brian öffnet den Mund, um noch etwas zu sagen, aber Brooklyn schnappt sich die Kartons, dreht sich dann herum und geht zurück in die Wohnung. »Kommst du, Lilly?«

»Ja, sicher«, erwidere ich und habe ein schlechtes Gewissen, wenn ich Brian jetzt einfach hier stehen lasse. »Wir … wir sehen uns.«

»Ja … klar.« Brian zögert. Dann hebt er die Hand zum Abschied, dreht sich herum und geht zu seiner Wohnung. Ich beiße mir auf die Lippe, weil es mir so verdammt leidtut, dass ich ihn einfach habe stehen lassen. Klar, ich habe kein weiteres Interesse an ihm, aber ich hätte mich dennoch gern von ihm verabschiedet und erfahren, was er mir sagen wollte, bevor der Pizzabote und danach Brooklyn ihn unterbrochen haben.

»Brian«, rufe ich, und er bleibt stehen. »Was … was wolltest du mich fragen?«

»Nichts«, erwidert er, und ich weiß, dass es nicht der Wahrheit entspricht. »Gar nichts.«

Dann betritt er seine Wohnung und schließt die Tür hinter sich. Ich bleibe noch einen Moment stehen, bis Brooklyn erneut nach mir ruft. Seufzend mache ich auf dem Absatz kehrt und gehe zurück in die Wohnung. Leise ziehe ich die Tür zu und finde ihn auf der Couch vor. Auf dem Fernseher prangt das Netflix-Symbol, und Brooklyn hat seinen Pizzakarton bereits aufgeschlagen und beginnt zu essen.

Ich lasse mich neben ihn fallen und greife ebenfalls nach meiner Pizza. Wir schweigen, während er bei Netflix nach einem Film sucht.

»Wer war der Typ?«, will er plötzlich wissen und lässt es so beiläufig klingen, dass ich nicht weiß, was ich antworten soll. Brian ist mein Nachbar, mehr nicht.

»Brian«, sage ich. »Mein Nachbar.«

»Das hat er gesagt«, erwidert er, »Ich meine … ich meine, ob du und er … Du weißt schon.«

Ich sehe ihn an und verdrehe die Augen. Kann er jetzt wirklich nicht aussprechen, was er wissen will? Es ist doch klar, dass er wissen will, ob wir Sex hatten. Was wir definitiv nicht hatten, und ich frage mich wirklich, wie er das denken kann. Andererseits sind wir Frauen auch so, dass wir in jeder anderen Frau eine mögliche Konkurrenz sehen.

»Ob wir was?«, frage ich dennoch sehr allgemein, um ihn zu ärgern. »Uns getroffen haben? Ja.«

Brooklyn verdreht die Augen und schluckt das Stück Pizza, das er im Mund hat, hinunter. Die Ananas auf seiner Pizza ekelt mich schon von Weitem an. Ihm scheint es zu schmecken.

»Nein«, sagt er. »Ich meine, ob ihr Sex hattet.«

»Ach, das meinst du.« Ich kichere und sehe ihn vergnügt an. »Nein, hatten wir nicht.«

»Gut.« Mehr sagt er nicht. Einfach nur ›Gut‹ und isst weiter.

»Mehr hast du nicht zu sagen?«, frage ich ihn. Mit dieser Reaktion bin ich alles andere als zufrieden, muss ich gestehen. Ich hätte zumindest einen kleinen gereizten Unterton erwartet, aber ein völlig emotionsloses ›Gut‹ kratzt schon an meinem Ego.

»Ich wollte wissen, ob du Sex mit ihm hattest, und du hast Nein gesagt. Mehr interessiert mich nicht.«

»Und …« Ich muss grinsen und lehne mich zu ihm vor, sodass mein Brustkorb seinen Bizeps berührt. »Was wäre gewesen, wenn ich Sex mit ihm gehabt hätte.«

Brooklyn schluckt erneut runter und sieht mich an. Seine braunen Augen treffen auf meine, und er leckt sich über die Lippen.

»Dann hätte ich mir etwas einfallen lassen, um ihn aus deinem Kopf zu streichen«, raunt er mir zu. »Ich könnte dich nochmal lecken, das schien dir ziemlich gut gefallen zu haben.«

Ein wimmernder Laut verlässt meinen Mund, und Stromstöße schießen direkt in meine Mitte. Allein der Gedanke daran, dass er mich nochmal lecken würde, macht mich scharf. »Oder ich beuge dich über die Sofalehne und ficke dich.«

»Oh.« Er sagt definitiv, was er sich vorstellen kann

und was nicht. Ich kann nicht leugnen, dass es mich scharfmacht.

»Hauptsache, da drin«, Brooklyn tippt mit dem Zeigefinger gegen meine Stirn, »ist nicht dein Nachbar.«

»Glaub mir«, rutscht es mir heraus, »da wird so schnell überhaupt kein anderer Mann reinkommen.«

Ein fast schon überwältigendes Grinsen erscheint auf seinem Gesicht. Brooklyn beugt sich zu mir vor und haucht mir einen Kuss auf die Lippen. Ich wimmere leise, als er sich viel zu schnell wieder zurückzieht und seine Pizza weiterisst.

»Gut zu wissen«, meint er grinsend. »Dann muss ich mir keine Sorgen machen.«

»Und … und deine Pläne?«, hake ich vorsichtig nach. »Sind die dann auch … erledigt?«

Mein Herz schlägt bis zum Anschlag, als die Worte meinen Mund verlassen. Schnell beiße ich von meiner Pizza ab, und weil man mit vollem Mund nicht reden soll, können nicht noch peinlichere Aussagen rauskommen. Es ist schon schlimm genug, dass er nun weiß, mir dermaßen das Hirn vernebelt zu haben, dass ich zugebe, dass ihn so schnell kein Mann verdrängen wird. Ich muss ihm nicht noch sagen, dass er mich von hinten über die Sofalehne vögeln soll.

Brooklyn wirft seinen leeren Pizzakarton auf den Couchtisch vor uns und sieht mich an. Seine Augen blitzen auf, als er mir meinen Pizzakarton ebenfalls abnimmt, zu seinem auf den Tisch wirft und mich anschließend hungrig küsst. »Sag mir sowas nicht«, knurrt er. »Jetzt will ich dich erst recht.«

»Brook, ich …« Ohne zu zögern, wirbelt er mich herum, sodass meine Hände auf der Lehne der Couch landen. Er steht hinter mir steht und sein Schwanz drückt gegen meinen Hintern.»Wir haben hier keine Kondome.«

»Fuck«, meint er. »Wir haben überhaupt keine mehr.«

Ja, wir haben nämlich bereits alle aufgebraucht.

»Dann lecke ich dich«, beschließt er und zieht meine Leggings mit einem Rutsch herunter. Um sie mir komplett von den Beinen zu ziehen, muss ich ihm behilflich sein. Mein Slip folgt sogleich.

»Brook«, kreische ich und vergrabe meine Finger im Stoff der Couch. Er kniet hinter mir, spreizt meine Beine, so weit er kann, und zieht meine Schamlippen auseinander. Meine Hauptschlagader pocht wie wild gegen meinen Hals. In den letzten Stunden mit ihm habe ich mehr erlebt als in all den Jahren meiner sexuellen Aktivität zuvor. Als sein Mund zum ersten Mal meine Mitte trifft, schreie ich auf.

»Spreiz deine Beine weiter«, weist er mich an, und ich komme seiner Forderung nach. Brooklyn führt zwei Finger in mich ein und lässt seine linke Hand auf meinen Hintern sausen. Der Schlag lässt meine Haut prickeln, und ich stöhne ungehalten auf, als er beginnt, mich zu stoßen. »Du bist so feucht, Baby.«

Ich stöhne erneut und strecke ihm meinen Hintern weiter entgegen. Mein Becken passt sich seinen Stößen an. Gott ja, das ist so gut. Rhythmisch stößt er in mich, füllt mich aus mit seinen Fingern. Ich wusste gar nicht, dass ich es mag, beim Sex auf den Hintern geschlagen zu werden.

»Brook.« Ich keuche, als er seine Finger ruckartig aus mir zurückzieht. »Bitte.«

»Bitte was?«, will er wissen und steht auf. Ich befürchte bereits, dass er auf das Kondom scheißt und mich fickt, aber das tut er nicht. Er beugt sich über mich, sodass sein Schwanz durch seine Hose an mir reibt. »Ich will dich so gern ficken, aber nicht ohne Kondom …« Seine Selbstbeherrschung ist nur noch ein Schatten seiner selbst, und ich lasse mein Becken kreisen, bis er mir wieder fest auf den Hintern schlägt. »Lass das«, knurrt er und küsst meine Wange. »Fuck, Lilly … ich will es wirklich nicht vergeigen.«

»Ich auch nicht«, erwidere ich und sehe ihn an. Die Sehnsucht nacheinander wird mit jeder Sekunde, die vergeht, größer als die Vernunft in unseren Köpfen.

Dann fällt mir plötzlich ein, dass Jenna immer Notkondome im Badezimmerschrank versteckt, falls eine von uns beiden mal keine hat. Ich bin mir nicht sicher, ob sie und Pierce noch mit Gummi verhüten. In ihrem Zimmer werden keine sein, und ich möchte dort auch nicht in ihren Sachen wühlen. »Vielleicht sind im Bad noch Kondome … im … im Schrank neben dem Waschbecken.«

»Soll ich nachsehen?«, will er wissen, und ich nicke.

»Ja«, sage ich, und er löst sich von mir und rennt ins Bad.

Fluchend stößt Brooklyn die Tür auf, was mich

lachen lässt. Ich höre ihn nochmal fluchen, und dann kommt er mit einem Kondom in der Hand zurück.

»Ich habe eins«, verkündet er das Offensichtliche, und ich muss wieder lachen. Er reißt es auf, zieht seine Boxershorts herunter und verpackt seinen harten Schwanz sicher. Dann greift er nach meiner Hüfte.

»Gott«, ich stöhne, als seine Eichel durch meine Schamlippen fährt, »mach endlich.«

»Du bist zu ungeduldig«, raunt er und wiederholt das Spielchen. Zur Untermalung seiner eindeutigen Dominanz in dieser Position gibt er mir erneut einen Klaps auf den Hintern. Fuck, das törnt mich so dermaßen an, dass ich noch feuchter werde.

»Ich bin nicht ungeduldig.« Mit einem festen Stoß dringt er in mich ein. Stöhnend sacke ich nach vorne, und als Brooklyn seine Finger in meine Hüften krallt, um mich hart zu nehmen, verabschiedet sich mein Verstand vollends, und alles, woran ich denken kann, ist er in mir.

»MORGEN.« Ich öffne die Augen, blinzle gegen die Sonne an, die in mein Schlafzimmer scheint, und genieße dann die ausgesprochen gute Aussicht in der Tür. Brooklyn trägt eine Boxershorts und hat seine Jeans in der Hand, während er mich mustert. »Gut geschlafen?«

»Morgen«, begrüße ich ihn und stütze meinen Kopf auf meiner Hand ab, um ihn besser anzusehen. Er steigt in seine Jeans und kommt oberkörperfrei auf mich zu.

Gott, an diesem Körper werde ich mich niemals sattsehen können. »Ja, und du?«

»Ich auch«, erwidert er grinsend und beugt sich zu mir herunter. Seine Lippen streifen meine, und ich lege meine Hand in seinen Nacken, um ihn weiter zu mir runterzuziehen. Wahlweise wieder direkt ins Bett, um ihn auszuziehen und nochmal Sex zu haben. Nachdem er mich von hinten auf der Couch genommen hat, haben wir es noch einmal in der Reiterstellung getan und haben danach eng aneinandergekuschelt einen Film geschaut. Bis wir brav ins Bett gegangen sind und dort wie zwei unschuldige Teenager nebeneinander eingeschlafen sind.

»Ich muss los.« Dieser Satz allein reicht aus, um all meine Erinnerungen wie eine Seifenblase zum Platzen zu bringen.

»Oh.« Kälte durchfährt meinen Körper, und ich ziehe mich augenblicklich von ihm zurück, um ihn freizugeben. Das war es dann wohl mit uns. Die letzten Stunden waren unglaublich, aber ich verstehe, dass es jetzt vorbei ist und jeder von uns seinen eigenen Weg geht. »Klar.«

Ich versuche zu lächeln, aber mein Magen krampft sich dennoch zusammen. Als Brooklyn sich von mir zurückzieht, setze ich mich auf und ziehe die Bettdecke fester um meinen Körper, weil ich das Gefühl habe, mich vor ihm zu schützen. Tief in meinem Inneren weiß ich, dass es nur ein One-Night-Stand war und jetzt vorbei ist, aber – verdammt, ich will nicht, dass es schon vorbei ist.

Brooklyn wendet sich von mir ab und schlüpft in

sein T-Shirt, seine Socken und schließlich in seine Sneakers, die er von draußen reingeholt haben muss. Dann sieht er mich nochmal an und lächelt. Ich erwidere es, aber ich weiß, dass es seine Augen nicht erreicht. Es ist nicht echt, weil mir nicht zum Lächeln zumute ist.

Als ich denke, dass er gehen wird, zieht er sein iPhone aus seiner Tasche und kommt zu mir. »Hier«, sagt er und reicht es mir. »Gib mir deine Nummer. Ich rufe dich an.«

Überrascht und überglücklich, dass es doch nicht das Ende ist, tippe ich meine Nummer ein. »Bitte«, sage ich, als ich ihm das Gerät zurückgebe. Unsere Finger berühren sich, und mich durchfährt ein Stromschlag, aber ich ignoriere ihn.

»Danke«, sagt Brooklyn. »Ich fliege morgen nach Miami zum Auswärtsspiel. Ich melde mich danach, ja?«

»Mach das«, erwidere ich und weiß, dass das nur eine Floskel ist für ›Du wirst nie wieder was von mir hören, aber der Sex war nett‹.

»Bis dann«, verabschiedet er sich endgültig von mir, drückt mir einen Kuss auf die Stirn und verlässt mein Schlafzimmer und schließlich meine Wohnung.

Ich lasse meinen Kopf zurück ins Kopfkopfkissen fallen und starre die Decke an. Brooklyns Duft umhüllt mich, und ich schließe frustriert die Augen. Was habe ich denn auch erwartet, wenn ich einmal mit ihm geschlafen habe? Ich bin echt noch naiver, als ich es für möglich gehalten habe. Darüber hinaus muss ich zugeben, dass der Sex mit Brooklyn es wert war. Scheiße.

8

Brooklyn

Eine Woche später

Die letzte Woche war der absolute Horror. Nicht nur, dass wir das Spiel in Miami haushoch verloren haben, sondern auch, dass wir jeden Tag Straftraining machen mussten, sodass ich jeden Abend wie tot ins Bett gefallen bin. Meine Muskeln tun immer noch weh von den ganzen Checks, die die Defense-Spieler mir zugefügt haben. Das Match war keine Glanzleistung von mir. Das war sie von keinem von uns. Wir haben wirklich, wirklich schlecht gespielt, aber das ist noch lange kein Grund, uns so leiden zu lassen. Noch dazu hatte ich über das Training hinaus kein Leben. Ich hatte Kontakt zu Pierce, den ich aber auch beim Training gesehen habe, zu meinen Eltern, habe gegessen und geschlafen. Heute ist der erste Tag, an dem ich mal wieder ein wenig freier atmen kann, und ich habe beschlossen, Lorraine zu besuchen.

Meine kleine Schwester ist dreiundzwanzig Jahre alt und sitzt seit fünf Jahren im Gefängnis. Mit sechzehn ist sie komplett auf die schiefe Bahn geraten und von zu Hause ausgerissen. Bis heute kennen wir die Gründe dafür nur sehr vage. Ein Jahr später kam sie zurück. Sie sah aus wie ein Schatten ihrer selbst. Völlig abgemagert und verdreckt stand sie vor unserem Elternhaus und wollte zurück nach Hause. Meine Eltern haben keine Sekunde gezögert und sie wieder bei sich aufgenommen, aber es hat einfach nicht funktioniert. Lorraine hat weiterhin rebelliert, lief immer wieder weg und tauchte für mehrere Tage unter, bis die Polizei sie eines Tages aufgegriffen hat. Damals war sie siebzehn, und alles ist völlig aus dem Ruder gelaufen, sodass es das Jugendamt auf den Plan rief und die Mitarbeiter meine Eltern für nicht fähig erklärten, sich um sie zu kümmern. Vor allem für meine Mom war es ein Schock. Sie und auch unser Dad haben Lorraine und mich immer über alles geliebt, uns alles ermöglicht und dachten, dass wir auf dem richtigen Weg sind. Während das bei mir, vor allem durch den Sport, sehr gut funktioniert hat, entglitt Lorraine ihnen mehr und mehr.

Mit siebzehn kam sie in eine Einrichtung für schwererziehbare Mädchen in Queens. Ähnlich wie die, in der Lilly arbeitet. Aber auch dort lief sie weg, bis zu jenem schicksalhaften Tag vor fast sechs Jahren. Bei einer Routinekontrolle von zwei Zivilpolizisten wurde Lorraine mit Drogen erwischt. Sie bestritt sofort, dass die Drogen ihr gehörten, und auch, dass sie sie verkauft hat. Letzteres konnte sie beweisen. Genauso, dass sie an dem Abend nichts genommen hat. Ihr Drogentest war negativ, aber dass es grundlegend nicht ihre Drogen waren, glaubten ihr die Polizisten nicht. Die Polizei wusste, dass sie in der New Yorker Drogenszene bekannt war. Sie war damals in erster Linie hinter einem Dealer und – wie wir später erfahren haben – Lorraines Ex-Freund Craig Sanchez her, der in Queens eine Kinderbande beschäftigte, um seine Drogen zu verticken.

Meine Eltern und ich haben das alles erst nach und nach während des Prozesses erfahren. Ich war damals so alt wie Lorraine heute. Meine letzte Saison auf dem College war gelaufen, und ich hatte Ambitionen auf die Profiliga. Damit verdiente ich auch schon genug Geld, um meiner Schwester einen einigermaßen guten Anwalt zu bezahlen, aber er erreichte nicht mehr als die Mindeststrafe für sie – fünf Jahre!

In diesen fünf Jahren habe ich sie, wann immer ich konnte, im Gefängnis besucht. Meine Eltern ebenso. Wir haben versucht, für sie da zu sein und ihr zu zeigen, dass sie nicht allein ist. Auch wenn sie sich oft so fühlt. In wenigen Wochen wird sie entlassen und in eine für sie völlig fremde Welt kommen. Der Wandel der Zeit ist nicht aufzuhalten. Dinge, die Lorraine vor fünf Jahren kannte, sind längst überholt. Sie hat ihren Highschool-Abschluss im Gefängnis nachgeholt. Ich hoffe, dass ich sie mit einer Finanzspritze für die *New York University* auf dieser unterbringen kann. Lorraine muss ihr Leben nun endlich auf die Kette bekommen.

Natürlich werde ich sie nicht sofort ins kalte Wasser schmeißen, aber wir müssen uns langsam alle darauf vorbereiten, dass es ein Leben nach dem Gefängnis für sie gibt. Mit dreiundzwanzig hat sie ihr ganzes Leben noch vor sich. Aus dem sie nun bitte etwas machen soll.

Ich fahre langsam an das Pförtnerhaus am Haupteingang des Gefängnisses heran und halte den Wagen an. Per Knopfdruck lasse ich die Fensterscheibe automatisch herunter und lächle den Mann hinter der Scheibe an. Er betätigt den Knopf an seinem Mikrofon und spricht: »Ja, bitte?«

»Brooklyn Webster«, sage ich. »Ich habe einen Besuchertermin bei meiner Schwester – Lorraine Webster.«

»Haben Sie einen Ausweis dabei, Mr. Webster?«

Ich nicke und ziehe ihn aus der Mittelkonsole. Jeder Wärter, jeder Pförtner und vermutlich auch jeder Insasse weiß, wer ich bin. Und auch, dass ich Lorraines Bruder bin. Ich gebe seit Jahren hunderttausende von Dollar aus, um meine Schwester im Gefängnis zu beschützen. Sie weiß das nicht, und ich möchte auch nicht, dass sie es erfährt. Aber nachdem mir zu Ohren gekommen ist, wie darüber geredet wurde, dass es Insassen und auch Wärter gibt, die es der kleinen Schwester des Footballmillionärs mal richtig besorgen wollen, habe ich Angst um sie bekommen. Eine Verlegung in ein anderes Gefängnis hätte keinen Sinn gemacht, also habe ich mich mit meinem Anwalt in Verbindung gesetzt. Dieser hat seine Beziehungen ins Milieu spielen lassen und einen befreundeten Biker, der ebenfalls wegen Drogendelikten einsitzt, gebeten, auf Lorraine aufzupassen. Er beschützt meine Schwester, und ich lasse ihm dafür jeden Monat ein nettes Sümmchen im oberen fünfstelligen Bereich zukommen, sowie dem Gefängnis für dessen Verschwiegenheit. Rundum kostet mich der Gefängnisaufenthalt meiner Schwester im Jahr fast eine Million Dollar. Geld, das ich nur zu gern ausgebe, um zu wissen, dass Lorraine in Sicherheit ist. Ich will mir gar nicht vorstellen, was ihr hätte passieren können, wenn ich nicht eingegriffen hätte. Andererseits wäre sie auch nie in die Lage gekommen, wäre ich nicht der, der ich bin.

»Bitte.« Ich reiche ihm meinen Ausweis, und er nimmt ihn mir ab. Notiert sich etwas auf seinem alten Computer und gibt ihn mir zurück. »Ich wünsche Ihnen einen guten Aufenthalt und Kopf hoch. Es kommen wieder bessere Zeiten für die Gladiators.« Er zwinkert mir zu, und ich nicke. Dann gebe ich Gas und fahre auf den Besucherparkplatz. Ich hoffe auch, dass es bald bessere Zeiten für die Gladiators gibt, und parke meinen Wagen. Ich ziehe mir eine Basecap auf, um ein wenig anonymer zu sein, und gehe auf den Eingang zu.

»Guten Tag, Mr. Webster«, begrüßt mich der Wärter an der Tür sogleich, und ich nicke.

»Guten Tag.«

Nachdem er mich durchsucht und, wie zu erwarten, nichts gefunden hat, betrete ich den Vorraum des Besuchertraktes. Am Empfang sitzt ein Mann um die fünfzig. Er hat graue Haare, leichtes Übergewicht und einen Donut samt Kaffee von Starbucks vor sich stehen. Er wirkt wie das Klischee eines untrainierten Sheriffs aus den beliebten Filmen, die sich die Menschen so gern ansehen.

»Guten Tag«, sage ich und ziehe trotz der Überwachungskameras einhundert Dollar aus meiner Hosentasche. »Wir machen es wie immer.« Dann schiebe ich ihm das Geld zu, und er nickt.

Es bedeutet nichts anderes, als dass ich mit Lorraine in einem Raum ohne Kameras und Sicherheitspersonal sein kann, sodass wir ungestört reden können. Diese Räume sind in der Regel für Paare gedacht, die ein paar ungestörte Momente im Gefängnis teilen möchten, und absolut nicht für Geschwister. Ich habe aber das Gefühl, dass Lorraine sich dort wohler fühlt. Immerhin weiß sie, wie bekannt ich bin.

»Ihre Schwester ist bereits im Besucherraum.«

»Danke«, sage ich und folge dem Wachmann zu meiner Linken durch einen langen Flur hindurch. Die Backsteine sind lieblos weiß gestrichen, wobei die Farbe bei einigen sogar schon abblättert. Ich kann es kaum erwarten, dass Lorraine entlassen wird und endlich ein normales Leben führen kann. Sie soll ihre Freiheit genießen, reisen, studieren, einen Mann kennenlernen und die schrecklichen Jahre im Gefängnis vergessen. Dieser Ort macht mich jedes Mal nach nur wenigen Stunden schon fertig. Wie muss das nur nach Jahren oder gar Jahrzehnten sein? Wobei ich glaube, dass Menschen, die für Jahrzehnte ins Gefängnis müssen, etwas derart Schlimmes getan haben, dass sie es auch nicht besser verdienen. Ausgenommen immer die, die zu Unrecht sitzen.

»Zwei Stunden, Mr. Webster«, informiert mich der

Wachmann, der mich zum Besucherraum gebracht hat. »Wir haben heute noch eine Kontrolle und dürfen die Zeiten nicht überschreiten.«

»Natürlich«, erwidere ich und trete ein. »Danke.«

»Brooklyn.« Lorraine springt von dem Stuhl auf, auf dem sie gesessen hat, und stürmt auf mich zu. Ich schließe sie sofort in die Arme und drücke sie fest an mich. Sie ist fast dreißig Zentimeter kleiner als ich und für meinen Geschmack auch ein wenig zu dünn. Ihre braunen Haare hat sie zu einem Pferdeschwanz zusammengebunden. Im Gefängnis darf sie sich nicht schminken und aufstylen, das hat sie auch nicht nötig, aber ich weiß, dass ihr das fehlt. Sie trägt eine einfache Jeans und ein weißes T-Shirt. Der Besucherraum bietet einen Tisch in der Mitte mit zwei Stühlen, eine abgewetzte Ledercouch und ein Bett in der hinteren Ecke. Ich kann mir beim besten Willen nicht vorstellen, in diesem Raum Sex zu haben oder irgendwie locker zu werden, um Zärtlichkeiten mit meiner Partnerin auszutauschen.

»Hey«, begrüße ich Lorraine und gebe ihr einen Kuss auf die Wange. »Wie geht's dir?«

»Ganz gut, und dir?« Wir lösen uns voneinander und nehmen am Tisch Platz. »Wie lange bleibst du?«

»Leider nur zwei Stunden«, sage ich und greife nach ihren Händen. »Geht es dir wirklich gut? Du bist blass.«

»Ja, mir geht es gut«, versichert sie mir, und das Lächeln, das sie mir schenkt, ist echt. »Und dir? Gibt es etwas Neues? Sie haben mich das Spiel nicht schauen lassen.«

Traurig sieht Lorraine mich an, und ich seufze. Sie liebt es, mich spielen zu sehen, weil sie sagt, dass ihr das Normalität gibt und es etwas ist, worauf sie sich wahnsinnig freut, wenn sie draußen ist. Das erste Mal im Stadion zu sein. Diesem Tag fiebern wir seit Jahren entgegen.

»Du hast nichts verpasst«, erwidere ich niedergeschlagen. »Es war eine Katastrophe, ehrlich gesagt.«

»Warum?«, hakt sie nach. »Hast du wieder zu lange gewartet, bis du den Pass gespielt hast?«

Ihre Augenbrauen wandern in die Höhe, und ich schnappe nach Luft. Lorraine ist nicht nur meine kleine Schwester, sondern auch meine beste Freundin und eine meiner engsten Vertrauten. Zwar hat sie noch kein Profispiel von mir live im Stadion gesehen, aber genug am Fernseher, und hier drin auch reichlich Zeit, um sich mit all meinen Schwachstellen zu beschäftigen. Diese reibt sie mir dann gern unter die Nase.

»Nein«, rufe ich, und sie zieht die Augenbrauen erneut hoch. »Vielleicht ein wenig. Das kann doch mal passieren.«

»Okay, okay«, meint Lorraine. »Ich glaube dir. Gibt es sonst etwas Neues?«

»Nein, nichts«, erwidere ich und erzähle ihr absichtlich nichts von Lilly und wie wohl ich mich bei ihr gefühlt habe. Wir haben ein paarmal sporadisch hin- und hergeschrieben in den letzten Tagen, aber keinen engeren Kontakt gehabt. Es hat nicht in mein Zeitfenster gepasst, und ich wollte ihr nicht halbherzig meine Aufmerksamkeit schenken, was ich im Nachhinein doch getan habe. Auf meine Nachricht von heute

Morgen hat sie nicht geantwortet. Lorraine wird sofort merken, dass ich Lilly mag und mehr Zeit mit ihr verbringen möchte. Meine Schwester wird sich furchtbar in das Thema reinsteigern. Das möchte ich nicht. Das zwischen Lilly und mir war nur verdammt geiler Sex. Zumindest rede ich mir das seit einer Woche ein, um nicht wieder wie ein Straßenköter bei ihr angekrochen zu kommen.

»Und warum guckst du so nachdenklich und grinst wie ein Idiot?«

»Ich grinse doch nicht wie ein …« Sie kichert. »… Idiot.«

»Doch, tust du.« Lorraine tippt mir mit dem Zeigefinger an die Nase. Genervt schlage ich ihre Hand weg. »Wie heißt sie?«

»Was?« Hitze steigt in mir auf, und ich fixiere einen Punkt hinter Lorraine an der Wand, um ihr nicht in die Augen zu sehen. »Wie … wie kommst du denn darauf?«

»Es gibt wirklich jemanden.« Sie kreischt beinahe, und ihr Lächeln ist gigantisch. »Oh, Brook … ich freue mich so für dich. Wie heißt sie, wie hast du sie kennengelernt und –«

»Lori, bitte!«

»Und wann lerne ich sie kennen?«, beendet sie ihre Fragerunde aufgeregt.

»Glaubst du, ich kann Lilly erzählen, dass meine kleine Schwester im Knast sitzt, aber sie gern mal vorbeischauen kann.« Ich habe keine Ahnung, warum ich Lorraine so anfahre. Sie kann nichts dafür, dass ich frustriert bin, weil ich Lilly seit einer Woche nicht gesehen habe und sie mir mehr bedeutet, als ich mir eingestehen möchte. Und Lorraine kann auch nichts dafür, dass mir ihre Euphorie auf die Nerven geht, weil ich glaube, dass ich es vergeigt habe mit Lilly. Augenblicklich entzieht sie mir ihre Hände und distanziert sich von mir. »Es tut mir leid«, entschuldige ich mich sogleich. »Ich habe es nicht so gemeint … Ich … ich bin gestresst.«

Lorraine reagiert nicht, und ich könnte mir in den Arsch treten, dass ich sie so angefahren habe.

»Lori, bitte«, versuche ich es erneut. »Es tut mir leid.«

»Natürlich kannst du sie mir nicht vorstellen«, erwidert sie patzig. »Hast du ihr überhaupt erzählt, dass es mich gibt, oder hast du nur Mom und Dad erwähnt.«

Lorraine steht auf und wendet mir den Rücken zu. Ich balle die Hände zu Fäusten und ärgere mich so sehr über mich. Wieso kann ich nicht einmal in meinem Leben meinen Mund halten?

»Ich habe Lilly von dir erzählt«, sage ich und hoffe, dass sie sich wieder herumdreht. »Aber nicht, dass du im Gefängnis sitzt. Dafür kennen wir uns noch nicht lange genug und … Komm schon.«

»Lilly also«, erwidert meine Schwester und fährt herum. Erleichtert atme ich aus. »Erzähl mir von ihr.«

»Da gibt es nicht viel zu erzählen«, druckse ich herum.

»Brooklyn.« Sie stöhnt. »Mein Leben hier drin ist nicht sonderlich spannend. Ehrlich gesagt ist das Spannendste der Tratsch auf dem Innenhof, wer wieso und aus welchen Gründen in Einzelhaft sitzt und wer einem

Wärter einen geblasen hat, um mehr Zigaretten zu bekommen, und eure Besuche.«

»Okay, okay.« Ich seufze und fahre mir durch die Haare. »Ihr Name ist Lilly, sie ist fünfundzwanzig Jahre alt und die Mitbewohnerin von Pierce‘ Freundin.«

»Jenna, richtig?«

»Genau«, erwidere ich und grinse. »Pierce hat mich mal wieder zu einem dieser furchtbaren Doppeldates geschleppt. Eigentlich wollte ich diesmal wirklich nicht hingehen.«

»Und wieso hast du es dann getan?« Meine Schwester schmunzelt.

»Ich habe Jenna bereits bei einer von Dans Partys kennengelernt«, erkläre ich. »Ich mochte sie und habe zugesagt. Vermutlich hätte ich so oder so zugesagt.«

Lorraine verdreht die Augen. Sie findet Pierce und meine Abmachung mit den Doppeldates total bescheuert. Vor allem, weil in der Regel Pierce derjenige ist, der eine neue Freundin hat, und ich derjenige, der sich mit ihrer Freundin abgeben muss. Bei Lilly war es zum ersten Mal der Fall, dass ich nicht komplett abgeneigt war.

»Lilly ist Jennas beste Freundin und Mitbewohnerin. Im Gegensatz zu mir wusste sie nicht einmal, dass es ein Doppeldate ist, und war ziemlich sauer.«

»Hat sie dich abblitzen lassen?« Lorraines Augen leuchten vor Schadenfreude, und ich stöhne auf. »Sie hat dich sowas von abblitzen lassen.«

»Hat sie, okay?«, knurre ich. »Sie ist ins Taxi gestiegen und gefahren, obwohl ich ihr mehrfach angeboten habe, sie nach Hause zu bringen.«

»Ja, weil du in ihr Höschen wolltest.« Meine Schwester amüsiert sich tierisch.

»Lorraine.«

»Brooklyn.« Sie äfft meine empörte Stimme nach. »Das ist doch die Wahrheit.«

»Vielleicht«, gebe ich zu und lehne mich in meinem Stuhl zurück. »Setz dich wieder.«

»Sagst du mir dann, ob du mit ihr geschlafen hast.«

»Lori, bitte!« Manchmal ist sie unerträglich.

»Jetzt sei doch nicht so«, meint sie. »Ich hatte seit Jahren keinen –«

»Du hörst sofort auf zu reden«, knurre ich und massiere meine Schläfen, um endlich die Kurve zu kriegen. Ich will nicht mit meiner Schwester über mein Sexleben reden und noch weniger über ihres. Für mich hat sie keins und wird auch niemals eins haben. »Hast du mit deinem Bewährungshelfer gesprochen, wie es weitergeht, nachdem du entlassen worden bist?«

Sie nickt und setzt sich wieder an den Tisch.

»Ich muss einen Wohnsitz angeben, an dem ich anzutreffen bin«, erklärt sie. »Außerdem wäre es gut, wenn ich einen Job hätte, sagt er. Dass das nicht so einfach ist, weiß ich.«

»Okay.« Ich greife wieder nach ihren Händen. Lorraine schaut mich mit großen Augen an. »Du kannst bei mir wohnen. Meine Wohnung ist groß genug.«

»Mom und Dad werden dagegen sein«, erwidert sie. »Mom meinte, dass sie alles für meine Rückkehr vorbereitet hat.«

»Ich weiß, aber ich denke, es ist besser, wenn du bei

mir wohnst.« Ich lächle sie an. »Du wärst in Manhattan und könntest dich frei bewegen.«

»Okay, und ich brauche einen Job oder zumindest eine Tätigkeit.«

»Ich weiß«, sage ich. »Hast du schon etwas im Sinn? Vielleicht etwas Medizinisches oder Soziales.«

»Ich bin vorbestraft wegen illegalem Rauschmittelbesitz«, erwidert sie angespannt. »In diesem Sektor bekomme ich niemals einen Job.«

»Darum kümmere ich mich«, verspreche ich ihr.

»Wie denn das?«, will Lorraine wissen und zieht die Augenbrauen hoch.

»Mit Geld«, erwidere ich. »Mehr musst du nicht wissen. Du wirst ein neues Leben beginnen, wenn du in ein paar Wochen dieses Gebäude verlässt. Dafür werde ich sorgen.«

»Okay«, antwortet sie zu meiner Überraschung. »Danke, Brook. Was ist jetzt mit deiner Lilly?«

Ich verdrehe genervt die Augen.

»Sie ist nicht *meine* Lilly.«

»Siehst du sie wieder?«, bohrt sie weiter nach, völlig unbeeindruckt davon, dass das Thema für mich durch ist.

»Du nervst.« Wie ein beleidigtes Kind lehne ich mich in meinem Stuhl zurück und verschränke die Arme vor der Brust.

»Ich nerve gerne.« Sie kichert. »Bitte sag mir, ob du sie wiedersiehst.«

»Ich weiß es nicht«, antworte ich seufzend. »Meine Woche war extrem stressig, und ich habe es nicht geschafft, mich bei ihr zu melden.«

»Oh.« Meine Schwester presst die Lippen zusammen. »Das wird ihr nicht gefallen.«

»Ach was«, zische ich und fahre mir durch die Haare. »Sie … Wir … wir haben geschrieben … immer mal wieder.«

»Aber nicht dauerhaft?«

»Nein«, sage ich. »Zwischendurch.«

»Gut«, erwidert meine Schwester entschlossen. »Dann musst du am Ball bleiben. Das kannst du doch.« Lorraine zwinkert mir zu und entlockt mir tatsächlich ein Lachen.

»Steht zumindest in meiner Jobbeschreibung«, gebe ich ihr zur Antwort. »Ich freue mich auf dich, wenn du bei mir wohnst.«

»Ich mich auch. Und auf Mom und Dad. Ich freue mich auf alles.«

»Das glaube ich dir«, sage ich. »Du musst auch damit rechnen, dass es anders wird. Du warst fast fünf Jahre im Gefängnis. Die Welt hat sich verändert.«

»Autos können immer noch nicht fliegen, und soweit ich gehört habe, ist auch sonst nichts Außergewöhnliches passiert seitdem.«

»Ich möchte nicht, dass du überfordert bist.«

»Brook«, sie seufzt, »ich war fünf Jahre im Knast, nicht fünfundzwanzig. Wir haben hier auch Fernseher, und manche Häftlinge haben Handys. Ziemlich gute sogar. Ich kriege das hin.«

»Okay«, sage ich und stehe dann auf, da meine Zeit bei ihr bereits um ist. »Lass dich nochmal in den Arm nehmen.«

Lorraine steht ebenfalls auf und kommt zu mir

herüber. Ich ziehe sie in meine Arme und drücke sie fest an mich. Ihr zierlicher Körper versinkt in meinen Armen.

»Ich habe dich lieb, Lori.«

»Ich dich auch«, sagt sie. »Und ich freue mich auf deine Lilly.«

»Sie ist nicht meine –« Die Tür wird geöffnet, und ein Wachmann steht im Raum. »Ich muss gehen.«

Lorraine nickt, drückt mich nochmal an sich und lässt mich schließlich frei.

»Nicht mehr lange und wir sehen uns jeden Tag.«

»Ich weiß«, flüstert sie. »Als es noch drei oder vier Jahre waren … Es war einfacher. Jetzt ist jeder Tag eine Qual.«

»Das verstehe ich.« Verständnisvoll streiche ich mit den Daumen über ihre Wangen. »Mom will dich nächste Woche besuchen. Ich kann leider nicht.«

»Ich weiß«, erwidert sie. »Bis bald.«

»Bis bald.« Damit verabschiede ich mich von meiner kleinen Schwester und folge dem Wachmann aus der Besucherzelle. Lorraine hat recht, je näher ihre Entlassung rückt, desto schwerer wird es, Abschied zu nehmen.

9

Lilly

ICH BETRETE ein Restaurant in Manhattan und sehe mich in dem viel zu schicken Laden um. Auf den Tischen liegen weiße Decken, das Besteck sowie die Gläser sind nach Gang und Getränk geordnet, die Stuhlpolster mit dunkelrotem Samt überzogen, und aus den Lautsprechern dringt leise Geigenmusik.

»Guten Tag, Miss«, begrüßt mich ein Kellner am Eingang. »Wie kann ich Ihnen helfen?« Seine Augen gleiten über meinen Körper. Für eine Sekunde bleibt er an meinen Brüsten hängen, bis er weiter zu meinem Bauch und meinen Beinen fährt. Er muss mich nicht so abschätzend mustern. Mir ist klar, dass ich nicht hierher passe. Aber Brooklyn hat das Restaurant ausgesucht. Mir hätte ein einfaches Diner in Brooklyn gereicht. Mit meinem schwarzen Spitzentop, dem ebenfalls schwarzen Cardigan und meiner Bluejeans und High Heels bin ich vollkommen underdressed.

Gestern Abend hat Brooklyn mir überraschend eine Nachricht geschrieben, ob wir uns sehen können. Er würde gern mit mir zu Mittag essen. Zunächst habe ich gezögert und wollte nicht zusagen. Ich meine, er hat sich, seitdem wir den Abend und danach die Nacht miteinander verbracht haben, eine Woche nicht mehr gemeldet. Die wenigen Nachrichten, die er mir hat zukommen lassen, konnte ich an einer Hand abzählen. Ich hatte nicht den Eindruck, dass Brooklyn mich wiedersehen will. Auch wenn ich wusste, dass er sich nach dem Sex anders verhalten würde, tat es weh. Er ist kein Typ, der einer Frau nachläuft, nachdem er sie im Bett gehabt hat. Das hat er überhaupt nicht nötig, und dennoch hatte ich die kleine Hoffnung, dass er es genauso schön fand wie ich.

Ich lag gestern Abend schon im Bett, als er mir geschrieben hat, ob wir uns treffen wollen. Zuerst wollte ich ihn länger zappeln lassen, aber ich habe nicht mal zehn Minuten durchgehalten, bis ich ihm ein aufgeregtes ›Hi‹ zurückgeschrieben habe. Sofort erschienen wieder die drei Punkte, die zeigen, dass er tippt. Er hat gefragt, wie es mir geht und ob wir uns heute zum Mittagessen treffen können. Zwar hat er auch geschrieben, dass ihm sein Verhalten leidtut und er sich gern erklären möchte, aber im selben Satz betonte er auch, dass das immer wieder vorkommen würde.

Möchte ich das? Mich nervt es jetzt schon, dass er mich derart aufs Abstellgleis befördert hat. Wenn ich ihn weiter an mich ranlasse und wir uns noch besser kennenlernen, wird es doch sicher noch schlimmer für mich, mit seiner Abwesenheit klarzukommen. Ich klinge wie eine pubertierende Fünfzehnjährige, die Mathe und Englisch in einem anderen Leistungskurs hat wie ihr Schwarm. Ich habe es auch nicht geschafft, Brooklyn abzusagen, sondern ihm auch noch versichert, dass ich mich freue, ihn zu sehen. Das tue ich wirklich.

Heute auf der Arbeit konnte ich mich kaum konzentrieren und habe in Gedanken immer wieder unser Wiedersehen durchgespielt. Jedes einzelne Szenario endete in meinem Bett.

»Miss?« Der Kellner reißt mich aus meinen Gedanken. »Haben Sie eine Reservierung?«

»Auf … auf Webster«, erwidere ich und lächle ihn an. »Brooklyn Webster.«

Erst ist er noch sicher, dass ich keine Reservierung habe und er mich endlich rausschmeißen kann. Dann wird er blass, als ich es bejahe, und schließlich grinst er breit, weil ich zu Brooklyn gehöre. Vorher hat er sich mehr für den Dreck unter seinen Schuhen, den es ganz nebenbei nicht gibt, interessiert als für mich.

»Folgen Sie mir«, weist er mich an und zeigt mit der rechten Hand ins Innere des Restaurants. Nervös folge ich ihm und lasse meinen Blick weiter durch den Raum schweifen. An der Bar sitzen Geschäftsmänner in schwarzen Anzügen und an einem Tisch daneben drei Frauen, die definitiv zur New Yorker Upperclass gehören. Ihre Blusen kosten mehr, als ich im Monat verdiene. Warum tut Brooklyn mir sowas an? Er weiß doch, dass ich absolut nicht hierher passe.

»Mr. Webster, Ihre Freundin ist soeben eingetroffen«, lässt der Kellner ihn wissen.

Ich laufe rot an und will bereits protestieren, dass

ich nicht seine Freundin bin, als Brooklyn den Kopf hebt und mich anlächelt. Sofort werden meine Knie weich, und ich erwidere es. Er legt sein iPhone auf den Tisch und kommt zu mir. Natürlich sieht er mal wieder zum Anbeißen aus. Das hellblaue Hemd schmiegt sich perfekt an seinen muskulösen Körper, dazu trägt er eine graue Anzughose mit braunen Oxfords.

»Danke«, wendet Brooklyn sich an den Kellner. »Bitte zweimal die Karte und eine Flasche Wasser.«

»Sehr gern, Mr. Webster.« Dass der Kerl keine Verbeugung vor Brooklyn macht, ist echt alles.

»Hey.« Sofort wende ich mich Brooklyn zu und lächle. Ich lasse mich in seine starken Arme ziehen. Sein Aftershave umhüllt mich, und als er mich ein wenig fester an sich presst, muss ich ein Seufzen unterdrücken. Es tut so gut, ihn zu sehen, seinen Körper wieder an meinem zu spüren.

»Schön, dass du gekommen bist.«

»Danke für die Einladung«, erwidere ich wenig einfallsreich und lächele ihn wieder an. Er erwidert mein Lächeln, löst sich von mir und zieht mir gentlemanlike den Stuhl zurück. »Danke«, sage ich, als ich mich setze und meine Handtasche neben mir abstelle. Brooklyn setzt sich mir gegenüber.

»Wie geht's dir?«, fragt er und steckt sein iPhone höflicherweise wieder in die Tasche seiner Jeans.

»Gut, und dir?«, erwidere ich ruhig.

»Mir auch, danke.« Die Unterhaltung läuft alles andere als locker, und ich bin froh, dass keine allzu große Pause entsteht, weil der Kellner bereits mit der Flasche Wasser und der Karte zu uns kommt.

»Danke«, sage ich.

»Haben Sie noch einen Wunsch?«, will er von Brooklyn wissen, und dieser schüttelt mit dem Kopf. »Nein, und du?«

»Nein«, sage ich und warte noch, bis der Kellner uns Wasser eingeschenkt hat und wieder gegangen ist, bevor ich die Karte aufschlage.

»Ich hoffe, das Restaurant gefällt dir«, meint Brooklyn, und ich sehe auf. Für einen kurzen Moment hoffe ich noch, dass das ein Witz seinerseits war, aber war es nicht.

»Na ja …« Ich lache. »Ich kann mir hier vermutlich nicht mal eine Vorspeise leisten, aber es ist nett.«

»Ich zahle, und das weißt du auch«, kontert er sofort. »Du bist eingeladen. Bestell, was dir schmeckt, und wehe, du schaust auf den Preis.«

»Wie kann ich nicht auf den Preis schauen?«, frage ich und überfliege schnell ein paar Gerichte. »Das Steak kostet fast einhundert Dollar, Brook.« Meine Augen müssen riesig sein. Er lacht nur und nimmt mir die Karte weg. »Hey!«

»Was möchtest du essen?«

»Das sage ich dir, wenn du mir die Karte gibst.«

»Dann nimmst du das Billigste, und das will ich nicht.«

»Das Billigste ist eine Cola für zehn Dollar.«

»Lilly, bitte.« Er stöhnt. »Lass dich doch darauf ein. Ich verdiene genug Geld, um dich jeden Tag hierher auszuführen.«

Mein Herz macht einen Sprung, als er sagt, dass er mich jeden Tag hierhin ausführen würde. Dass er die

Aussage nur auf seinen Reichtum bezogen hat, ignoriere ich. Natürlich tue ich das, weil ich diesem Typen vollkommen verfallen bin. Er hat diese spezielle Wirkung auf mich, die ich selbst nicht mal erklären kann. Aber wenn Brooklyn in meiner Nähe ist, brauche ich nicht mehr als ihn. Und definitiv keine überteuerten Restaurantbesuche.

»Schön«, erwidere ich. »Wenn du dann Ruhe gibst.«

»Das mache ich.« Siegessicher sieht er mich an. »Was möchtest du essen?«

»Ich hätte gern Lachs«, wähle ich das Erstbeste aus, das mir in den Sinn kommt. »Mit Kartoffeln und einem Salat.«

»Oh.«

»Was passt dir daran denn schon wieder nicht?«, zicke ich ihn an, sodass die Damen am Tisch neben uns herübersehen. Pikiert heben sie die Augenbrauen. Allerdings ist ihre Stirn derart mit Botox gefüllt, dass sie sich kaum bewegen kann. Ich muss mich zusammenreißen, nicht zu lachen.

»Sie müssen sie entschuldigen«, sagt Brooklyn, »Das sind die Hormone.«

Bitte was? Ich laufe rot an, als die Frauen verzückt auflachen und mir ein entschuldigendes Lächeln zuwerfen. Das kann doch nicht wahr sein. Brooklyn hingegen scheint den Spaß seines Lebens zu haben.

»Oh«, seufzt eine der Damen. »Ich weiß noch, als ich schwanger war. Ist es das erste Kind?«

»Ja«, sagt Brooklyn, bevor ich reagieren kann.

»Damals war ich so unleidlich. Haben Sie Verständnis für Ihre Frau.«

»Das habe ich«, versichert Brooklyn, und ich verdrehe die Augen. Er soll damit aufhören, den Damen zu erzählen, dass ich schwanger bin. »Essen geht momentan nicht so gut … Sie wissen schon …«

Ich verdrehe nochmal die Augen, weil es so absurd ist, und die Blicke der Damen werden noch mitleidiger. Na klasse, die denken doch, dass ich mir den ganzen Tag die Seele aus dem Leib kotze.

»Willst du ihnen nicht erzählen, dass wir uns heute zum ersten Mal seit einer Woche sehen?« Ich hole zum Gegenschlag aus. Die Damen wirken empört, und ich muss aufpassen, dass ich nicht lache. »Weil du ständig auf Geschäftsreise bist und … und mich mit dem Baby allein lässt.«

Brooklyn ist die Überraschung deutlich ins Gesicht geschrieben, und ich muss mich zusammenreißen, um meine Rolle der alleingelassenen Schwangeren ernsthaft spielen zu können.

»Ach, Schätzchen«, sagt eine der alten Damen und sieht mich mitfühlend an. »Die schlimmsten Monate haben Sie leider noch vor sich.«

»Ja«, erwidere ich weinerlich. »Aber er wird so schnell ungeduldig und … und mein Magen ist doch so empfindlich.«

»Denkst du nicht, dass es reicht?« Mit knirschenden Zähnen sieht Brooklyn mich an. »Schatz?«

»Natürlich, Schatz«, gebe ich zurück. »Alles, was du willst.«

Die Damen lächeln mich nochmal an, und plötzlich winkt die in der Mitte ab.

»In dem Alter gibt es doch nichts, was guter Sex nicht regeln kann.«

Brooklyn und ich reißen die Augen auf, die Damen beginnen, laut zu gackern, und schließlich müssen wir mitlachen. Ich habe mit viel gerechnet, aber nicht mit so einer Antwort.

»Danke für den Tipp.« Brooklyn zwinkert der Dame zu, die prompt rot wird. »Das werden wir nach dem Essen sofort umsetzen. Vermutlich schon im Auto, aber verraten Sie nichts.«

Nun bin ich diejenige, die rot anläuft, und irgendwie scheint es mir, als wären die Blicke der Damen eine Mischung aus sehnsüchtig nach der alten Zeit und ziemlich neidisch, dass Brooklyn es mir im Auto besorgt. Verdammt, er soll das tun.

»Ich nehme an, du nimmst den Lachs, Schatz?« Er klappt die Karte zu, sodass ein Windzug entsteht und meine Haare zurückfliegen.

»Sicher«, erwidere ich und greife nach meinem Glas Wasser, um mich ein wenig abzukühlen. Brooklyn winkt den Kellner erneut herbei. Er bestellt für mich den Lachs mit Kartoffeln und einem Salat sowie für sich ein Steak mit Pommes.

»Es tut mir leid, dass ich mich in der letzten Woche kaum gemeldet habe«, sagt er plötzlich und sieht mir in die Augen. Ich schlucke, als ich die Reue in seinem Blick erkenne. Dann ist da noch der Funken der Hoffnung, dass ich ihm verzeihe. »Nach dem Spiel in Miami mussten wir alle Straftraining machen. Ich bin abends nur noch ins Bett gefallen.« Er holt tief Luft. »Außerdem hatte ich einiges zu regeln, aber jetzt … Ich habe wieder Zeit, und ich würde mich wirklich freuen, wenn wir da anknüpfen, wo wir aufgehört haben.«

Wie sollte es anders sein, schießen sofort Bilder vor mein inneres Auge, wie wir es hemmungslos auf meiner Couch treiben. Mir wird warm, mein Puls steigt, und ich greife nach dem Wasser, um einen Schluck zu trinken. Brooklyn schmunzelt und nimmt meine Hand in seine. Lächelnd sieht er mich an, während sein Daumen über meinen Handrücken streicht.

»Gib mir noch eine Chance, Lilly.«

Verdammt – wie zur Hölle soll ich da Nein sagen?

»Ja«, mischt sich eine Stimme vom Nachbartisch ein. »Geben Sie ihm noch eine Chance.«

Ich muss kichern.

»Und verschwinden Sie endlich ins Auto«, prescht die Dame in der Mitte vor. »Diese Funken kann doch keiner mit ansehen. Sie machen bestimmt tolle weitere Babys.«

Ich muss lachen, und auch Brooklyn stimmt mit ein. Für einen kurzen Moment scheinen wir darüber nachzudenken, zu gehen, aber als der Kellner an unseren Tisch tritt, um die Bestellung aufzunehmen, ist dieser Gedanke wieder verschwunden. Er tippt unsere Wünsche in das iPad in seinen Händen ein, das meiner Meinung nach viel zu groß dafür ist. Dann sammelt er die Karten ein und lässt uns allein. Bei all der Aufregung ist mir gar nicht aufgefallen, dass Brooklyn immer noch meine Hand hält.

»Wie war deine Woche?«, fragt er mich.

»Normal«, erwidere ich. »Ich war arbeiten, habe den Haushalt gemacht und mit Jenna abgehangen.«

»Klingt gut.«

»Eher langweilig.« Ich muss lachen, und Brooklyn erwidert es. »Mein Leben ist nicht so spannend wie Jennas oder deines.«

»Was ist an meinem Leben spannend?«, fragt er und zieht die Augenbrauen zusammen. »Ich gehe genauso jeden Tag zur Arbeit wie du. Nur, dass es bei mir Training heißt. Ich hänge mit Freunden ab, treffe schöne Frauen.« Brooklyn zwinkert mir zu, und ich lache wieder. »Ich gebe zu, das mit den schönen Frauen ist definitiv ein Pluspunkt.«

»Natürlich ist es das.« Ich kichere. »Wie könnte es auch nicht, und dann musst du mit deiner nervigen schwangeren Frau abhängen.«

Er zwinkert mir zu. »Ich mag deinen Humor.«

»Ich auch«, erwidere ich lachend.

Brooklyn schmunzelt, und wir schweigen für einen Moment, in dem wir uns einfach nur ansehen. Sein Daumen streicht weiterhin über meinen Handrücken.

»Mein Kumpel und … und Teamkollege Dan feiert morgen Abend eine seiner berüchtigten Gartenpartys«, beginnt er zu erzählen. »Hast du Lust, mich zu begleiten?«

Meine Augen werden riesig, und ich hoffe, dass er nicht mitbekommt, dass ich innerlich ausflippe. Diese Partys sind stadtbekannt, oder zumindest wird viel darüber berichtet in den Medien, aber niemand weiß, was wirklich dort abgeht. Außer, dass die Spieler der Gladiators sich in einem sehr privaten Rahmen treffen.

Wer möchte da nicht Mäuschen spielen? Es geht mir nicht mal darum, Interna zu erfahren, sondern einfach dabei zu sein und all die Sportidole der Stadt zu treffen.

»Ich?« Ich hole tief Luft. »Ich meine ja … klar … gern.«

»Wirklich?« Brooklyn lächelt breit. »Du musst nicht … ich meine … ich will dich nicht überreden.«

»Doch«, sage ich. »Ich will … ich meine, ich komme gerne mit.«

»Schön«, erwidert er. »Dann sage ich Dan, dass ich in Begleitung komme.«

»Okay«, wispere ich und grinse breit. ›In Begleitung‹, wie das klingt. Ich, Lillian Mosley, begleite den Quarterback der New York Gladiators zu einer internen Teamparty. »Oh, mein Gott.« Meine Stimme ist piepsig.

»Was?«, will er wissen und lacht.

»Ich gehe zu einer privaten Teamparty der New York Gladiators.« Möglicherweise klinge ich gerade wie ein Fan-Girl, aber das ist mir vollkommen egal. »Das ist einfach der Wahnsinn.«

»Du klingst … nicht wie du.« Brooklyn zieht die Augenbrauen zusammen. Mit einem Mal entzieht er mir seine Hand, und seine Miene verschließt sich. Kälte umhüllt mich, und ich nehme meine Hand zurück, sodass sie nicht so lächerlich verloren dort liegt. Das zuvor noch breite Grinsen auf seinem Gesicht ist verschwunden. Stattdessen habe ich das Gefühl, dass er sich völlig von mir distanziert. Schlimmer noch – Brooklyn steht plötzlich auf. Mit großen Augen verfolge ich sein Tun. Er zieht aus seiner Gesäßtasche seine Brieftasche, wirft zweihundert Dollar auf den Tisch und geht.

»Brooklyn«, rufe ich und fahre auf meinem Stuhl auf. »Bleib hier!«

Er reagiert nicht, sondern stürmt durch den Hinterausgang aus dem Restaurant.

»Ich nehme an, ich kann das Essen einpacken, Miss?« Plötzlich steht der unmögliche Kellner vor mir und grinst mich gewinnbringend an, um mir nochmal zu zeigen, dass ich nicht hierhergehöre. Ohne etwas zu antworten, stehe ich auf und stürme aus dem Restaurant. Mir immer noch die Frage stellend, was ich getan habe, dass Brooklyn verschwindet.

10

Brooklyn

Ich habe mich gestern wie ein Vollidiot benommen, als ich aus dem teuersten Restaurant in Manhattan gestürmt bin, weil Lilly sich darüber gefreut hat, meine Freunde und Kollegen kennenzulernen. Aber als sie so euphorisch wurde und ihre Augen derart geleuchtet haben, habe ich Panik bekommen, dass es ihr bloß um meinen Namen und mein Geld geht, statt um mich. Sie schien sich wirklich über die Einladung zu freuen. Klar spielte für sie auch mit, dass sie Stars kennenlernen kann, wie man uns im Volksmund so schön nennt, aber sie hat nie Andeutungen gemacht, dass sie dabei sein möchte.

Da habe ich schon ganz andere Erfahrungen mit Frauen gemacht. Für mich ist es oft unwirklich, zu verstehen, dass es Leute gibt, die sich derart darüber freuen, mit uns ihre Zeit zu verbringen. Wir sind normale Menschen. Wir essen das Gleiche und benutzen danach auch die gleiche Toilette. Was finden also alle so besonders daran, zu einer Gartenparty bei uns eingeladen zu werden, weil wir Footballspieler sind und keine Bürohengste? Dass Lilly derart reagiert hat, hat mich verunsichert, obwohl ich dachte, dass ich sie gut einschätzen kann. Dass ich dann aus dem Restaurant gestürmt bin und unsere Versöhnung total an die Wand gefahren habe, macht es auch nicht besser. Ich kann nicht von ihr erwarten, dass sie sich mit mir versöhnt und mir verzeiht, dass ich mich eine Woche kaum gemeldet habe, und bei der erstbesten Gelegenheit lasse ich sie sitzen.

Nun warte ich in meinem Porsche, einige Meter von ihrem Wohnhaus entfernt darauf, dass sie von der Arbeit kommt. Lilly hat mir erzählt, dass sie donnerstags immer bis zum frühen Nachmittag arbeitet. Die Uhr in meinem Cockpit zeigt vierzehn Uhr vierunddreißig an. Es kann nicht mehr lange dauern, bis Lilly nach Hause kommt, und dann werde ich sie abfangen und um ein Gespräch bitten. Als mein iPhone in der Mittelkonsole vibriert, zucke ich zusammen, und mein Puls beschleunigt in bei der Hoffnung, dass es Lilly ist, die mir schreibt. Doch kaum dass ich das Gerät in der Hand habe, werde ich enttäuscht. Es ist Dan.

Dan: Kommst du heute Abend?

Brooklyn: Ja

Dan: Alleine? Pierce meinte, du datest die beste Freundin seiner Süßen.

. . .

Ich verdrehe die Augen und frage mich, ob wir erwachsene Männer oder Waschweiber sind. Die Frage kann ich mir selbst beantworten, denn ich kenne die Kabinengespräche der Jungs nur zu gut. Pierce werde ich nie wieder etwas im Vertrauen erzählen. Vor allem nicht, wenn es um eine Frau geht. Ich habe meinem besten Freund erzählt, was zwischen Lilly und mir passiert ist, bevor ich sie zum Essen eingeladen habe. Ich brauchte einen Rat, wie ich am besten vorgehen soll. Pierce war überrascht, dass Lilly mich doch noch rangelassen hat, aber hat sich im nächsten Satz auch sehr für mich – für uns gefreut. Was auch immer das heißen mag. Vermutlich weitere Doppeldates, aber ich muss gestehen, dass diese mir überhaupt nichts mehr ausmachen würden, wenn Lilly dabei wäre. Seufzend tippe ich eine Antwort ein.

Brooklyn: Lilly weiß noch nicht, ob sie Zeit hat.

Ich schicke die Nachricht ab und lehne meinen Kopf zurück, um aus dem Fenster auf die Straße zu sehen. Es herrscht reges Treiben, aber von Lilly keine Spur. Dass sie noch nicht weiß, ob sie Zeit hat, ist eine Lüge, aber nachdem ich es vergeigt habe, wird sie sicherlich keine Lust haben, mich zu begleiten.

Dan: Du datest sie wirklich!!! Hut ab! Sie ist heiß!!!

. . .

Etwas kocht in mir hoch, das ich im ersten Moment Eifersucht nennen würde. Dass Dan Lilly heiß findet, wundert mich nicht. Ich habe ihn auch noch nie mit einem dieser dünnen Gestelle aus der Modelbranche gesehen. Meistens sind seine Begleitungen kurvig und wahnsinnig sexy.

Brooklyn: Und das weißt du, weil …?

Dan: Instagram

Ich verdrehe die Augen. Natürlich hat er Lilly längst in den Sozialen Medien ausfindig gemacht. Das habe ich auch, aber ich habe im Gegensatz zu ihm nicht den Mut gefunden, ihr eine Anfrage zu schicken. Lillys Account ist privat. Ich öffne die beliebte Fotoapp und gebe ihren Benutzernamen in die Suchleiste ein. Natürlich habe ich mir diesen gemerkt und ein paarmal gehofft, dass sie ihr Profil mittlerweile öffentlich gestellt hat, aber das hat sie nicht getan. So auch heute. ›lillymos1997‹ steht über ihrem Profil. Auf ihrem Profilbild ist sie mit Jenna am Strand zu sehen. In ihrer Beschreibung steht lediglich, dass sie in New York lebt und aus Colorado kommt. Die zehn veröffentlichten Bilder kann ich nicht einsehen. Leider lassen es die Grundeinstellungen der App auch nicht zu, dass ich sehen kann, wer ihr folgt, und vor allem, wem sie folgt. Mir nämlich nicht, oder sie ist mir sozusagen ›entfolgt‹, als wir uns kennengelernt haben. Ich suche nach Dans Profil und gebe Lillys Namen in die Liste seiner

Follower ein. Natürlich folgen sie sich gegenseitig. Missmutig öffne wieder ich den Chat von meinem Kumpel.

Dan: Sie gehört dir, Bro
Dan: Bringst du sie mit oder nicht?
Brooklyn: Ich frage sie später. Bis heute Abend!

Dan antwortet mir mit zwei Daumen nach oben, ich hebe meinen Blick wieder und sehe Lilly über die Straße kommen. Sofort hellt sich meine Stimmung um einhundert Prozent auf. Sie sieht heiß aus in der Skinny-Jeans und dem schwarzen Spitzen-Top, das sich perfekt an ihre Kurven schmiegt. Allein bei dem Gedanken daran, was sich unter den Schichten unnötigen Stoffs befindet, werde ich hart. Das fehlt mir gerade noch, dass ich einen Steifen bekomme, wenn ich sie nur sehe. Sowas ist mir seit Jahren nicht passiert.

Doch meine Euphorie wird schnell gedämmt, als ich ihren Nachbarn Brian hinter ihr entdecke. Natürlich habe ich sein Gesicht nicht vergessen. Als er vor einer Woche vor ihrer Wohnung stand und – ja, was auch immer von Lilly wollte, habe ich ihn direkt auf meine persönliche Abschussliste gesetzt. Er kann doch nicht wirklich glauben, dass er mit seinen schlechtsitzenden Anzügen und der Anwaltsattitüde Chancen bei ihr hat. Noch dazu ist er mit den hellblonden Haaren, den glattrasierten Wangen und der schlaksigen Figur das genaue Gegenteil von mir.

Ich lehne mich ein wenig nach vorn, um sie besser beobachten zu können. Sie begrüßen sich mit einer Umarmung und beginnen eine Unterhaltung. Brian redet dabei deutlich mehr als Lilly und zeigt auf ein Café hinter ihnen. Lilly dreht den Kopf, und ich hoffe, dass sie ihm einen Korb gibt und nach Hause geht, aber stattdessen nickt sie. Gemeinsam schlendern sie zum Eingang des Cafés hinüber. Ich seufze und sacke in meinem Sitz zusammen.

Was soll ich denn jetzt tun? Wenn Lilly mit mir fertig ist nach meinem Auftritt gestern und ihrem Nachbarn eine Chance geben möchte, sollte ich sie in Ruhe lassen und – zum Teufel mit diesem Plan. Ich denke seit zwei Wochen durchgehend an diese Frau, und ich werde jetzt nicht aufgeben. Das habe ich noch nie. Ich hatte Lilly gestern so weit, dass sie mir verziehen hat und mit mir zu Dans Party gehen wollte. Für mich spricht nichts dagegen, dass ich sie nicht noch einmal von mir überzeugen kann.

Ich reiße mein Handschuhfach auf und nehme eine Basecap heraus, um sie mir auf den Kopf zu ziehen, und verdecke meine Augen mit einer Sonnenbrille. Auf weitere Verkleidungen verzichte ich an dieser Stelle. Es ist mir egal, ob mich jemand erkennt oder nicht. Ich bin nicht in geheimer Mission unterwegs und muss mich auch nicht dafür schämen, dass ich Lilly zurückgewinnen möchte.

Mit meiner Geldbörse, meinem iPhone und Schlüssel steige ich aus meinem Porsche und schließe ihn hinter mir ab, nachdem ich die Fahrertür zugeworfen habe. Lilly und Brian betreten das Café und suchen sich, soweit ich das durch das große Fenster erkennen kann, einen Tisch im hinteren Teil des Innenraumes. Natürlich führt er sie nicht neben der Tür an einen Tisch, aber das würde ich auch nicht tun. Er hat genauso Interesse an Lilly wie ich, und das geht mir gehörig gegen den Strich. Ich stehe nicht auf Konkurrenz – weder auf dem Feld noch bei einer Frau –, vor allem nicht bei Lilly. Auch wenn ich ehrlich sagen muss, dass ich Brian nicht als diese sehe. Der Kerl spielt in einer anderen Liga. Ich bin der Profi und er … nun ja … maximal das gescheiterte Highschool-Talent.

Ich öffne die Tür des Cafés, und die kleine Glocke über dem Eingang signalisiert der Bedienung hinter dem Tresen, dass ich da bin.

»Herzlich Willkommen im *Café Books*, was kann ich für Sie … Holy Shit!« Ihre Augen werden riesig, und ich stöhne auf, dass sie mich nach nicht mal dreißig Sekunden erkannt hat. Vielleicht hätte ich meine lächerliche Verkleidung doch noch ein wenig verbessern müssen. Dafür ist es jetzt aber zu spät, und bevor sich jeder in dem Laden zu mir herumdreht, gehe ich auf die junge Frau zu und lächle sie an.

»Hi«, sage ich freundlich. »Ich bin verabredet. Es wäre schön, wenn das unter uns bleiben könnte, dass ich hier bin.«

»Na… natürlich«, stottert sie. »Wie Sie wünschen, Mr. …« Ich ziehe die Augenbrauen hoch, weil ich das Gefühl habe, dass sie das Kernproblem überhaupt nicht erkannt hat. »Ich bin schon still. Möchten Sie einen Kaffee?«

»Einen Latte Macchiato, bitte. Ich sitze dort

drüben.« Mit dem Finger zeige ich auf Lilly und Brian. Lilly sitzt mit dem Rücken zu mir, und Brian gafft ihr ganz ungeniert in den Ausschnitt, sodass er nicht mitbekommt, dass ich auch im Café bin. »Danke.«

Die junge Frau hinter dem Tresen nickt aufgeregt, und als ich meinen Kaffee bezahlen möchte, lehnt sie ab und reicht mir einen leeren Becher für ein Autogramm. Seufzend frage ich sie nach ihrem Namen, kritzle diesen mit meiner Unterschrift darauf, ›Für Hannah von Brooklyn‹, und gebe ihn ihr zurück. Dann verabschiede ich mich nickend von ihr und steuere Brians und Lillys Tisch an.

»Hi Baby«, begrüße ich sie, und er reißt den Kopf hoch. Lillys Kopf fährt ebenfalls herum, und sie starrt mich mit großen Augen an. »Brian, hi«, sage ich freundlich – meine es aber keinesfalls so.

»Brooklyn.« Er schluckt, das sehe ich an der Zuckung seines Adamsapfels. »Was … was machst du hier?«

»Ich war auf dem Weg zu Lilly und habe gesehen, dass ihr hier sitzt.« Lilly starrt mich weiterhin sprachlos an. Ich lächle, ziehe mir einen freien Stuhl vom Nachbartisch heran und setze mich zu ihnen. Als könnte das Timing nicht perfekter sein, bringt die Kellnerin mir meinen Latte Macchiato. »Vielen Dank«, sage ich, und sie wird rot.

»Was machst du hier?«, fragt Lilly nun auch, und ich wende mich ihr zu. Ihr Blick ist forschend, und wüsste ich es nicht besser, würde ich sagen, dass sie nicht begeistert ist, mich zu sehen.

»Ich war in der Gegend und habe dich ins Café

gehen sehen«, lüge ich schamlos und werfe Brian einen genervten Blick zu. »Ich wusste nicht, dass du verabredet bist.«

»Lügst du mich gerade an, damit ich dich nicht wegschicke?« Lilly kann ein Grinsen nicht unterdrücken, und ich erwidere es.

»Schuldig im Sinne der Anklage«, gebe ich zu. »Ich war ein Idiot. Also ja, ich gebe zu, dass ich auf dich gewartet habe, und als ich euch habe ins Café gehen sehen, bin ich euch nachgegangen. Zufrieden?«

Lilly ist so perplex von meinem Geständnis, dass sie nichts sagt. Brian hingegen räuspert sich, sodass ich ihm meine Aufmerksamkeit schenke.

»Du siehst, dass ich mit ihr verabredet bin, und hast nichts Besseres zu tun, als dennoch hier aufzutauchen, sie Baby zu nennen und uns zu stören?«

Oh, wow, der Kerl hat doch mehr Eier, als ich es für möglich gehalten habe. Auch Lilly gibt einen überraschten Laut von sich.

»Ehrlich gesagt«, ich räuspere mich, »finde ich Lilly ziemlich heiß und date sie. Also ja, ich habe euch gesehen und bin gerade deswegen hier aufgetaucht.«

»Wie wäre es, wenn du genauso schnell wieder gehst?«, knurrt er und ballt seine Hand, die auf dem Tisch liegt, zu einer Faust. Er ist mächtig angefressen, dass ich ihm die Tour bei Lilly versaue. Uns ist beiden bewusst, dass er mit mir als Konkurrenz den Kürzeren bei Lilly ziehen wird.

»Sorry.« Grinsend hebe ich mein Latte-Macchiato-Glas hoch. »Ich muss noch meinen Kaffee austrinken.«

»Kannst du vielleicht auch mal was dazu sagen?«, wendet Brian sich wütend an Lilly.

»Was soll ich dazu sagen?«, will sie wissen und schüttelt verständnislos den Kopf. »Ihr verhaltet euch wie zwei kleine Jungs, die sich um ein Spielzeugauto streiten.«

»Sag ihm doch bitte, dass er gehen soll«, schlägt Brian vor und sieht mich kurz an. »Er stört unser Treffen.«

»Welches Treffen?«, mische ich mich wieder ein. »Du läufst ihr nach und –«

»Entschuldigung«, unterbricht mich eine zierliche Stimme, und ich drehe meinen Kopf, um die Person, zu der sie gehört, anzusehen. Vor mir steht ein kleiner Junge in meinem Trikot. Er lächelt, sodass die Lücke seines linken Schneidezahns aufblitzt, und hält mir einen Block mit einem Stift entgegen. Sein Vater steht mit einem Handy in der Hand hinter ihm. »Sie … Sie sind doch Brooklyn … Brooklyn Webster, oder?«

Ah, verdammt! Wäre er ein Erwachsener, würde ich ihn ignorieren und mir die Hasskommentare, was für ein Penner ich bin, dass ich Fans abweise, gefallen lassen. Bei einem kleinen Jungen, wie ich es selbst einmal war, kann ich das nicht. Generell kann ich Kinder nicht abweisen. Das gehört sich nicht.

»Ja«, erwidere ich. »Das bin ich.«

»Bekomme ich ein Autogramm?« Hoffnungsvoll und mit leuchtenden Augen hält er mir den Block entgegen.

»Sicher«, erwidere ich und nehme ihm den Block ab, um darauf zu unterschreiben. »Und du bist ein großer Fan?« Ein bisschen Smalltalk mit dem Jungen kann sicher nicht schaden, um Lilly zu besänftigen. Frauen stehen doch darauf, wenn man nett zu Kindern ist.

»Ja … ich … ich bin ein großer Fan.« Er nickt wild und sieht immer wieder zu seinem Dad, der hinter ihm steht.

»Ich war früher auch ein großer Fan«, erzähle ich. »Und jetzt spiele ich für die Gladiators. Willst du auch mal spielen?«

»Oh, ja«, ruft er und nimmt den Block und den Stift zurück, nachdem ich unterschrieben habe. »Ich werde auch Quarterback.«

»Sicher wirst du das«, erwidere ich lächelnd.

»Würden Sie noch ein Foto mit ihm machen?«, fragt sein Vater mich und hält das Handy in die Höhe.

»Klar doch«, sage ich, und der Junge dreht sich zu mir herum. Ich lege meinen Arm um seine Schulter und ziehe ihn leicht an mich heran. Wir lächeln in die Kamera. Er bedankt sich noch einmal überschwänglich bei mir. Dann geht er mit seinem Dad zu ihrem Tisch zurück.

Dummerweise hat die Aktion zur Folge, dass ich erkannt werde und immer mehr Menschen auf uns zukommen. Geduldig erfülle ich jeden Autogramm- und Fotowunsch. Immer mit einem Blick auf Lilly, dass sie nicht aufsteht und das Café verlässt. Ich möchte auf keinen Fall, dass sie denkt, ich würde mich nicht mehr für sie interessieren. Das ist nicht wahr, aber wenn ich einem Autogrammwunsch nachkomme, muss ich auch einen zweiten, dritten und vierten erfüllen.

»Danke«, sagt das letzte Kind an diesem Tag und läuft zurück zu seiner Mutter.

Ich wende mich wieder Lilly und Brian zu. Während er genervt ist, lächelt sie mich an.

»Das war nett von dir«, meint sie und greift nach ihrem Kaffee. »Aber dein Latte Macchiato ist sicher kalt.«

»Das macht nichts«, antworte ich. »Und es gehört zu meinem Job. Ich muss immer damit rechnen, dass ich erkannt werde.«

Lilly lächelt mich erneut an, und ich erwidere es. Für einen winzigen Moment sehen wir uns einfach nur in die Augen, und ich bin versucht, mich nach vorn zu beugen, um sie zu küssen. Natürlich weiß ich, dass ich sie damit in eine beschissene Lage bringe. Immerhin wurde ich schon erkannt. Solange wir uns nicht berühren, denken die Leute im Café, dass wir nur Freunde sind, aber sobald ich sie küsse, ist sie *meine* Freundin. Dann steht sie in der Öffentlichkeit, und ich glaube nicht, dass sie das möchte. Zwar gibt es auch schon Gerede, wenn wir nur rein platonisch miteinander gesehen werden, aber das Interesse ist bei Weitem nicht so groß, als wäre sie die Frau an meiner Seite.

»Hey Lilly.« Brians Stimme reißt uns auseinander, und ich kann ein Schnauben nicht unterdrücken. »Lass uns gehen, wenn du ausgetrunken hast.«

Am liebsten würde ich ihm richtig die Meinung sagen, dass er die Finger von meinem Mädchen lassen soll, aber nachdem ich erkannt worden bin, kann ich mir das nicht mehr erlauben.

»Klar«, sage ich. »Lass uns gehen. Zu Hause können wir ungestört reden.«

Brians Augenbrauen schießen in die Höhe, und er schnaubt verächtlich. »Du warst in das ›Uns‹ nicht mit einbezogen.«

»Es ist mir völlig egal, ob ich in dein ›Uns‹ einbezogen bin«, gebe ich ihm genervt zur Antwort. »Denn du bist in mein …«

»Gott«, ruft Lilly und springt auf. Ihre Hände liegen auf der Tischplatte, und sie sieht schnaubend zwischen uns hin und her. »Ihr könnt mich mal – alle beide.«

Dann dreht sie sich um und stürmt aus dem Café, bevor Brian oder ich sie aufhalten können. Ich sehe ihr nach, will noch etwas rufen, aber beschließe, dass das keine gute Idee ist.

»Das hat der große Footballstar wirklich gut hinbekommen«, keift Brian und springt ebenfalls auf. »Du solltest dich von Lilly fernhalten.«

»Ach ja?«, frage ich und begebe mich mit ihm auf Augenhöhe. Na ja, mehr oder weniger. Körperlich hat er mir nichts entgegenzusetzen, und ich weiß auch, dass er das weiß.

»Ja«, erwidert er. »Was willst du von ihr? Sie ficken, wenn du das nicht schon längst getan hast, und –«

»Was willst du denn von ihr?«, knurre ich und beuge mich zu ihm vor. »Und ja, ich *habe* sie schon gefickt, und falls es dich interessiert: Ich will es wieder und wieder tun. Man sieht sich.«

Damit drehe ich mich herum und verlasse, so

schnell ich kann, das Café. Bevor ich noch Brian in der Öffentlichkeit eine auf die Fresse haue.

Ich stoße die Tür auf und trete hinaus. Zu meiner Überraschung steht Lilly keine drei Meter von mir entfernt. Die Arme vor der Brust verschränkt sieht sie mich genervt an.

»Hey«, beginne ich eine erneute Entschuldigung. »Ich wollte –«

»Lass uns das jetzt bitte nicht auf der Straße besprechen«, antwortet sie erschöpft. »Gehen wir zu mir?«

Ich nicke nur und folge ihr wie ein kleiner Junge auf dem Weg zu seiner Standpauke die Straße entlang.

11

Lilly

Ich schließe die Wohnungstür hinter uns und deute Brooklyn an, mir ins Wohnzimmer zu folgen. Ich kann gar nicht sagen, was mich am meisten an seinem Verhalten nervt. Dieser überteuerte Restaurantbesuch gestern, sein plötzlicher Abgang, sein Auftauchen heute, Brians Art, mir ein Date aufzuzwingen, und dann noch diese unsäglichen machohaften Sprüche von den beiden. Als wäre ich irgendeine Trophäe, die es zu gewinnen gibt. Im Grunde hätte ich Brooklyn gar keine Chance mehr geben sollen. Nachdem ich das Café verlassen habe, hätte ich gehen sollen und ihn seinem Schicksal überlassen, aber kaum war ich auf die Straße getreten, haben meine Füße mich nicht mehr weitergetragen. Ich wollte hören, was er zu sagen hat. Mir ist sein Abgang gestern immer noch schleierhaft. Ich habe mich gefreut, dass er mich eingeladen hat, und ich würde seine Freunde gern kennenlernen. Dass er heute im Café aufgetaucht ist, hat mich überrascht und mein Herz schneller schlagen lassen. Auch wie er mit dem kleinen Jungen umgegangen ist, und den weiteren Fans, war toll. Er ist ein großartiger Mensch, und das ist noch ein Grund mehr, warum ich es nicht schaffe, ihn abzuhaken und das zwischen uns als einmalige Sache zu bezeichnen.

»Setz dich.« Mit einem Nicken deute ich auf die Couch, und Brooklyn lässt sich darauf fallen. Bereits eine Sekunde später muss ich daran denken, wie er mich vor einer Woche dort gevögelt hat. Sofort schließe ich die Augen, um die Bilder zu vertreiben. Das hat hier absolut nichts zu suchen. Wir müssen ein klärendes Gespräch führen und können nicht übereinander herfallen, weil wir scharf aufeinander sind.

»Ich wollte mich bei dir entschuldigen«, beginnt er. Brooklyn stützt seine Unterarme auf seinen Oberschenkeln ab und sieht zu mir auf. »Darum habe ich auf dich gewartet. Als ich dich mit Brian entdeckt habe … Ich … ich war eifersüchtig.«

Ich keuche. »Eifersüchtig?«

»Ja, natürlich«, erwidert Brooklyn fast schon gereizt und blickt mich an. »Was glaubst du denn, wie ich mich fühle, wenn ich dich mit einem anderen Typen sehe? Wohlgemerkt einem, der dich schon länger kennt und dich ständig anbaggert.«

»Brian baggert mich nicht ständig an.«

»Ich bitte dich.« Brooklyn lacht auf und rollt mit den Augen. »Wenn du wollen würdest, würde der sich schneller ausziehen, als ich einen Pass werfe. Und ich bin echt schnell.«

»Brook.« Ich seufze und setze mich neben ihn. »Es schmeichelt mir, dass du eifersüchtig bist, aber das musst du nicht.«

Das sage ich nicht nur, um ihn zu besänftigen. Er muss nicht eifersüchtig sein, vor allem nicht auf Brian. Ich habe kein Interesse an ihm.

»Ach nein?« Sofort ist sein Selbstbewusstsein zurück, und er grinst mich an. Ich verdrehe die Augen und boxe ihm gegen den Oberarm.

»Nein«, bestätige ich. »Und jetzt will ich wissen, was dein blödes Verhalten soll. Erst ignorierst du mich eine Woche, lädst mich in dieses furchtbar überteuerte Restaurant ein, lässt mich in dem Laden auch noch sitzen und führst dich gegenüber Brian so auf.«

»Meine Woche war furchtbar, das war keine Ausrede. Ich musste Unmengen an Trainings nachholen wegen des Spiels gegen Miami. Gestern im Restaurant … Ich habe nicht erwartet, dass du dich wie ein Fan aufführst.«

»Wie ein Fan?«, frage ich irritiert. »Was meinst du damit?«

»Du warst plötzlich so … so aus dem Häuschen, als ich dich eingeladen habe. Dabei ist doch gar nichts dabei, mich zu Dans Party zu begleiten.«

»Für dich vielleicht nicht«, erwidere ich. »Du kennst ihn. Er ist dein Freund, aber für mich … für mich seid ihr Stars.«

Brooklyn presst die Lippen aufeinander und wendet seinen Blick von mir ab. »Hast du deswegen mit mir geschlafen?«, will er plötzlich wissen, und mein Magen verkrampft sich. »Weil ich dir Tür und Tor in die High Society öffne.«

Seine Annahme macht mich wütend und sprachlos zugleich. Niemals würde ich deswegen mit ihm oder irgendeinem anderen Mann schlafen. Wenn das mein Plan gewesen wäre, wäre ich doch nicht am ersten Abend in das Frauentaxi gestiegen. Ich habe doch gemerkt, dass er mehr wollte.

»Dann hätte ich mich bereits nach dem Abend mit Jenna und Pierce von dir ficken lassen«, entgegne ich so ruhig wie möglich. »Ich … ich kann nicht glauben, dass du so von mir denkst.«

»Was weiß ich denn?« Er wirft die Hände in die Luft. Ratlos sieht Brooklyn mich an. »Es kann doch sein, dass du dich erst rar gemacht hast, um mein Interesse noch mehr zu schüren und –«

»Hast du jetzt vollkommen den Verstand verloren?«, blaffe ich ihn an. »Scheinbar schon, wenn du mir sowas unterstellst. Denkst du echt, dass Pierce und du die ersten Typen seid, die mir Tür und Tor in die High Society öffnen können, dank Jenna? Ich habe mich wahnsinnig gefreut, mit dir zu dieser Party zu kommen, und ja, ich gebe zu, für mich ist das ein riesen Ding. Jenna ist meine Freundin, aber die Kreise, in denen sie sich bewegt, bestehen für mich aus Stars. Sie hat schon so oft versucht, mich da reinzubringen, aber ich will das nicht. Du bist ein Star, Brooklyn, das bedeutet aber nicht, dass ich deswegen mit dir in die Kiste steige.«

»Ich weiß nicht, ob das für mich Sinn macht.« Ich verdrehe die Augen. »Lilly, bitte. Ich bin schon so oft an Frauen geraten, die mich bei der erstbesten Gelegenheit zufällig in ihrem Instagram-Feed präsentiert haben. Es tut mir leid, wenn ich dich gekränkt habe und … und dir unrecht tue.«

»Das will ich auch hoffen«, erwidere ich versöhnlicher und lehne mich zu ihm vor. »Ich kann dir versichern, dass es mir nur um dich geht. Ich würde auch mit dir zu dieser Party gehen, wenn sie bei keinem berühmten Footballspieler wäre. Und ich hätte auch mit dir geschlafen, wenn du keiner wärst. Ich weiß nicht, was ich tun soll, dass du mir glaubst.«

Traurig und auch ratlos, wie ich ihm klarmachen soll, dass es mir um ihn und *nur* um ihn geht, sehe ich ihn an. »Brook«, setze ich wieder an. »Es tut mir leid.«

»Nein.« Er nimmt meine Hand in seine. Mein Herz schlägt schneller, und ich verschränke unsere Finger miteinander. »Ich habe falsche Schlüsse gezogen, und das tut mir leid. Irgendwie sage ich dir die ganze Zeit nur, was mir alles leidtut.«

Ich muss leise lachen und lehne meinen Kopf an seinen Oberarm. Brooklyn erwidert mein Lachen und haucht mir einen Kuss auf die Stirn. Mein Bauch kribbelt, und ich schmiege mich fester an ihn.

»Also«, beginnt er. »Begleitest du mich heute Abend?«

Ich sehe zu ihm auf, und er erwidert meinen Blick.

»Sehr gerne«, sage ich. »Und ich verspreche dir auch, dass ich dich nicht blamiere, wenn ich Dan Larson und Scott Taylor begegne.«

»Bitte?« Brooklyns Augen werden groß. »Was soll das denn heißen?«

»Na ja.« Ich kichere. »Die sind mega heiß. Dan folgt mir sogar bei Instagram. Wusstest du das?«

Ich ziehe ihn nur auf. Klar, die beiden sind heiß. Dan hat Ähnlichkeit mit Brooklyn, aber deutlich mehr Tattoos, und ist noch massiger. Scott ist ein blonder Sunnyboy aus Kalifornien, aber Brooklyn bleibt meine Nummer Eins.

»Ja, das wusste ich«, erwidert er. »Kommen wir doch nochmal zu dem Punkt, dass du sie heiß findest.«

»Was ist damit?«, will ich unschuldig wissen. Ich hätte nicht gedacht, dass ihn das so sehr beschäftigt.

»Die kannst du vergessen«, wendet er ein. »Die haben nur ein Sixpack.«

»Ist das so?« Am liebsten würde ich laut auflachen, aber ich spiele sein kleines Spielchen mit.

»Ja«, knurrt er und löst meine Hand von seiner, um sie im nächsten Moment zu nehmen und unter sein T-Shirt zu schieben. »Fühl doch nochmal das Eightpack.«

»Hm«, flüstere ich und lasse meine Finger genüsslich über die Erhebungen seines Bauchs gleiten.

»Und?« Seine Stimme ist nur noch ein Flüstern, und er kommt mir immer näher, sodass sein Mund nur noch wenige Zentimeter von meinem entfernt ist. »Wie fühlt es sich an?«

»Hart.« Brooklyn schluckt, und ich setze noch einen drauf, indem ich meine Fingernägel in seine Haut grabe. »Und heiß.«

»Willst du wissen, was auch hart und heiß ist«, knurrt er. »Mein –«

Ich gebe ihm nicht die Chance, es auszusprechen, sondern lege meine freie Hand in seinen Nacken und küsse ihn gierig. Verdammt, er hat mir so sehr gefehlt. Das hier hat mir so sehr gefehlt. Brooklyn öffnet seine Lippen, um meiner Zunge Einlass zu gewähren. Und dann übernimmt er die Führung des Kusses. Keiner von uns lässt einen Zweifel daran, dass er sich seit mehr als einer Woche nach diesem Kuss sehnt.

»Lilly.« Ich ignoriere die Stimme, die sich so deutlich in meinem Kopf breitmacht. »Ich bin zu Hause und – oh Gott, es tut mir leid.«

Brooklyn löst sich augenblicklich von mir. Sofort fehlt mir die Wärme seines Körpers, und ich stöhne frustriert auf, dass Jenna wirklich das schlimmste Timing aller Zeiten hat. Meine Hand gleitet unter Brooklyns T-Shirt hervor, und ich drehe mich zu meiner besten Freundin um. Mit ihrer Handtasche in der rechten und einer Tüte von *Bloomingdales* in der linken Hand steht sie vor uns. Die Augen weit aufgerissen und ein Lächeln sondergleichen auf den Lippen. Sie wird alles, wirklich alles aus mir rausquetschen, wenn sie die Gelegenheit dazu bekommt.

»Hey Jenna.« Brooklyn leckt sich über die Lippen und nimmt meine Hand wieder in seine. Tatsächlich dachte ich, dass er vor Jenna nicht erneut meine Nähe sucht, aber das Gegenteil ist der Fall.

»Hey Brook.« Meine beste Freundin grinst breit. »Ich wollte euch nicht stören.«

»Schon gut«, erwidert er und lässt mich los. »Ich hole dich heute Abend ab, ja?«

»Okay.« Was soll ich auch anderes antworten?

»Gut.« Brooklyn beugt sich zu mir vor und haucht mir einen sanften Kuss auf die Lippen. Ich seufze leise und würde am liebsten meine Hand in seinen Nacken legen, um ihn bei mir zu behalten. »Bis später.«

Er lächelt mich nochmal an, verabschiedet sich von Jenna und geht. Kaum, dass die Wohnungstür hinter ihm ins Schloss gefallen ist, sitzt meine beste Freundin neben mir. Jenna strahlt mich an, und ich spüre, dass es jede Sekunde aus ihr herausplatzt, was sie wissen will.

»Was war das?«, ruft sie und greift nach meinen Händen. »Du musst mir alles erzählen. Sofort!«

»Was hast du denn Schönes gekauft?« Ich werfe einen Blick über meine Schulter, um in die Tüte von *Bloomingdales* zu schauen, als Jenna meine Hände drückt. »Aua.«

»Hier spielt die Musik«, sagt sie. »Was läuft zwischen dir und Brooklyn?«

»Du bist reingeplatzt, bevor was laufen konnte«, erwidere ich und kann ein Grinsen nun auch nicht mehr unterdrücken. »Wir … wir treffen uns, okay?«

»Oh, Gott«, ruft sie. »Es hat wirklich gefunkt zwischen euch. Ich fasse es nicht, das muss ich sofort Pierce –«

»Untersteh dich«, drohe ich ihr und halte sie an den Händen fest, dass sie nicht aufspringt, ihr iPhone holt und Pierce anruft. »Das geht ihn gar nichts an.«

»Ach komm.« Jenna seufzt. »Glaubst du wirklich, dass Brook ihm nichts erzählt hat?«

Bisher habe ich keinen Gedanken daran verschwendet, dass Brooklyn mit Pierce über uns gesprochen hat. Sinn machen würde es. Nervös beiße ich mir auf die Lippe und sehe Jenna an. »Meinst du, er … er weiß Bescheid?«, kiekse ich. »Über alles?«

Ich will mir überhaupt nicht vorstellen, dass Pierce über unseren Sex Bescheid weiß. Noch dazu in welchen Stellungen wir es getan haben. Das ist privat und geht den Running Back der New York Gladiators gar nichts an. Ich meine … Männer sind doch nicht so, oder? Die erzählen sich den neusten Tratsch aus den Beziehungen oder vielmehr Affären des jeweils anderen nicht.

»Pierce weiß also etwas, was ich nicht weiß?« Jennas perfekte Augenbrauen schießen in die Höhe, und ich stöhne auf. »Lilly?«

»Pierce muss Brooklyn gesagt haben, wo ich arbeite«, erzähle ich. »Er stand plötzlich in der Einrichtung und wollte mich nach Hause bringen.«

»Wann?«

»Letzte Woche, als du in Miami warst.«

»Und das erzählst du mir erst jetzt?« Der Vorwurf in ihrer Stimme ist kaum zu überhören.

Ich verdrehe die Augen. »Wann hätte ich es dir erzählen sollen?«, will ich im Gegenzug von ihr wissen. »Du hast dich auf ein neues Casting vorbereitet, deine freie Zeit mit Pierce verbracht, und ich war auch arbeiten.«

»Es tut mir leid, Lilly«, sagt sie plötzlich, und ich verstehe gar nichts mehr. »Natürlich hätte ich auch mehr Zeit mit dir verbringen müssen.«

»Was?«, rufe ich beinahe aus. »Das hättest du nicht. Ich freue mich für dich und Pierce. Ich verstehe total, dass du ihn sehen wolltest. Noch dazu, weil er danach in Miami war.«

»Aber trotzdem hättest du vielleicht mit mir reden wollen, und ich … ich war nicht da.«

»Jenna.« Ich lächele sie an. »Glaub mir, es gab nichts, was mich irgendwie fertiggemacht hat.«

Das ist nicht ganz die Wahrheit, aber ich möchte nicht, dass sie sich weiterhin Vorwürfe macht. Natürlich haben wir nun weniger Zeit füreinander, und unsere Jobs machen es uns auch nicht leichter, aber Jenna ist und bleibt meine beste Freundin. Pierce und sie sind ein tolles Paar, da möchte ich nicht dazwischenstehen mit meinen Angelegenheiten.

»Na gut«, sagt sie. »Was ist zwischen Brook und dir passiert?«

»Er hat mich nach Hause gefahren, das habe ich ja schon erzählt. Na ja … und … und zu Hause ist dann eins zum anderen gekommen, und wir hatten Sex.« Ich will nicht so breit grinsen, wie ich es tue, aber es lässt sich nicht verhindern. Die Erinnerungen an den Sex mit Brooklyn sind immer noch allgegenwärtig und unglaublich schön.

»Oh, mein Gott.« Jenna wippt aufgeregt auf der Couch auf und ab. Dabei drückt sie immer wieder meine Hände. »Du hattest Sex mit Brooklyn Webster.«

»Ich hatte Sex mit Brooklyn Webster.« Ich muss ebenfalls lachen.

»Ich kann es nicht glauben«, meint Jenna. »Ich hatte schon die Hoffnung, dass es zwischen euch passen könnte, aber dass ihr wirklich Sex habt und … und knutschend auf dem Sofa sitzt … Wow!«

Bei Jenna klingt das alles, als wäre für sie ein langersehnter Traum wahr geworden.

»Er hat den ersten Schritt gemacht«, gebe ich zu. »Ich hätte mich niemals getraut auf ihn zuzugehen oder dich nach seiner Nummer zu fragen.« Ich zucke mit den Schultern. »So bin ich nicht, aber Brooklyn umso mehr. Brian hat mich vorhin abgefangen, und wir sind einen Kaffee trinken gegangen. Plötzlich stand Brook im Café und hat … nun ja … seinen Standpunkt klargemacht?«

»Oh, mein Gott.« Langsam tun mir die Ohren weh von ihren Reaktionen. »Wie war der Sex?«

»Wieso wundert es mich nicht, dass dich das interessiert?« Vergnügt ziehe ich die Augenbrauen hoch. »Es war gut.«

»Gut?« Jenna schüttelt mit dem Kopf. »Du hattest Sex mit Brooklyn Webster, der laut Werbung ein Eightpack hat, und du sagst, dass der Sex *gut* war? Das kann doch nicht wahr sein.«

Fast schon theatralisch schüttelt sie mit dem Kopf, und ich lache auf.

»Na gut«, gebe ich grinsend zu. »Es war der Hammer, okay? Der vielleicht … Okay, es war der beste Sex meines Lebens, und er hat ein Eightpack. Definitiv. Ich habe es gezählt.«

»Ich freue mich so für dich«, ruft Jenna. »Seid ihr jetzt zusammen?«

Bei ihrer Frage werde ich doch wieder stiller und schüttle mit dem Kopf. Langsam entziehe ich Jenna meine Hände und lehne mich zurück.

»Ich glaube nicht«, antworte ich ehrlich. »Er hat mich gefragt, ob ich heute Abend mit zu Dans Party kommen möchte, und ich habe zugesagt.« Den Streit deswegen gestern Abend im Restaurant klammere ich aus. Dazu ist alles gesagt.

»Wie cool.« Jenna klatscht in die Hände und geht zu ihrer *Bloomingdales*-Tüte. »Wie gut, dass ich mir ein neues Outfit besorgt habe.«

Lachend wende ich mich ihr zu und beobachte sie dabei, wie sie ein Kleid nach dem anderen herauszieht. So viel zum Thema, dass sie sich *ein* neues Outfit besorgt hat. Daraus können mindestens zwei oder drei Outfits entstehen.

»Ein Outfit, hm?«

»Na ja.« Jenna grinst. »Es hat mich alles so angelacht. Was ziehst du an? Auf jeden Fall ein kurzes Kleid mit viel Ausschnitt. Brook steht auf deine großen Brüste.«

»Oh, Jenna.« Ich lasse mich zurück gegen die Lehne der Couch fallen. »Wieso habe ich dir das erzählt?«

Sie wirft das Kleid, das sie in der Hand hatte, zurück in die Tüte und kommt auf mich zu. Lachend beugt sie sich über mich. Die Hände links und rechts neben meinem Kopf platziert, als wollte sie mich küssen.

»Weil ich die beste Freundin auf der ganzen weiten Welt bin?«, vermutet sie. »Und ich mir sicher bin, dass er diese beiden Schätze …«, mit einem Nicken deutet sie auf meine Brüste, »… nur verehren kann.«

»Ja vielleicht.« Ich kichere. »Und Jen?«

»Ja?«

»Brook und ich haben auf der Couch gevögelt.«

Damit dränge ich mich unter ihr durch und renne in mein Zimmer, als sie fluchend hinter mir herkommt.

12

Lilly

JENNA und ich stehen vor unserem Wohnhaus auf der Straße und warten auf Pierce und Brooklyn. Meine beste Freundin sieht mal wieder zum Anbeißen heiß aus, und ich frage mich, wie ich neben ihr bestehen soll. Ihre dunklen Haare fallen in leichten Wellen über ihre Schultern, und das kurze Kleid, das sie trägt, lässt ihre Beine in Kombination mit den High Heels endlos wirken. Gut, dass Pierce mindestens zwei Meter groß ist, sodass sie überhaupt High Heels tragen kann.

Ich habe meine Haare zu einem Pferdeschwanz zusammengebunden und trage ein lockeres rotes Tunika-Kleid, das an der rechten Seite gebunden wird, mit schwarzen Wedge- Sandalen. Der Ausschnitt ist nicht mal ansatzweise so tief, wie Jenna es wollte. Ich würde mich in einem zu tief ausgeschnittenen Kleid nicht wohlfühlen. So bin ich nicht, und da kann meine beste Freundin noch so oft betonen, wie toll Brooklyn meine Brüste findet.

Ein schwarzer Audi Q7 setzt den Blinker und hält neben uns an. Die Scheibe auf der Beifahrerseite geht runter, und Pierce sieht uns grinsend an. »Ich habe gehört, die Ladys suchen eine Mitfahrgelegenheit.«

»Und Sie sind diese, Mr. Gates?« Jenna geht auf ihn zu und drückt ihm einen sanften Kuss auf die Lippen. »Hey Baby.«

»Hey«, erwidert Pierce ebenfalls lächelnd. »Steigt ein. Hi Lilly.«

»Hi«, antworte ich ihm und hebe die Hand zum Gruß. Jenna öffnet die hintere Tür und deutet mir an, vor ihr einzusteigen. Ich komme ihrer Bitte nach und klettere auf die Rückbank.

»Hey Brook«, sage ich, und er wirft einen Blick in den Rückspiegel. Sein rechter Arm liegt locker auf der Mittelkonsole, und seine linke Hand umfasst das Lenkrad, während ein sanftes Lächeln seine Lippen umspielt, als er mich sieht. Ehrlich gesagt hätte ich lieber auf dem Beifahrersitz bei ihm vorn gesessen oder wäre noch besser mit ihm allein gefahren. Ich verstehe aber auch, dass die beiden zusammen fahren.

Brooklyn trägt ein hellblaues Hemd, dessen Ärmel er bis zur Mitte der Unterarme hochgekrempelt hat. So entblößt er nicht nur die wahnsinnig heißen Muskelstränge, sondern auch seine Tattoos.

»Hey«, erwidert er meine Begrüßung.

Jenna und ich schnallen uns an.

»Bereit?« Brooklyn wirft noch einen Blick in den Rückspiegel. Ich erwidere diesen und nicke. Er hat sich seit heute Nachmittag rasiert. Sein dunkelbrauner Vollbart, den er bei unserem Kennenlernen noch trug, ist ab. So sieht er viel jungenhafter aus. Mir gefällt er auch so, aber der Vollbart hatte etwas Besonderes. Ich hoffe, dass er ihn wieder wachsen lässt.

»Ich wusste nicht, dass du fährst«, sagt Jenna an Brooklyn gewandt, und er schaut in den Rückspiegel.

»Ich trinke keinen Alkohol und kann demnach fahren«, erwidert er. »So kann Pierce sich auch ein Bierchen genehmigen.«

»Wohnt ihr auch zusammen?«, frage ich, und Pierce dreht sich um und lacht herzlich. Auch Brooklyn lacht. Was ist an der Frage so verwerflich, dass sie zu lachen beginnen?

»Er ist mein bester Freund«, sagt Pierce. »Das ist er wirklich, aber niemals und in meinem ganzen Leben – ich schwöre auf den Football – würde ich mit Brooklyn zusammenwohnen.«

Jenna und ich müssen lachen. Brooklyn verdreht die Augen.

»Du übertreibst«, meint dieser, und ich sehe im Rückspiegel, dass er die Augen verdreht.

»Du bist ein Sauberkeitsfanatiker«, beschwert sich Pierce. »Ich darf nicht mal auf deiner Couch einen Burger essen, weil es Flecken geben könnte.«

»Ja, und?«, fragt Brooklyn. »Du würdest die Flecken auch nicht rausmachen, oder?«

»Theoretisch nicht.«

»Praktisch auch nicht.« Brooklyn seufzt. »Da frage ich mich, wie du mit einer Frau zusammen sein kannst, die ihre Gäste nicht mit Schuhen in die Wohnung lässt.«

Jennas Kopf fährt herum, und sie sieht mich empört an.

»Das hast du ihm erzählt?«, will sie wissen. »Na, vielen Dank auch.«

Gespielt beleidigt verschränkt sie die Arme vor der Brust, und ich verdrehe die Augen. Ich hätte die Diskussion nicht führen wollen, wenn ich Brooklyn mit Schuhen in die Wohnung gelassen hätte.

»Ich hätte dich mal hören wollen, wenn ich ihn mit Schuhen reingelassen hätte«, rechtfertige ich mich. »Gegensätze ziehen sich an.«

»Richtig«, stimmt Pierce mir zu. »Außerdem kann man das doch gar nicht vergleichen.«

»Natürlich nicht.« Brooklyn rollt erneut mit den Augen. »Wie dumm von mir.«

»Zurück zu deiner Frage«, sagt Pierce. »Wir wohnen im selben Apartmentkomplex in Manhattan.«

»Okay«, erwidere ich. »Also fast zusammen.«

»Aber nur fast.« Brooklyn lacht. »Es reicht schon, dass wir uns am College eine Bude teilen mussten. Das Erste, was wir gemacht haben, war, uns eigene Wohnungen zu suchen.«

»Aber so ganz ohneeinander können sie doch nicht«, wirft Jenna ein, und wir müssen lachen.

BROOKLYN HÄLT mir die Tür auf und reicht mir seine Hand, um auszusteigen.

»Danke«, wispere ich, und Röte steigt mir in die Wangen, als er mir aus dem Wagen hilft. Dan lebt in einer riesigen Villa, vor der sich an diesem Abend ein Luxusauto an das nächste reiht. Brooklyns Audi scheint da noch das billigste Modell zu sein.

»Gern«, erwidert er, als ich festen Stand unter den Füßen habe, und wirft die Tür hinter mir zu. Durch das Auto von Jenna und Pierce getrennt, zieht Brooklyn mich plötzlich an sich. Ich stolpere auf meinen hohen Absätzen nach vorn, und meine Hände landen auf seiner muskulösen Brust.

»Hey nochmal«, raunt er gegen meinen Mund und verschließt ihn mit einem heißen Kuss. Ich komme aber nicht dazu, ihn zu erwidern und mich an ihn zu schmiegen, denn so schnell er den Kuss eröffnet hat, so schnell beendet Brooklyn ihn auch wieder. »Du siehst heiß aus, Baby.«

»Hi«, flüstere ich und bin bemüht, meiner Stimme einen einigermaßen festen Klang zu geben. »Danke … du auch.«

Erneut werde ich rot und wende meinen Blick von Brooklyn ab. Er lacht leise, als er nach meiner Hand greift und unsere Finger miteinander verschränkt. Ein Piepen signalisiert mir, dass der Wagen abgeschlossen wurde, und im selben Moment erhellen die Scheinwerfer die Dunkelheit.

Dann führt Brooklyn mich um das Auto herum zu Jenna und Pierce, die bereits auf uns warten. Meine beste Freundin grinst mich an, sodass ich auch ihrem Blick ausweiche. Ich muss mich keinesfalls für das, was zwischen Brooklyn und mir läuft, schämen, aber dennoch fühle ich mich unwohl, wenn sie mich so wissend ansieht. Wir sind nicht zusammen, wir hatten lediglich genialen Sex, und soweit ich weiß, sind diese Partys nur für die Spieler, ihre Partnerinnen und Familienangehörige. Brooklyn hätte mich nicht mitgenommen, wenn er nicht mehr als guten Sex in mir sehen würde, aber dennoch ist es mir nun unangenehm.

»Denk nicht so viel nach«, flüstert er mir zu und drückt meine Hand.

»Das mache ich doch gar nicht.« Ich wehre die Anschuldigung ab, und es dauert keine Sekunde, bis seine Augenbrauen in die Höhe schießen und ich aufstöhne. »Vielleicht ein bisschen.«

Er lacht leise und zieht mich noch näher an sich heran. Dann beugt er sich zu mir herunter und haucht mir einen Kuss auf die Wange.

»Glaub mir«, raunt er mir zu. Seine Stimme wird eine Nuance dunkler, und seine freie Hand greift nach meiner Hüfte und zieht mich an sich heran. »Ich wäre auch lieber mit dir allein in deinem Schlafzimmer, aber wir müssen zumindest anstandshalber zwei Stunden bleiben.«

»Du bist unmöglich«, flüstere ich und komme dennoch nicht umhin, mir vorzustellen, wie wir zusammen in meinem Schlafzimmer sind. Nackt und verschwitzt reiben unsere Körper aneinander, während er sich hart in mir versenkt. Ich muss dieses Kopfkino beenden. »Ich freue mich, deine Freunde kennenzulernen.«

»Ich habe das mit Dan und Scott nicht vergessen«, knurrt Brooklyn und drückt meine Hand.

»Gut«, sage ich. »Dann weißt du ja, dass ich Optionen habe.«

Brooklyn wirbelt mich herum, schiebt mich zurück, sodass ich unsanft gegen sein Auto gedrückt werde. Jenna und Pierce habe ich aus den Augen verloren. Und es ist mir auch herzlich egal, denn alles, woran ich denken kann, ist Brooklyn. Sein muskulöser Körper drängt sich gegen meinen, und seine Hände stützen sich neben meinem Kopf ab.

»Die einzige Option, die du hast, bin ich«, knurrt er und küsst mich hart. »Ich würde dich am liebsten hier ficken.«

Hitze schießt mir in die Wangen, oder in meine Mitte? Ich weiß es nicht. Seine Worte lassen mich auf jeden Fall nicht kalt, sodass ich meine Finger in sein Hemd kralle.

»Brooklyn.« Ich keuche und greife nach seinem Handgelenk, als dieser Idiot wirklich Anstalten macht unter mein Kleid zu greifen. Wir stehen in der Einfahrt von Dans Haus. Um uns herum zig Autos seiner Teamkollegen – seiner Freunde – und er will mich befummeln. Das kann doch nicht wahr sein. »Was machst du da?«

»Wonach sieht es denn aus?«, stellt er die Gegenfrage. »Ich will in dein Höschen.«

»Vergiss es.« Ich schlage ihm auf den Handrücken und sehe ihn wütend an. »Nicht hier, nicht jetzt.«

»Ich mache schnell«, verspricht er mir doch allen Ernstes und küsst meinen Hals. »Komm schon, Baby.«

»Brooklyn, nein!« Ich werde mich auf keinen Fall von ihm befummeln lassen. »Hör auf.«

Er stöhnt frustriert auf, murmelt etwas und lässt von mir ab. Sogar einen Schritt zurück tritt er, um genug Abstand zwischen uns zu bringen, dass sein Körper meinen nicht mehr berührt. Einen Moment sehen wir uns an, dann bin ich diejenige, die den Schritt nach vorne macht und ihre Hand in seinen Nacken legt. Ohne jegliche Gegenwehr beugt er sich zu mir runter und erwidert meinen Kuss.

»Ich will nur dich«, versichere ich ihm lächelnd und küsse ihn nochmal. »Ich verspreche es.«

»Ich will auch nur dich«, erwidert er und küsst mich nochmal. Unsere Lippen liegen träge aufeinander. Im Gegensatz zur aufgeheizten Situation vor wenigen Minuten ist der Kuss nun sehr ruhig und sanft.

»Hm«, wispere ich und lege meine Hände auf seine breite Brust. »Das gefällt mir.«

»Das habe ich mir gedacht«, erwidert er und gibt mir einen Klaps auf den Hintern, bevor er sich von mir löst. »Ich bleibe dabei: Wir lassen uns zwei Stunden blicken, und dann fahren wir.«

»Wie du meinst.« Ich seufze und nehme seine Hand. »Dafür sollten wir aber erst mal reingehen.«

Brooklyn ist immer noch nicht überzeugt davon, dass wir hierbleiben. Dennoch nimmt er meine Hand und führt mich zur Haustür. An dieser steht ein dunkelhäutiger Mann in einem schwarzen Anzug. Er hat ein Headset im Ohr und trägt eine schwarze Sonnenbrille. Er erinnert mich an Will Smith in *Men in Black*.

»Mr. Webster«, begrüßt er Brooklyn. »Ms. Mosley. Ich wünsche Ihnen einen schönen Abend.«

»Danke«, sagt Brooklyn, klopft ihm auf die Schulter und führt mich ins Haus.

Ich bin ein wenig verwundert, dass die Security direkt vor der Haustür steht und nicht an der Straße, am Tor, aber ich hinterfrage es nicht. Es wird seine Gründe haben.

»An der Straße stehen auch Security«, antwortet Brooklyn mir, als könnte er meine Gedanken lesen. »Sie sitzen allerdings im Auto.«

»Ach so«, sage ich, und die Musik aus dem Garten wird immer lauter, je weiter wir durch das Haus gehen. Ich schaffe es kaum, mich umzusehen und es auf mich wirken zu lassen. Brooklyn war schon etliche Male hier und wird sich die Zeit nicht nehmen.

»Brook«, ruft eine laute Männerstimme, und kurz darauf erscheint Dan Larson auf der Terrasse. Er trägt ein Hawaii-Hemd, Jeansshorts und weiße Sneakers. »Endlich bist du da, Alter.«

Dans dunkle Haare sind an den Seiten abrasiert so wie Brooklyns, aber auf dem Oberkopf deutlich kürzer. Dazu hat er ebenfalls einen Dreitagebart, und im Gegensatz zu meiner Begleitung ist Dan komplett tätowiert. Seine Knie und Oberschenkel sind mit Motiven bestückt sowie seine Arme von den Händen bis zu den Schultern. Ich habe genug Fotos mit nacktem Oberkörper von ihm gesehen, um zu wissen, dass auch der tätowiert ist. Mir persönlich ist es zu viel, aber er ist dennoch unheimlich sexy.

Mit der freien Hand schlägt Brooklyn mit ihm ein und wendet sich an mich.

»Darf ich vorstellen«, sagt er. »Lilly, das ist Dan. Dan, das ist Lilly.«

Ich habe nicht erwartet, dass er mich als seine Freundin vorstellt. Das bin ich auch nicht, aber dennoch macht es mich nervös, dass er nichts weiter dazu sagt. Für Dan wird die Sache klar sein. Wir ficken, und ich habe ansonsten nichts hier zu suchen.

»Hallo.« Er schüttelt meine Hand. »Schön, dass du mitgekommen bist. Getränke und Essen findet ihr im hinteren Teil des Gartens. Viel Spaß.«

»Danke«, sage ich, und Dan geht bereits an uns vorbei ins Innere des Hauses.

Brooklyn drückt meine Hand und lächelt mich an. Dann führt er mich die drei Stufen der Terrasse hinunter in den Garten. Wo ich auch hinsehe, tummeln sich Footballspieler, Models und andere Größen der New Yorker High Society, die ich nur aus der Zeitung kenne.

»Ich dachte, dass die Partys bloß in eurem kleinen Kreis stattfinden«, raune ich Brooklyn zu, der mich zur Bar führt.

»Meistens tun sie das auch«, erwidert er und wirft mir ein Lächeln zu. »Ich habe auch erst heute früh erfahren, dass Dan wohl die halbe Stadt eingeladen hat.«

»Oh, okay«, murmle ich und mache unter den Gästen auch ein paar Basketballspieler der New York Skyliners aus. »Da ist Ferdinand Lavou.«

Er ist der beste Spieler der Basketballliga.

»Unter anderem ja«, meint Brooklyn. »Soll ich ihn dir vorstellen.«

»Gott, nein!« Ich erinnere mich an seine heftige

Reaktion, als ich erfahren habe, dass hier alle Spieler der Gladiators sind. Ich möchte nicht wieder den Eindruck erwecken, dass es mir darum geht, Promis kennenzulernen. Denn das ist nicht so. Es ist nur ein netter Nebeneffekt. »Lass uns was zu trinken holen, und du stellst mir deine Teamkollegen vor.«

»Ist gut«, meint Brooklyn, und wir treten gemeinsam an die Bar. Ich entscheide mich für einen Caipirinha, und Brooklyn trinkt ein alkoholfreies Bier. Mir ist bereits letzte Woche in der Bar aufgefallen, dass er keinen Alkohol zu sich nimmt. Zwar ist das kein Geheimnis in der Öffentlichkeit, aber bisher dachte ich immer, das wäre ein Image, das er nach außen tragen möchte.

»Trinkst du überhaupt keinen Alkohol?«, frage ich, als wir unsere Getränke bekommen haben und auf Chad Baker, einen Defensive End, und dessen Frau Caroline zugehen. Ich habe sie ein paarmal in der Presse gesehen. Ihr gehört ein namhafter Mode-Blog.

»Nein«, antwortet Brooklyn auf meine Frage. »Seit Jahren nicht.«

Wir kommen bei den anderen an, und Brooklyn löst sich von mir, um Chad und Caroline zu begrüßen. Beide haben afroamerikanische Wurzeln. Während Chad seinen Afro zur Schau stellt, solange er ihn nicht für ein Spiel unter dem Helm verbergen muss, hat Caroline ihre Haare geglättet. Ich habe mal gelesen, dass afroamerikanische Frauen das oft mit einer langwierigen Prozedur tun, weil sie sonst keine Chance auf glatte Haare haben. Chad trägt so wie Brooklyn ein helles Hemd und eine Jeans, während seine Frau ein hellblaues bodenlanges Trägerkleid anhat. Es steht ihr ungemein gut und lässt ihre dunkle Haut zur Geltung kommen.

»Darf ich vorstellen, das ist Lilly. Lilly, das sind Chad und seine Frau Caroline.«

»Hallo.« Ich schüttle ihre Hände. »Freut mich, euch kennenzulernen.«

»Die Freude ist ganz auf unserer Seite«, erwidert Caroline lächelnd. »Brooki hat eine Freundin.« Das Quietschen in ihrer Stimme lässt mich erröten, und ich trinke hastig von meinem Cocktail. Ich bin nicht seine Freundin, und Brooklyn hat mich auch nicht als diese vorgestellt.

»Würdest du mich bitte nicht Brooki nennen.« Er verdreht die Augen. »Danke.«

»Ich finde das süß«, ziehe ich ihn auf, und er sieht mich vielsagend an. »Passt zu dir.«

»Auf jeden Fall.« Chad lacht. »Brooki, unser Quarterback. Das jagt jeder Defense Angst ein.«

»Soll ich mich zu Scott und Dan stellen, sodass ihr in Ruhe über mich herziehen könnt?«, will er wissen, und ich verdrehe die Augen und schmiege mich an ihn. Brooklyn scheint sofort versöhnlicher und zieht mich an sich.

»Wie habt ihr euch denn kennengelernt?«, will Caroline wissen.

Wir sehen uns an und müssen lachen.

»Willst du?«, fragt er, und ich nicke.

»Jenna und Pierce hatten ein Date. Jenna hat mir das Doppeldate als Mädelsabend verkauft, damit ich überhaupt mitkomme.« Caroline lacht. »Ich war wenig begeistert, als Brooklyn dastand«, erzähle ich weiter und lasse den kleinen, aber feinen Teil aus, dass mir der Arsch auf Grundeis ging, weil er so bekannt ist. »Wir haben uns eigentlich gut unterhalten, aber –«

»Eigentlich gut?«, unterbricht Brooklyn mich. »Du hast mir doch ständig deutlich gemacht, dass du gern ganz woanders wärst.«

»Ich war sauer auf Jenna«, rechtfertige ich mich.

»Klar doch«, erwidert er grinsend. »Ich wollte sie wiedersehen und bin zu ihrer Arbeit gefahren.«

»Wo arbeitest du denn?«, fragt Chad und lächelt mich freundlich an.

»Ich bin Sozialarbeiterin«, antworte ich. »In Queens.«

»Wow.« Caroline wirkt ehrlich beeindruckt. »Arbeitest du mit Kindern oder Jugendlichen?«

»Mit Jugendlichen«, erkläre ich und beginne Caroline über meinen Job zu erzählen, während Brooklyn in eine Football-Diskussion mit Chad verfällt. Dabei lässt er mich aber keine Sekunde los oder mich auch nur eine Sekunde daran zweifeln, dass er mich hierhaben möchte.

13

Lilly

Ich will die Kabine der Toilettenräume in dem luxuriösen Pool-Haus von Dans Anwesen verlassen, als ich zwei weibliche Stimmen vernehme.

»Hast du die Begleitung von Brooklyn gesehen?«, fragt eine von ihnen, und mir rutscht das Herz in die Hose. Der Spott in ihrer Stimme ist nicht zu überhören, und als ihre Begleiterin auflacht, wird mir schlecht.

»Natürlich.« Sie lacht erneut. »Was will er nur von so einer fetten Kuh?«

Ich schlage mir mit der Hand vor den Mund, um nicht laut aufzuschreien. Ja, ich habe keine Neunzig-sechzig-neunzig-Modelmaße, und ich bin auch nicht eins achtzig groß. Aber ich bin weder fett noch eine Kuh. Was denken die sich denn?

»Ich weiß es nicht.« Eine von ihnen seufzt. »Wenn ich gewusst hätte, dass Brook auf sowas steht, würde ich nicht dreimal in der Woche ins Fitnessstudio gehen.«

Da ich sie nicht sehen kann, gehe ich davon aus, dass sie ihrer Begleitung mit einer Geste ihren Körper deutlich macht. Denn diese kichert auf einmal.

»Dein Körper ist der Wahnsinn, Chiara«, lobt sie.

»Danke«, erwidert sie, und ich verdrehe die Augen. Die beiden könnten sich auch erzählen, dass sie die nettesten Menschen auf der Welt sind, und sie würden dabei noch gehässig klingen. »Aber was mache ich denn jetzt? Ich war mir so sicher, dass aus Brooklyn und mir diese Saison etwas wird.«

Ich würde mein Ohr am liebsten an die Tür pressen, da sie ihre Stimme leicht gesenkt hat und nun schwieriger zu verstehen ist.

»Das ist ja schön und gut«, erwidert Chiara, und ich ärgere mich, dass ich nicht gehört habe, was ihre Freundin zuvor gesagt hat. »Aber was mache ich jetzt wegen Brooklyn?«

»Du musst dranbleiben«, versichert ihre Freundin ihr, und ich verdrehe meine Augen. Brooklyn ist mit einer anderen Frau auf der Party. Ob das nun ich oder jemand anderes ist, ist doch völlig egal. Er legt seinen Arm um mich, stellt mich seinen Freunden vor und hat dieser Chiara noch keinen Funken Aufmerksamkeit geschenkt. Wie in Gottes Namen kommt sie zu der Annahme, dass er Interesse an ihr hat? »Er wird erkennen, dass du die Richtige für ihn bist.«

Auch das bezweifele ich ganz stark.

Die beiden verstummen, und im nächsten Moment höre ich Absätze auf dem Boden widerhallen. Es findet kein Gespräch zwischen der Frau, die den Waschraum betreten hat, sowie Chiara und ihrer Freundin statt. Dann fällt die Tür ins Schloss.

Ich öffne die Kabine und trete hinaus in den Waschraum.

»Lilly?« Ich hebe den Kopf und sehe in Carolines überraschtes Gesicht. »Ich wusste gar nicht, dass du hier bist.«

Ich gehe zum Waschbecken und schalte das Wasser ein, um mir die Hände zu waschen.

»Tja«, erwidere ich. »Das dachten Chiara und ihre Freundin auch.«

Im ersten Moment schaut sie mich irritiert an, aber dann verlässt ein »Oh« ihren Mund. »Sie haben schlecht über dich geredet, oder?«, schlussfolgert Caroline und sieht mich mitleidig an. »Tut mir leid, dass du das hören musstest.«

»Ich habe nicht erwartet, dass irgendwelche Frauen, die hier sind, um sich einen Spieler zu krallen, nett über mich reden.« Ich lache auf, um die Unsicherheit in mir zu vertuschen. Es hat wehgetan, was sie gesagt haben. Meine Figur ist schon immer ein Thema für mich gewesen, mit dem ich nicht gut umgehen kann. Von einem Mann wie Brooklyn begehrt zu werden, ist ein unglaublich schönes Gefühl. Das ändert dennoch nichts daran, dass ich mich neben Frauen wie Jenna und auch Caroline dick fühle. Das haben Chiara und ihre Freundin auf den Punkt gebracht.

»Die beiden sind furchtbar.« Caroline seufzt und lehnt mit dem Hintern am Waschtisch. »Sie machen sich an jeden Spieler ran. Egal ob in einer Beziehung oder nicht. Du glaubst nicht, wie oft Chad und ich deswegen schon gestritten haben.«

»Wirklich?«, will ich erstaunt wissen, als ich das Wasser abgeschaltet habe und mir die Hände mit dem flauschigen weißen Gästehandtuch abtrockne.

»Ja.« Caroline lacht und schüttelt mit dem Kopf. »Es ist nicht nur einmal vorgekommen, dass ich zu einer Party später gekommen bin und eine von ihnen an Chad hing. Er hat es abgetan, und ich weiß auch, dass er mir nicht fremdgeht, aber …« Caroline holt tief Luft. »Wenn wir die Grenzen setzen, interessiert diese Frauen das nicht. Wir sind für sie nur störende Individuen, die ihren Traummann oder vielmehr ihr Traumleben blockieren. Für sie ist es völlig unerheblich, dass unsere Männer uns lieben und sich bewusst für uns entschieden haben.«

»Verstehe«, sage ich niedergeschlagen. »Es hört also nie auf?«

»Nein«, erwidert Caroline und wirkt resigniert. »Chad und ich sind seit sieben Jahre zusammen, seit drei Jahren verheiratet und haben einen Sohn. Sie graben ihn trotzdem noch an, als wäre er ein Junggeselle. Du musst Brook vertrauen, dass er nicht darauf eingeht.«

»Das tue ich«, erwidere ich. »Denke ich. Wir sind … noch nicht richtig zusammen. Zumindest haben wir es nie offiziell angesprochen.«

»Oh, ach so.« Sie ist irritiert. »Auf mich wirkte es, als wärt ihr ein Paar.«

»Nein«, sage ich. »Gehen wir wieder zurück und

schauen nach Brooklyn und Chad. Ich hoffe, sie haben sie nicht schon belagert.«

Wir verlassen die Toiletten und begeben uns nach draußen.

»Möglich ist es.« Caroline lacht. »Mit der Zeit lernst du, wer wirklich bis zum Äußersten geht und wer aufhört, wenn du in der Nähe bist.«

»Lass mich raten«, ich seufze, als wir den Waschraum wieder verlassen, »Chiara gehört zur Sorte ›Never give up‹.«

»Sorry.« Caroline lacht. »Ich kenn sie seit ungefähr drei Jahren, und genauso lange versucht sie bei Brooklyn zu landen.«

Ich schlucke hart, dass sie so unnachgiebig ist. Drei Jahre ist eine verdammt lange Zeit, und wenn er sie in dieser Zeit nie beachtet hat, ist das wirklich krank, was sie macht. Irgendwann muss man doch merken, dass das Gegenüber kein Interesse hat.

»Weißt du, ob … nun ja … ob er schon mal darauf eingegangen ist?«, will ich wissen und schaue Caroline an.

»Nein, tut mir leid«, erwidert sie ehrlich. »Und um ganz genau zu sein, habe ich ihn noch nie in Begleitung auf einer Party von Dan gesehen. Das heißt nicht, dass er nicht auch mal mit einer der Frauen nach Hause gegangen sein könnte. Demnach denkt Chiara wohl auch nicht darüber nach, dass er Interesse an anderen Frauen hat. Bis du aufgetaucht bist.«

»Klar«, erwidere ich. »Wie war das anfangs bei Chad und dir?«

Ein warmes Lächeln ziert Carolines Lippen. Sie

wirkt glücklich, wenn sie an die vergangenen Jahre mit ihrem Mann zurückdenkt.

»Anstrengend«, antwortet sie. »Ich war noch im Studium, als wir uns kennengelernt haben, und Chad in seinem Rookie-Jahr bei den Gladiators. Er war dreiundzwanzig, ich zwanzig. Natürlich dachten alle sofort, dass ich ihn für meine Karriere als Bloggerin ausnutze, aber das ist nicht wahr. Chad hat mich immer unterstützt, ob ich wollte oder nicht.« Sie lacht herzlich. »Meinen Blog, den du vielleicht kennst.«

»Natürlich kenne ich deinen Blog«, erwidere ich aufgeregt. »Ich wollte dich nicht unterbrechen.«

»Chad hat ihn gegründet und ist stiller Teilhaber«, erklärt sie mir. »Das stößt vielen sauer auf. Und ich verstehe es. Er hatte das Geld, um mir all das zu ermöglichen. Viel schneller, als ich es ohne ihn geschafft hätte. Er nahm mich mit zu Modenschauen, zu denen er Einladungen bekam, machte mich mit Models bekannt und so weiter. Ohne ihn hätte es Jahre gedauert, bis ich in der Branche Fuß gefasst hätte. Ach, was rede ich da – Jahrzehnte sogar. Modeblogger gibt es in New York wie Taxis. Du musst etwas haben, was andere nicht haben, und bei mir war es ein Mann, der zufälligerweise nicht weiß, wohin mit seiner Kohle, und der seinen guten Namen spielen lässt.«

»Ich verstehe.«

»Was kaum jemand weiß, und was mir auch egal ist, ob es jemand weiß, ist, dass in dem Vertrag zu meinem Blog steht, dass ich ihm bis zu einem bestimmten Tag die Finanzspritze zurückzahlen muss und im Falle einer Scheidung er vom stillen Teilhaber zum bevollmächtigten Anteilseigner mit fünfzig Prozent wird. Das war mir wichtig. Ich wollte nie, dass ich auf meinen Mann reduziert werde. Aber viele sehen das so. Für sie sind wir keine eigenständigen Wesen, die tatsächlich Erfolg haben.«

»Du bist ziemlich erfolgreich und hast ein beträchtliches Eigenvermögen«, merke ich an und sehe Caroline im nächsten Moment entschuldigend an, dass ich so frei über ihre Finanzen rede. »Tut mir leid, das habe ich auch nur gelesen.«

»Das ist schon richtig«, erwidert sie. »Die Gründung meines Blogs hat mir viele Türen geöffnet, aber ich musste selbst dafür sorgen, dass sie offenbleiben. Glaubst du, dass die großen TV-Produktionen mich einladen, weil ich die Frau von Chad Baker bin? Die kennen ihn teilweise nicht mal. Brooklyn ist da eine andere Hausnummer, das ist der Quarterback immer. Aber Chad … keine Chance.«

»Oh wow.« Lachend sehe ich sie an. »Das ist cool. Für dich.«

»Chad kann nicht mal eine Cargo-Hose von einer Anzughose unterscheiden, wenn diese keine Taschen hätte.«

Wir kommen wieder bei den Männern an.

»Hey.« Chad greift nach der Hand seiner Frau und zieht sie an sich. »Dafür habe ich den weltbesten Frauengeschmack.«

»Oh.« Caroline seufzt und schmiegt sich an ihn. »Den hast du definitiv.«

Schmunzelnd sehe ich die beiden an und wende

mich an Brooklyn, der ebenfalls ein Lächeln auf den Lippen hat.

»Und ich dachte, den habe ich«, meint er, und Hitze schießt mir in die Wangen. Hoffentlich hat das keiner gehört. Hier laufen so viele wunderschöne Frauen herum, und er meint mich. »Wirst du rot?«

»Und du? Unmöglich?«, kontere ich, und er zieht mich an sich.

»Ich bin unmöglich, Baby«, raunt er mir zu und bringt seinen Mund ganz nah vor meinen. Mein Puls schießt in die Höhe, und ich schmiege mich an ihn. »Wenn du dann fertig bist mit deinem Girls-Talk, lass uns zu dir fahren und endlich ficken.«

»Brooklyn«, rufe ich und gleiche einer Tomate. Hastig sehe ich mich um, ob das jemand gehört hat. »Sag das nicht so.«

»Es ist die Wahrheit«, erwidert er vergnügt.

Es ist mir egal, ob es die Wahrheit ist. Und auch, dass mir die Idee gut gefällt. Wir können die Party seines Freundes und Teamkollegen nicht jetzt schon verlassen, um zu ficken. Das gehört sich nicht.

»Jetzt sei doch nicht so.« Er seufzt und drückt mir einen sanften Kuss auf die Lippen. Sofort schmiege ich mich an ihn und lege meine Hände in seinen Nacken, um ihn näher zu mir zu ziehen. Brooklyn kommt meiner Bitte nur zu gerne nach und streicht mit seiner Zunge über meine Lippen. Langsam öffne ich meinen Mund, um ihm Einlass zu gewähren. Ebenfalls seufzend heiße ich seine Zunge willkommen. Mit so einem heißen Kuss hat er mich definitiv an der Angel.

»Gehen wir oder gehen wir?«, will er wissen, als

wir uns voneinander lösen. Die Entscheidung trifft er allein. »Wir gehen. Macht's gut, Leute.«

Bevor ich reagieren kann, schlägt er mit Chad freundschaftlich ein und gibt Caroline zum Abschied einen Kuss auf die Wange. Ich sehe schon, dass ich mich geschlagen geben muss. Ich verabschiede mich ebenfalls von ihnen.

»Es war so schön, dich kennenzulernen«, versichert Caroline mir. »Wenn du beim nächsten Spiel dabei bist, müssen wir zusammensitzen.«

»Oh, das wird sie«, versichert ihr Brooklyn und nimmt meine Hand. »Wir sehen uns beim Training.«

»Bis dann«, grüßt Chad ihn nochmal zum Abschied, und wir machen uns auf den Weg.

Von Dan ist weit und breit nichts zu sehen, und auch von Pierce und Jenna, die sich mit Dean und seiner Frau Holly unterhalten, verabschieden wir uns nur sehr knapp. Brooklyn hat es wirklich eilig.

Das zeigt er mir auch, als er im Haus das Tempo nochmal anzieht, sodass ich Mühe habe, auf meinen hohen Schuhen mitzuhalten.

»Könntest du ein bisschen langsamer laufen?«, frage ich.

»Nein«, erwidert er. »Komm jetzt.«

Ich verdrehe die Augen und konzentriere mich darauf, mit ihm Schritt zu halten. Das Peinlichste wäre jetzt, wenn ich auf die Nase falle. Brooklyn zieht bereits in der Haustür seinen Schlüssel aus der Tasche seiner Jeans und öffnet den Audi.

An diesem angekommen hält er mir die Beifahrertür auf und wirft sie hinter mir zu, als ich endlich im

Wagen sitze. Mir ist sein Aufstöhnen nicht entgangen, als es ihm wieder nicht schnell genug ging. Er umrundet das Fahrzeug und steigt auf der Fahrerseite ein. Ich schnalle mich an, während Brooklyn die Tür schließt und es mir gleichtut. Dann startet er den Motor, parkt aus und fährt die Einfahrt des Anwesens hinunter auf die Straße. Kaum, dass er den Blinker gesetzt hat, legt er seine rechte Hand auf meinen Oberschenkel und schiebt sie nach oben. Ich werfe ihm einen Blick zu, um zu sehen, ob er zu mir schaut, aber das tut er nicht. Brooklyns Blick ist starr auf die Straße gerichtet. Dabei wirkt er so verdammt entspannt, dass ich es nicht glauben kann. Seine linke Hand umfasst das Lenkrad locker an der unteren Seite. Den Ellenbogen an der Tür angelehnt.

»Komm schon«, raunt er. »Lass mich ran.«

Ein Schauer läuft mir über den Rücken bei seinem Tonfall, und ich lasse meine Beine ganz automatisch auseinanderfallen, um ihn dazwischen zu lassen. Brooklyns Hand wandert weiter nach oben. Er streichelt die Innenseiten meiner Schenkel, sodass ich eine Gänsehaut bekomme.

»Brook.« Ich keuche, als er seine Hand in mein Höschen schiebt. Mit dem Mittelfinger umkreist er meine Klitoris, bis diese sich ihm willig entgegenreckt. Das kann er doch nicht ernst meinen, oder? Ich werfe ihm einen Blick zu, aber er sieht konzentriert auf die Straße. »Oh … ich … fuck.«

Er schiebt seinen Mittelfinger tiefer zwischen meine Schamlippen, und ich verlagere mein Gewicht, sodass er besseren Zugang zu meiner Mitte hat. Sein Handballen drückt auf meine empfindlichste Stelle und schiebt erst seinen Mittel- dann seinen Zeigefinger in mich. Ich stöhne auf und bin noch nicht komplett feucht, sodass ein kurzes Ziepen entsteht. Brooklyn braucht allerdings nicht lange, um mich vollends auf Touren zu bringen. Mein Stöhnen wird lauter, und ich kralle meine Finger in die Seiten des Ledersitzes.

»Fuck Baby«, knurrt er und setzt den Blinker. Scharf biegt er ab und steuert den Audi in ein Wohngebiet, dessen Straße nur spärlich beleuchtet ist. Am deren Ende, wo sich nur noch eine Garage befindet sowie eine gedimmte Straßenlaterne, parkt er.

»Was tust du?«, frage ich schwer atmend, als seine Finger aus meinem Höschen verschwinden.

»Wonach sieht es aus?«, erwidert er, und mit einem Rums schiebt er den Fahrersitz so weit wie möglich zurück. Viel Platz bekommt er dadurch aber nicht. »Kannst du über die Mittelkonsole klettern?« Ohne mich anzusehen, öffnet er den Gürtel und dann seine Jeans. Statt ihm zu antworten, beobachte ich Brooklyn fasziniert dabei, wie er seinen harten Schwanz aus dessen Gefängnis befreit und ihn in der Hand hält. Fuck, ist das geil. Das wenige Licht, das von der Straße ins Auto fällt, ist gerade einmal so hell, dass ich seine glänzende Spitze sehen kann.

»Komm«, sagt er und schaut mich auffordernd an. »Ich muss in dir sein.«

»Hier?«, gebe ich nochmal zu bedenken und zeige mit dem Finger durch das Innere des Wagens.

»Natürlich hier«, knurrt er. »Schwing jetzt deinen Arsch über die Mittelkonsole, Lilly.«

Ich komme seiner Forderung nach und streife zunächst meine Schuhe ab. Mit einem dumpfen Ton fallen sie in den Fußraum. Dann erhebe ich mich und klettere umständlich auf seinen Schoß. Die Beine rechts und links neben seinem Körper positioniert. Brooklyns Hände streichen über meinen Körper bis zu meinen Brüsten. Ich stütze meine Hände neben seinen Schultern am Sitz ab, sodass ich ihm meine Brüste ins Gesicht drücke.

»Ich stehe so auf deine Brüste«, raunt er und küsst meinen Hals, während er mein Wickelkleid öffnet, sodass es auseinanderfällt. Um den Vorgang zu beschleunigen, öffne ich den kleinen Knopf an meiner Hüfte, worauf es sich vollends öffnet und ich in meinen schwarzen Dessous auf ihm sitze. Gott sei Dank habe ich mich für dieses Set entschieden. Brooklyns leuchtenden Augen zufolge freut er sich ebenso darüber.

Seine Lippen erforschen meinen Hals und mein Dekolleté, während ich meine Finger um seinen Schwanz lege und mein Höschen zur Seite schiebe.

»Kondom«, knurrt er. »Öffne den Deckel der Armlehne.«

»Du hast Kondome in der Mittelkonsole?« Ich sehe ihn fragend an, aber komme seiner Bitte nach. Sofort schießen mir wieder Chiara und ihre Freundin in den Kopf. Unweigerlich frage ich mich, ob er andere Frauen auch gefickt hat – hier in seinem Audi.

»Mein Gott, Lilly«, knurrt er und macht es selbst. »Keine Ahnung, woran du denkst, aber die habe ich heute im Drugstore besorgt, weil bei dir keine waren.

Ich glaube nicht, dass du welche gekauft hast, seitdem ich das letzte Mal da war.«

Beschämt, dass ich dachte, er hätte Sex mit einer anderen Frau gehabt – was mich darüber hinaus nichts angeht –, beuge ich mich zu ihm vor und küsse ihn entschuldigend.

»Zieh das Kleid und den BH aus.«

»Fick mich so«, erwidere ich. »Dann fahren wir nach Hause.«

Er sieht mich an und scheint eine Sekunde zu überlegen, ob er auf sein Recht beharrt oder mich im Auto schnell und hart nimmt, um zu Hause richtig auf seine Kosten zu kommen.

»Verdammt, Lilly«, flucht er und reißt den Blister auf, um das Kondom herauszunehmen. »Du hast ja recht.«

Während Brooklyn sich das Kondom überstreift, hebe ich mein Becken und schiebe mein Höschen beiseite. Er greift seinen Schaft an der Wurzel und positioniert sich an meinem Eingang.

»So ist gut«, flüstert er, als ich mich Zentimeter für Zentimeter auf ihn sinken lasse. Es gefällt mir, dass ich die Oberhand habe.

»Fuck, Baby«, stöhnt er. »Lass dich fallen.«

Und ich tue es.

Brooklyn stößt von unten in mich. Dabei packt er mich grob an der Taille und nimmt mir die Bewegungsfreiheit, seinen Stößen auszuweichen. Stöhnen erfüllt das Auto, und die Hitze, die von unseren aneinanderreibenden Körpern ausgeht, lässt die Scheiben beschlagen.

Er fickt mich hart, und ohne nachzulassen. Ich

kralle mich mit einer Hand in seine Schulter, die andere klatscht gegen die Scheibe. Wir stöhnen beide lauter, je heftiger sein Tempo wird.

Mit einem weiteren tiefen Stöhnen entlädt er sich in mir und schiebt seine Hand zwischen meine Beine, um mich zusätzlich zu stimulieren, bis ich auch zum Höhepunkt komme.

»Brook«, rufe ich und lehne meine Stirn gegen seine. »Wow.«

Ich brauche definitiv einen Moment, um zu Atem zu kommen, während er meine Haare zurückstreicht und mich anlächelt.

»Das war gut«, gibt Brooklyn schlicht seine Bewertung für unser Intermezzo im Auto ab. »Was meinst du?«

»Ziemlich gut«, erwidere ich und küsse ihn erneut. »Das sollten wir öfters tun.«

»Was?« Er lacht. »Im Auto ficken oder generell eine heiße Nummer schieben?«

»Eher Zweites«, gebe ich zu und lehne mich zurück, um mein Kleid zu schließen und meinen Slip an Ort und Stelle zu bringen. Brooklyn zieht unterdessen das benutzte Kondom ab und verknotet es. »Erwischt werden beim Autosex finde ich nicht cool.«

Er lacht, und ich klettere zurück auf den Beifahrersitz, um mich ordentlich hinzusetzen. Brooklyn wirft das benutzte Kondom aus dem Fenster, dessen Scheibe er herunterlässt, und ich verdrehe die Augen. Er zuckt mit den Schultern, schließt seine Hose und beugt sich zu mir rüber.

»Danke, Baby«, raunt er. »Noch fünf Minuten und meine Eier wären geplatzt.«

»Brook!« Meine Stimme muss mindestens zwei Oktaven zu hoch sein, aber er lacht nur.

»Seitdem Jenna heute Nachmittag in die Wohnung kam und uns gestört hat, war ich geil auf dich.«

»Könntest du bitte …« Ich massiere mir angestrengt die Schläfen. »… nicht so reden.«

»Oh, Mann«, meint er vergnügt und startet den Wagen. »Ich glaube, du musst bei diesem Thema noch lockerer werden. Das nächste Mal vielleicht *am* Auto, statt *im* Auto?« Er sieht zu mir und wackelt mit den Augenbrauen. Seine freie Hand liegt auf meinem Oberschenkel, nachdem er den Wagen gedreht hat, um zurück auf die Schnellstraße zu fahren. Diesmal hat es nichts Anzügliches, sondern es ist lediglich seine Art, meine Nähe zu suchen.

»Auf keinen Fall«, erwidere ich, »werden wir Sex in der Öffentlichkeit an deinem Auto haben.«

Diesmal sagt er nichts und fädelt sich schweigend in den Verkehr ein, aber ich kann mir gut vorstellen, dass er beabsichtigt, das Thema wieder aufzunehmen.

14

Brooklyn

Drei Wochen später

Ich parke meinen Audi Q7 vor dem Gefängnis und schalte den Motor ab. Es ist komisch, nach fünf Jahren das letzte Mal hier vorzufahren und Lorraine heute mit nach Hause zu nehmen. Für sie wird ein völlig neues Leben beginnen, und auch wenn sie das alles locker sieht, sehe ich das nicht so. Sie ist dreiundzwanzig Jahre alt, saß die letzten fünf Jahre im Gefängnis und hat von der Welt draußen nichts mitbekommen. Sie hatte kein Smartphone, kein Tablet und nur einen alten Fernseher in ihrer Zelle. Natürlich habe ich ihr bereits das neueste iPhone sowie ein iPad, MacBook und in ihrem Zimmer in meiner Wohnung einen Smart-TV besorgt. Dazu noch eine limitierte Kreditkarte, die sie benutzen kann. Lorraine soll es zunächst an nichts fehlen, aber irgendwann werden wir über ihre Zukunft sprechen müssen und darüber, was sie aus ihrem Leben machen will. Ich habe genug Geld, um sie über Jahre durchzubringen, aber ich glaube nicht, dass sie das will, und ich auch nicht. Sie soll ein eigenständiges Leben führen und glücklich sein.

Lorraine muss aber auch neue soziale Kontakte knüpfen. Ihre Freunde von früher sind nicht mehr da. Die meisten von ihnen haben sich abgewandt, als sie ins Gefängnis musste, oder schon viel früher, als sie bemerkten, dass sie sich verändert hat.

Ein letztes Mal sehe ich an den braunroten Backsteinmauern hinauf und atme tief durch. Ich werde es nie wieder zulassen, dass Lorraine hierher zurück muss. Dann steige ich aus dem Auto, stecke Schlüssel und iPhone in meine Jeans und lehne mich an die Motorhaube. Die Tür, aus der die Häftlinge kommen, ist geschlossen. Nervös blicke ich auf meine Uhr, um festzustellen, dass noch mehr als zehn Minuten Zeit sind, bis Lorraine herauskommen müsste. Ich bin viel zu früh, habe auf dem Hinweg noch einen Stopp bei *Dunkin' Donuts* gemacht, um meiner Schwester etwas Gutes zu tun. Keine Ahnung, ob sie überhaupt Lust auf die ekelhaft süßen Ringe hat, aber wenn nicht, dann kann sie sie heute Abend noch essen.

Danach habe ich ihr noch etliche Hygieneartikel für Frauen im Drugstore besorgt, weil ich nicht wusste, ob sie diese benötigt in den ersten Tagen. Geschweige denn, ob sie das Haus verlassen, und shoppen gehen möchte. Lorraine hat jahrelang auf weniger als zehn

Quadratmetern gelebt. Ihr Zimmer in meiner Wohnung ist doppelt so groß, dazu noch ein eigenes Bad mit Dusche und Wanne. Die Welt, in die sie nun kommt, muss ihr gigantisch vorkommen.

Auch wenn ich es ungern zugebe, habe ich ein wenig Angst davor, sie allein rauszulassen. Es ist nicht so, dass ich ihr nicht vertraue, aber der Gedanke, dass sie an ihr wohlbekannte Orte zurückkehrt und dort wieder auf die falschen Leute trifft, die früher ihrer Freunde waren, behagt mir nicht. Noch weniger, dass sie diesem Abschaum erzählt, wo ich wohne. Dass ich ihr Bruder bin, wissen diese Leute sicher.

Mein iPhone vibriert in meiner Tasche, und ich ziehe es heraus. Seufzend betrachte ich den Bildschirm ›Lilly ruft an‹. Ich bin heute früh bei ihr los, weil ich nochmal nach Hause wollte, bevor ich Lorraine abhole. Sie wollte wissen, was ich heute vorhabe, und ich habe gesagt, dass ich das letzte Spiel gegen Washington noch aufarbeiten muss, und danach melde ich mich. Das war – wie gesagt – heute Morgen. Wir haben frühen Nachmittag, und natürlich möchte sie wissen, wo ich bin.

Ich würde sagen, dass Lilly und ich zusammen sind. In den letzten drei Wochen haben wir fast jeden Tag miteinander verbracht. Sie hat mir von ihrer Schwester in Colorado erzählt sowie von ihren Großeltern, bei denen sie aufgewachsen ist. Ich habe ihr ebenfalls von meiner Kindheit erzählt, aber das Thema Lorraine ausgeklammert. Es behagt mir nicht, Lilly von ihr zu erzählen. Sie soll meiner kleinen Schwester keinen Stempel aufdrücken oder sie ändern wollen. Immerhin hat sie genau den Job, den meine Schwester als Hilfestellung immer verweigert hat. Meine Eltern wollten sie damals auch in einer solchen Einrichtung unterbringen, aber Lorraine hat das abgelehnt. Wenn Lilly von Lorraine weiß, wird sie mir erklären wollen, dass wir sie hätten zwingen müssen. Das ist nicht so einfach, wie die Sozialarbeiter denken. Darum schweige ich mich zum Thema Lorraine aus, was es immer schwieriger macht, den Spagat zwischen ihr und meiner Beziehung hinzukriegen. Lilly wird in den kommenden Wochen immer zu kurz kommen. Denn nach dem Football steht Lorraine an erster Stelle in meinem Leben.

»Hey«, nehme ich das Gespräch entgegen und verschränke die Arme vor der Brust.

»Hi«, erwidert sie, und ich muss unweigerlich lächeln. »Ich wollte nur kurz fragen, was du heute Abend essen willst.«

»Heute Abend?« Ich ziehe die Augenbrauen zusammen und überlege fieberhaft, was wir ausgemacht haben, heute Morgen. Um ehrlich zu sein, habe ich Lilly sowohl gestern Abend als auch heute Morgen kaum zugehört. Darum war es gut, dass wir gevögelt haben und ich meinen Kopf und die Gedanken um Lorraine ausschalten konnte.

»Wir wollten zusammen essen. Schon vergessen?« Lilly lacht. »Du *hast* es vergessen.«

Zu meiner Verwunderung kann ich keinerlei Wut oder Verbitterung in ihrer Stimme hören, sondern lediglich Erheiterung.

»Tut mir leid«, gebe ich zerknirscht zu und fahre mir mit der freien Hand über das Gesicht. »Ich kann nicht.«

»Oh.« Es bleibt still am anderen Ende der Leitung, und ich beiße mir auf die Lippe, dass ich sie nun so barsch abgewiesen habe. »Dann … dann morgen? War beim Training alles okay?«

»Ja … ja, alles okay«, antworte ich, als sich vor mir etwas regt. Das Tor öffnet sich langsam, und ich starre wie gebannt dorthin. »Ich muss auflegen, Baby.«

»Brook?« Lilly klingt alarmiert, aber ich ignoriere ihre aufgeregte Stimmlage und drücke sie mit einem »Sorry« weg.

Schnell stecke ich das iPhone zurück in meine Hosentasche und richte mich auf. Mit jedem Zentimeter, den die schwere Tür geöffnet wird, schlägt mein Herz schneller. Es rast in meiner Brust, und ich werde immer unruhiger. Nach fünf langen Jahren ist Lorraine in Freiheit und kann ihr Leben ganz neu ordnen.

Dann kommt sie endlich, flankiert von zwei Wärtern, heraus.

Lorraine trägt die schwarzen Leggings, die Mom ihr vor ein paar Tagen gebracht hat, sowie ein einfaches weißes T-Shirt. In der linken Hand hält sie ihre kleine Reisetasche, die sie bereits bei ihrem Haftantritt vor fünf Jahren hatte. Es war das einzig Persönliche sowie ein Pyjama und ein Jogginganzug, das sie ihr gestattet haben. Ihre Haare sind offen und ungepflegt.

»Lori«, rufe ich und eile auf sie zu. Die Beamten halten weder mich noch meine Schwester zurück, die nun ihre Tasche fallen lässt und in meine Arme fliegt. Ich reiße sie an mich und hebe sie hoch, um sie einmal im Kreis zu drehen. Pure Erleichterung durchströmt meinen Körper, und ich muss die Tränen zurückhalten. »Du bist endlich frei.«

»Brook.« Sie schluchzt und schmiegt ihren Kopf an meine Halsbeuge. »Ich … ich kann es nicht glauben.«

»Ich auch nicht«, erwidere ich, als ich sie langsam auf dem Boden absetze und ihr die Haare zurückstreiche. »Ich bin so froh, dass ich dich endlich mitnehmen kann.«

»Das bin ich auch.« Sie lächelt mich an und bückt sich dann zu ihrer kleinen Reisetasche, die ich ihr sogleich abnehme. »Lass mich das machen«, sage ich, und sie nickt. »Setz dich auf den Beifahrersitz.«

Lorraine nickt wieder und verabschiedet sich von den Wärtern, die es ihr gleichtun. Dann steigt sie auf der Beifahrerseite ein, und ich nehme neben ihr Platz, nachdem ich die Tasche in den Kofferraum gelegt habe.

»Schnall dich an.«

»Glaubst du, dass ich es vergessen habe?«, fragt sie schmunzelnd.

»Vielleicht.« Ich grinse ebenfalls, schnalle mich selbst an und starte den Motor, nachdem ich mein iPhone in die Mittelkonsole gelegt habe. »Mach das Handschuhfach auf.«

Lorraine sieht mich fragend an, als ich den SUV wende, um das Gelände des Gefängnisses ein für alle Mal zu verlassen. Sie sieht zu mir herüber, aber dann öffnet sie das Handschuhfach und macht große Augen. Darin liegt das iPhone, das ich ihr besorgt habe, sowie die Donuts.

»Du hast mir Donuts gekauft?«, will sie wissen und greift nach der Packung. »Danke. Ich … ich glaube, die habe ich nicht mehr gegessen seit … du weißt schon.« Lorraine lächelt tapfer, und ich drücke ihre Hand.

»Ja, ich weiß«, erwidere ich. »Aber eigentlich geht es um das iPhone.«

Sie zieht die Augenbrauen zusammen. »Was ist damit?«

»Was glaubst du denn?«, antworte ich ihr und schüttle mit dem Kopf. »Es ist für dich.«

»Wa … was?«, stottert sie. »Das … das kann ich nicht annehmen, Brook.« Unsicherheit spiegelt sich in ihrem Gesicht wider.

»Natürlich kannst du«, fordere ich sie auf. »Du brauchst ein Handy.«

»Doch kein neues iPhone«, hält sie dagegen. »Das ist viel zu teuer. Ein einfaches Smartphone wäre auch in Ordnung gewesen.«

»Lori.« Ich seufze und setze den Blinker, um mich an der Ampel einzuordnen und nach Manhattan zu fahren. »Ich verdiene fünfundzwanzig Millionen Dollar im Jahr. Da kann ich meiner kleinen Schwester ein einfaches iPhone kaufen.«

»Aber …« Genervt stöhne ich auf. »Na gut, aber ich zahle es dir zurück.«

»Tu, was du nicht lassen kannst.« Seufzend lehne ich mich zurück an die Kopfstütze. »Was möchtest du heute Abend essen?«

»Ich weiß nicht«, meint sie, »vielleicht Pizza. Vorher möchte ich duschen und Netflix schauen.«

»Netflix schauen?«

»Netflix and Chill«, erwidert sie. »Ich habe so oft davon gehört, aber wir hatten kein Streaming-Abo. Nur

Kabelfernsehen. Ich konnte auch nur deine Spiele sehen, die im Free-TV kamen.« Traurig schaut sie auf ihre Donuts und greift schließlich nach dem iPhone. »Hast du Nummern eingespeichert?«

»Natürlich«, erwidere ich. »Meine und Moms und Dads Nummern sind drin. Die du übrigens anrufen sollst.«

»Mach ich«, sagt sie. »Später.«

Ich seufze und nicke. Unsere Mom erträgt es kaum, dass Lorraine den Kontakt meidet. Für sie ist es unverständlich, dass sie den Kontakt nicht sucht, weil sie doch immer alles versucht haben und für sie da waren. Lorraine sagt, dass sie sich vor unseren Eltern schämt. Sie wollte ihnen nie den Stempel geben, dass sie die Eltern von dem Drogenmädchen sind oder von der, die im Knast sitzt. Also hat sie sich zurückgezogen. Dass sie sie damit viel mehr verletzt hat, als wenn sie sie wöchentlich im Gefängnis empfangen hätte, versteht sie nicht. Mich wiederum hätte sie am liebsten täglich gesehen.

»Lori.« Ich räuspere mich. »Mom und Dad lieben dich. Du musst an eurem Verhältnis arbeiten und …«

»Glaubst du, das weiß ich nicht?«, giftet sie sogleich los.

»Das habe ich doch gar nicht gesagt.« Ich seufze. »Aber du musst mir auch zuhören. Sie lieben dich, und sie wollen den Kontakt. Ihr könnt nochmal von vorne beginnen.«

»Hm.« Lorraine wirkt wenig kooperativ. Doch ich lasse es gut sein.

»Du willst Netflix schauen?«, wechsle ich das

Thema, als mein iPhone klingelt und Lillys Name auf dem Bordcomputer erscheint. Nachdenklich betrachte ich ihn und hoffe, dass sie auflegt, aber das tut sie nicht.

»Willst du nicht rangehen?«, fragt Lorraine und sieht zu mir herüber.

»Nein.«

»Warum?«

»Ich will jetzt nicht mit ihr reden.«

»Warum nicht?«

»Was glaubst du denn, warum?«, blaffe ich Lorraine an und reibe mir mit der rechten Hand über die Stirn. »Tut mir leid.«

»Schon klar.«

»Lori.« Es tut mir leid, dass ich sie so angegangen habe. Das hat sie nicht verdient. »Lass uns jetzt nicht darüber reden. Was zwischen Lilly und mir ist, das hat –«

»Ist sie deine Freundin?«, unterbricht meine Schwester mich. »Ich meine … bist du … bist du mit ihr zusammen?«

»Ich denke schon«, erwidere ich nachdenklich und zucke mit den Schultern. »Wir haben nie darüber gesprochen.«

»Also ja.« Meine Schwester lächelt. »Ich freue mich für dich. Wann lerne ich sie kennen?«

In meiner aktuellen Planung steht nirgendwo, dass Lorraine und Lilly sich auf lange Sicht kennenlernen – im Gegenteil. Ich möchte das alles, so lange wie ich kann, voneinander trennen.

»Ich soll sie nicht kennenlernen.« Lorraine klingt patzig, und ich stöhne auf. Lilly hat den Anruf zum

Glück beendet, aber schickt mir eine Nachricht. Diese werde ich lesen, wenn wir zu Hause sind.

»Das sage ich doch gar nicht.«

»Ach nein?«

»Nein«, knurre ich. »Ich denke auch nicht, dass an oberster Stelle für dich das Kennenlernen mit Lilly stehen sollte, Lorraine.«

»Okay«, erwidert sie leise. »Danke für das iPhone.«

Dann schweigen wir für den Rest der Fahrt und hängen unseren Gedanken nach. Ich will Lorraine nicht vor Lilly verheimlichen und die gesamte Situation noch komplizierter für uns alle machen, aber momentan fühle ich mich damit wohler.

»Hör zu, Lori«, versuche ich meine Schwester noch einmal zu besänftigen. »Ich schäme mich nicht für dich oder will dich aus meinem Leben ausschließen, als wärst du weiterhin nicht da. Zumindest körperlich. Aber das mit Lilly … Es ist mir noch zu früh, ihr von dir und allem, was mit dir zu tun hat, zu erzählen. Ich stehe in der Öffentlichkeit, das musst du alles noch lernen.«

»Ich bin nicht blöd.«

»Nein«, antworte ich. »Aber du hast fünf Jahre nichts vom Leben außerhalb des Gefängnisses mitbekommen. Die Welt geht nicht zweitausendsiebzehn weiter, sondern zweitausendzweiundzwanzig. Ich bin ein Star, ein großer Star, und ich muss dich – uns beschützen. Die Presse wird es bis aufs Letzte ausschlachten, dass meine Schwester Drogen genommen hat und im Knast saß. Alte Freunde werden sich melden, sie werden schon immer gewusst haben, dass du abgerutscht bist und …« Ich atme einmal tief durch. Lorraine weiß nicht, wie viel Geld mich ihr Aufenthalt im Gefängnis gekostet hat, aber vielleicht ist es an der Zeit, ihr das zu sagen. »Ich habe nicht die letzten Jahre Millionen an Schweigegeld gezahlt, dass uns das jetzt alles um die Ohren fliegt.«

»Du … du hast was?« Sie keucht, und ihr Kopf fährt herum. »Wi… wieso?«

»Erinnerst du dich an Blake, den Biker, der ständig um dich war?«

»Ja«, erwidert sie und lächelt leicht. »Wir kamen gut klar.«

»Er hat Geld bekommen oder vielmehr seine Familie, dass er auf dich aufpasst.«

»Oh«, murmelt Lorraine. »Danke.«

»Ich habe die Wärter geschmiert, um den Pärchen-Raum zu bekommen, um mit dir ungestört reden zu können. Ich habe … ich habe vieles getan, um dir das Leben im Gefängnis so angenehm wie möglich zu machen, was absolut nicht legal war. Also bitte überlass mir die Entscheidung, wann ich von alldem Lilly erzähle. Denn sie steht definitiv nicht auf dieser Seite des Gesetzes.«

»Sie ist ein Bulle?«, fragt meine Schwester keuchend, und ihr Körper spannt sich an.

»Nein.« Ich lache schallend. »Sozialarbeiterin.«

»Noch schlimmer«, murmelt sie. »Danke, Brook.«

»Gern«, sage ich und nehme ihre Hand, um sie zu drücken. »Wir kriegen das alles hin, Lori. Aber du musst mir versprechen, dass du Netflix and Chill nicht zu deiner Routine werden lässt. Du musst auf die Beine kommen, eine Ausbildung machen, und wenn du möchtest auch aufs College gehen.«

»Mit meinem Abschluss schaffe ich es auf kein College, und ich bin vorbestraft, das weißt du doch.«

»Überlass das mir«, antworte ich. »Ich kümmere mich um alles.«

»Okay«, sagt sie und hinterfragt zum Glück nicht weiter, was das zu bedeuten hat. Was will sie auch fragen? Ich habe ihr Zeugnis aufmotzen lassen und ihr ein gefälschtes Führungszeugnis besorgt. Laut diesem hat sie eine weiße Weste. »Das mache ich nicht. Ich will ein normales Leben, einen Job.«

»Ich weiß«, erwidere ich. »Und du rufst Mom und Dad an. Heute noch.«

»Morgen?«, flüstert sie. »Und du fährst heute Abend zu Lilly – bitte.«

»Ich fahre heute Abend zu Lilly, wenn du Mom und Dad anrufst.«

»Das ist Erpressung«, schmollt sie sofort los, und ich muss herzlich lachen.

»Tja.« Ich schnalze mit der Zunge. »Willkommen im Geschwisteralltag.«

15

Lilly

Eine Woche später

Ich öffne die Beifahrertür von Brooklyns Porsche und steige ein.

»Hey«, begrüßt er mich lächelnd und beugt sich zu mir herüber. Ich lehne mich ihm entgegen und verschließe seine Lippen mit meinen. Sanft reiben unsere Lippen aneinander, bis er mit seiner Zunge um Einlass bittet. Diesen gewähre ich ihm sogleich und lege meine Hand in seinen Nacken, um ihn noch näher zu mir zu ziehen. Die Welt um uns herum völlig ausgeblendet geben wir uns dem Kuss hin.

»Hi«, sage ich, nachdem wir uns voneinander gelöst haben. »Wie geht's?«

»Ich bin erschöpft, und dir?«, erwidert er und startet den Motor, als ich angeschnallt bin.

»Ich auch ein wenig«, stimme ich ihm zu und betrachte ihn von der Seite. Er wirkt tatsächlich etwas mitgenommen. Schon länger ist mir aufgefallen, dass er scheinbar ständig unter Strom steht und abwesend ist. Vorgestern zum Beispiel habe ich mehrere Anläufe gebraucht, um ihn von seinem iPhone wegzubewegen. Erst beim vierten Rufen hat er reagiert und mich angesehen. Dann waren wir zusammen bei einem Basketballspiel, was unsere Beziehung an die Öffentlichkeit gebracht hat. Auch da war er kaum anwesend und hat ständig auf sein iPhone geschaut. Bisher habe ich mich davor gehütet, ihn direkt darauf anzusprechen. Ich möchte ihn nicht aushorchen und denke, dass er es mir erzählen wird, wenn er so weit ist. Ich vertraue Brooklyn, auch wenn dieses Vertrauen momentan auf die Probe gestellt wird. Ich gehe nicht an sein iPhone und schaue, wer ihm ständig schreibt, sodass er mir nicht seine volle Aufmerksamkeit schenken mag.

Es ist reine Spekulation, und natürlich fürchte ich mich davor, dass eine andere Frau hinter seinem Verhalten steckt. Die letzten Wochen haben mir gezeigt, dass er mir viel bedeutet und ich mich in ihn verliebt habe. Brooklyn und ich haben nie einen Tag bestimmt, an dem wir zusammengekommen sind, sondern lassen alles auf uns zukommen. Sollte nun aber eine andere Frau involviert sein, die ständig seine Aufmerksamkeit einfordert, möchte ich das mit uns nicht mehr. Es würde mir das Herz brechen, aber besser ein Ende mit Schrecken als ein Schrecken ohne Ende.

»Was möchtest du essen?«, fragt Brooklyn und sieht zu mir herüber.

»Mir egal«, erwidere ich. »Wir sollten nicht in das teure Restaurant von neulich gehen. Mein Bauch ist nicht gewachsen.« Ich zwinkere ihm bei dem Witz zu, und er lacht.

»Nicht mal ein Food-Baby?«, will er skeptisch wissen, und ich reibe mir mit der Hand über meinen flachen Bauch.

»Keine Chance«, antworte ich. »Absolut flach.«

»Fühl mal deine Brüste«, schlägt Brooklyn vor. »Vielleicht hast du schon Milcheinschuss, und sie sind fülliger.«

»Du spinnst.« Amüsiert schüttle ich mit dem Kopf und fasse mir selbstverständlich nicht an die Brüste, um ihn zu unterhalten.

»Einen Versuch war es wert«, meint er. » Wie war dein Tag?«

»Mein Tag war gut«, sage ich. »Auch wenn es auf der Arbeit ein wenig stressig war. Wir haben neue Kids bekommen, und sie wollen sich anfangs immer nicht einleben und brauchen ihre Zeit.«

»Warum ist das so?«, fragt Brooklyn. »Ihr wollt ihnen doch helfen, oder? Was glaubst du, warum verweigern sie es?«

Ich zucke mit den Schultern und seufze. Das frage ich mich auch so oft und finde keine richtige Antwort darauf.

»Das ist eine Frage, die ich mir stelle«, antworte ich ehrlich. »Sie kommen meistens aus einem anderen Heim, einer Pflegefamilie oder dem eigenen Elternhaus, in dem es nicht rundlief. Es ist wieder eine neue Umgebung, mit neuen Menschen und vielen Regeln. Das wollen die meisten rebellischen Teenager nicht.«

»Also sagt ihr, dass die Elternhäuser schuld sind?«

»Nein.« Ich schüttle sogleich den Kopf. »Man muss jeden Teenager, jede Situation individuell betrachten.«

»Also sind es nicht die Eltern?«

»Nicht immer«, antworte ich. »Bei uns landen Kinder oder vielmehr Teenager aus allen Schichten. Da sitzt der Sohn einer Prostituierten neben der Tochter des Bürgermeisters. Beide haben harte Drogen ausprobiert. Keiner würde die Tochter des Bürgermeisters dort vermuten, aber der Sohn der Prostituierten, da ist klar, dass er abrutscht. Wir sehen uns sehr oft Klischees gegenüber, die wir versuchen zu entkräften, und möchten jedem eine Chance geben.«

»Verstehe«, meint Brooklyn und reibt mit der rechten Hand über sein Lenkrad.

»Warum fragst du?«, hake ich nun doch nach.

»In meinem Bekanntenkreis gab es mal jemanden«, beginnt er vorsichtig zu erklären, als müsste er seine Worte mit Bedacht wählen. »Sie kam mit sechzehn auf die schiefe Bahn, riss immer wieder von zu Hause aus und wurde mit Drogen erwischt.«

»Oh.« Ich hätte nicht gedacht, dass Brooklyn solche Erfahrungen bei Bekannten oder vielleicht Freunden gemacht hat. Er wirkt absolut nicht wie jemand, der in diesen Kreisen verkehrt. Aber was rede ich da? Die vorhin erwähnte Tochter des Bürgermeisters war doch das Paradebeispiel, dass es jeden treffen kann. Egal aus welcher Schicht unserer Gesellschaft. »Möchtest du darüber reden?«

»Es gibt nichts zu reden«, schmettert er mich nun ab. »Es war nur ein Gedanke.«

»Der dich beschäftigt.«

»Vielleicht.«

»Möchtest du vielleicht doch darüber reden?«, biete ich ihm erneut an. »Du kannst mir vertrauen, Brook.«

»Das weiß ich doch … Also schön.« Er seufzt und wirkt fast schon verzweifelt, sodass ich nicht glauben mag, dass es sich nur eine Bekannte handelt. »Sie riss mit sechzehn zum ersten Mal von zu Hause aus. Niemand bekam sie in den Griff, und es passierte immer wieder, bis sie fast ein Jahr verschwand … Es … es war eine furchtbare Zeit. Ein Jahr war sie verschwunden, bis … bis sie wieder nach Hause kam.«

»Brook«, sage ich. »Von wem sprichst du?«

»Einer Bekannten«, schnappt er. »Das habe ich doch gesagt. Möchtest du die Geschichte hören oder nicht?«

»Natürlich«, lenke ich hastig ein, ehe er wieder beschließt zu schweigen. »Erzähl bitte weiter.«

»Das Jugendamt schaltete sich irgendwann ein, weil es ihre Eltern für nicht erziehungsfähig hielt«, berichtet er mir weiter, und ich nicke langsam. »Ich finde, dass ihre Eltern alles getan haben. Irgendwann … irgendwann ist doch auch mal Schluss, oder?«

»Das war bei meinen Großeltern ähnlich«, sage ich. »Als meine Mom Lesley bekommen hat, haben sie schon einmal versucht, sie zu sich zu holen, aber die Stadt hat sie nicht gelassen. Mom wäre doch … eine gute Mutter.« Angewidert schüttle ich mit dem Kopf, weil sie niemals eine gute Mutter war. »Es ist schwierig einzuschätzen, ob jemand gut oder schlecht ist, wenn du es als Amt oder Sozialarbeiter beobachtest, obwohl wir nochmal anders darüber schauen als die Sachbearbeiter. Was ist dann passiert?«

»Sie kam in eine Einrichtung wie die, in der du arbeitest«, sagt Brooklyn. »Aber es ging wieder von vorne los, bis sie von zwei Zivilpolizisten aufgegriffen wurde und ins Gefängnis wanderte.«

»Oh Gott.« Schockiert schlage ich mir die Hand vor den Mund. »Du machst Witze? Das hätte man verhindern müssen.«

»Und wie?«, knurrt er und sieht mich an. »Du sagst doch selbst, dass die Sachbearbeiter nach ihren Akten entscheiden, Eltern nach ihren Gefühlen, und ihr Sozialarbeiter … seid ihr irgendwo dazwischen?«

»Grundlegend sind wir auf der Seite der Kids«, erkläre ich ihm möglichst ruhig. »Die Ämter können diese Prüfung gar nicht leisten. Sie haben keine Zeit, die Kids und die Familien kennenzulernen. Gut betuchte Familien, in denen die Eltern ein geregeltes Leben und Einkommen haben, wenden sich oft an uns und hoffen, dass wir ihre Kinder vor dem Gefängnis bewahren können. Wohingegen in einer sozial schwachen Familie oft erst die Ämter handeln und die Kids zu uns schicken. In der Regel haben Kids, die aus einem intakten Elternhaus kommen und rebellieren wollten, immer die besseren Chancen. Sie haben den Rückhalt und auch die finanziellen Mittel, um den Schulabschluss nachzuholen oder zum College zu gehen, sodass sie eine Aufgabe haben. In deinem speziellen Fall kann ich nur mutmaßen. Ist sie wie meine Mom, wird sie auch nach dem Gefängnis wieder Scheiße bauen. Das ist oft so, vor allem bei ehemaligen Drogen-Kids.«

»Denkst du?«, hakt er nach.

»Ja«, sage ich. »Es war bei meiner Mom auch so. Meine Großeltern haben sie wieder und wieder aufgenommen. Sogar noch, nachdem ihr Freund Lesley misshandelt hat, aber sie hat es nicht kapiert.«

»Deine Mom ist echt krass.«

»Hm.« Was soll ich dazu auch sagen? Ich weiß selbst, dass sie die mieseste Mutter überhaupt ist.

»Tut mir leid.« Brooklyn greift nach meiner Hand. »Sie ist immer noch deine Mom, das hätte ich nicht sagen sollen.«

»Ist schon gut«, erwidere ich und drücke seine Hand. »Sie ist eine schlechte Mutter. Das ist Fakt. Wurde deine Bekannte im Stich gelassen von ihrer Familie?«

»Nein.« Er lächelt. »Sie haben sie immer unterstützt und hoffen, dass sie nach dem Gefängnis endlich ein neues Leben beginnt.«

»Das freut mich«, antworte ich ihm.

Dennoch sagt mir eine innere Stimme, dass da noch mehr dahintersteckt. Diese ›Bekannte‹ beschäftigt ihn scheinbar so sehr, dass er so lange braucht, um mir gegenüber auf ihr Schicksal zu sprechen zu kommen. Wenn Brooklyn dieses spezifische Interesse an meinem Job hat und es um irgendeine Bekannte geht, hätte er mich doch schon vor Wochen gefragt. Aber ich traue mich nicht, es in Frage zu stellen. Ich habe Angst, dass er sich dann wieder komplett verschließt. Vielleicht gab es auch einen aktuellen Anlass, dass er auf sie gekommen ist. Ich sollte dem nicht zu viel beimessen.

Brooklyn und ich haben den Abend in einem kleinen Restaurant im Hafen von Manhattan verbracht. Natürlich war das nicht wesentlich günstiger als das in der Innenstadt, aber wenigstens wirkte es auf mich nicht so abgehoben und überteuert. Wir saßen in einer Ecke und konnten unsere Privatsphäre genießen. Mittlerweile habe ich mich daran gewöhnt, dass er immer wieder von Fans angesprochen wird, aber heute Abend war das zum Glück nicht der Fall.

Das Thema im Auto beschäftigt mich noch immer, aber da Brooklyn es nicht mehr angesprochen hat, habe ich auch nicht den Mut gefunden, ihn nochmal danach zu fragen. Dass es sich bei der Frau nur um eine Bekannte handelt, glaube ich nicht, aber ich habe auch keine Ahnung, wen er sonst meinen könnte. Vielleicht eine Cousine oder Freundin der Familie, aber dann hätte er sie nicht ›Bekannte‹ genannt. Genervt von mir selbst, dass ich dem so viel beimesse, reibe ich mir mit Zeige- und Mittelfinger über die Stirn, ehe ich mich auf meinem Bett niederlasse.

Im Badezimmer ist noch das Wasser der Dusche zu hören. Jenna ist in Los Angeles und will danach noch ein paar Tage in Old Colorado bei ihrer Familie verbringen. Ich habe meine Schwester und meine Großeltern auch schon viel zu lange nicht mehr gesehen und vermisse sie ebenso. Aber ich kann mir ein Flugticket aktuell nicht leisten. Brooklyn hat nächstes Wochenende eine Bye-Week, und ich hoffe, dass wir etwas zusammen unternehmen, sodass ich mein Heimweh vergessen kann. Pierce wird in Old Colorado zu Jenna stoßen und ihrer Familie offiziell vorgestellt. Meiner besten Freundin ist es mit ihm deutlich ernster, als ich zu Beginn ihrer Beziehung gedacht habe. Beständigkeit war noch nie Jennas Stärke, aber Pierce scheint der Richtige zu sein.

»Woran denkst du?« Ich schrecke aus meinen Gedanken hoch und sehe Brooklyn an. Mit dem weißen Handtuch, das viel zu tief auf seinen Hüften sitzt, und den Wassertropfen, die von seinen Haaren über seine stählerne Brust und sein Eightpack wandern, sieht er zum Niederknien aus.

»Jenna und Pierce«, antworte ich und schwinge mich aus dem Bett, um auf ihn zuzugehen. Brooklyn zieht fragend die Augenbrauen hoch, aber ich winke ab. »Ich habe nur darüber nachgedacht, dass er ihre Familie kennenlernt.«

Ich würde Brooklyns Familie auch gern kennenlernen, aber ich weiß nicht, ob ihm das recht ist. Er spricht wenig bis kaum von ihnen.

»Ach ja«, meint er, als würde es ihm wieder einfallen. »Pierce ist ganz schön aufgeregt.«

»Ja«, erwidere ich und frage mich, wie ich den Schlenker zu seinen Eltern und meinen Großeltern, die für mich wie Eltern sind, schaffe. »Irgendwann ist es immer so weit.«

»Stimmt.« Brooklyn macht keine Anstalten, auf meinen Wunsch, seine Eltern kennenzulernen, einzugehen. Dann muss ich wohl doch deutlicher werden, oder?

»Ich war schon lange nicht mehr in Old Colorado«, versuche ich es nochmal über die Schiene des Heimwehs.

»Warum?«, will er wissen und zieht sich das Handtuch vom Körper, sodass meine Mission ins Wanken gerät. Sein Schwanz zieht mich magisch an, und ich müsste nur die Hand ausstrecken und könnte ihn berühren. Meine Finger um seinen heißen Schaft legen und ihn pumpen.

»Ich habe kein Geld für die Flugtickets«, gebe ich ehrlich zu und zucke mit den Schultern.

»Warum sagst du denn nichts?« Er zieht mich in seine Arme. Sofort schmiege ich mich an ihn und hauche ihm einen Kuss auf die Brust. »Ich zahle es dir.«

Moment, was? Er will es mir zahlen, das ist alles?

»Das ist deine Antwort?«, frage ich und versuche, den Ärger in meiner Stimme hinunterzuschlucken, dass ihm so gar nicht bewusst ist, dass ich mit ihm zusammen dort hin möchte. Nächste Woche, während der Bye-Week und dass ich seine Familie auch kennenlernen möchte. Sind Männer immer so dermaßen schwer von Begriff?

»Ich weiß, ich weiß.« Brooklyn schiebt mich leicht von sich und drückt sanft meine Oberarme. »Du willst es nicht annehmen, aber ich mache das gerne. Buch dir Flüge und gib mir die Rechnung.«

Fassungslos, dass er immer noch nicht kapiert hat, was los ist, trete ich zurück und schaue ihn an.

»Das ist alles?«, hake ich nochmal nach und hoffe, dass der Groschen bei ihm noch fällt.

»Was?«, fragt er. »Na ja, gut … du kannst auch erste Klasse buchen.«

»Brooklyn!« Meine Stimme ist laut, und ich schaue ihn fassungslos an. »Darum geht es doch gar nicht.«

»Worum denn dann?«

»Es geht darum, dass du gar nicht auf die Idee kommst, dass es überhaupt nicht um die Preise der Tickets geht.«

»Worum geht es dir denn?«, fragt er nun, und ich verdrehe die Augen. Dieser Mann macht mich echt sprachlos. Ich trete einen Schritt zurück, um etwas mehr Raum zwischen uns zu bringen. »Du hast doch gesagt, dass die Tickets so teuer sind. Ich habe dir angeboten, sie zu bezahlen. Dann wurdest du komisch.«

»Oh, wow.« Beleidigt und auch verletzt drehe ich mich um und stampfe zum Bett. »Du kapierst es echt nicht. Aber ich bin komisch.«

»Was ist los mit dir?«, will er nun wissen und folgt mir zum Bett. Ich setze mich darauf und sehe ihn an. »Ich kann dir doch ermöglichen, dass du zu deiner Familie fliegst.«

»Aber ich will mit dir zusammen hinfliegen«, bricht es aus mir heraus. »Verstehst du das denn nicht?«

»Bitte was?« Brooklyn scheint alles aus dem Gesicht zu fallen. Seine Augen werden riesig, und ich kann sehen, wie sein Puls von Sekunde zu Sekunde steigt. »Du … du willst mich deiner … deiner Familie vorstellen.«

»Ja«, antworte ich ehrlich und suche seinen Blick. »Würdest du mich bitte ansehen, Brook.«

Brooklyn sieht mich nicht an – im Gegenteil – er geht in das andere Ende des Zimmers und lehnt sich an die Kommode neben dem Fenster.

»Brooklyn«, werde ich nun deutlicher. »Bist du wirklich so überrascht, wie du gerade tust?«

»Ja«, sagt er und stützt sich rücklings mit den Händen an der Kommode ab. »Für mich ist es kein Thema, deine Familie kennenzulernen.«

Wenn ich bisher dachte, dass er mich nicht schon genug vor den Kopf gestoßen hat, belehrt er mich tatsächlich noch eines Besseren. Ich gebe zu, dass wir auf keine monatelange Beziehung zurückblicken, aber das finde ich nicht schlimm. Meiner Meinung nach passt es zwischen uns, und ich möchte, dass meine Familie ihn kennenlernt, bevor die Zeitungen es übernehmen. Noch hält es sich in Grenzen, dass wir fotografiert werden, aber das liegt auch daran, dass er sich in den meisten Fälle verkleidet.

»Und warum?«, frage ich. »Denn mir ist es wichtig, dass du sie kennenlernst.«

Er zuckt mit den Schultern, als hätte er zu der Unterhaltung überhaupt nichts zu sagen.

»Es ist noch zu früh«, speist er mich ab, und ich verdrehe die Augen.

»Zu früh?«, frage ich. »Das ist deine Begründung?«

»Lilly«, er seufzt, »wir sind doch nicht mal zusammen.«

Das kann er wohl kaum ernst meinen, oder? Für mich sind wir sehr wohl zusammen. Wie verbringen seit Wochen fast jeden Tag miteinander, er geht hier ein und aus, und am liebsten hätte ich ihm auch schon einen Wohnungsschlüssel gegeben. Das habe ich nur noch nicht getan, weil Jenna auch hier wohnt. Mir fällt aber schon auf, dass wir immer nur bei mir sind. Brooklyn sagt, dass es für ihn mit dem Auto egal ist, ob er von meiner oder seiner Wohnung aus zum Training fährt. Ich hingegen habe es von Manhattan nach Queens deutlich weiter. Bisher fand ich diese Begründung plausibel, aber wenn ich länger darüber nachdenke, merke ich, dass er mich von seinem Privatleben fernhält.

»Du willst gar nicht mit mir zusammen sein, oder?«, frage ich und schlucke den dicken Kloß herunter.

»Wieso diskutieren wir darüber?«, bellt er, und seine Brust hebt und senkt sich aufgeregt.

»Wieso weichst du mir aus?«, stelle ich die Gegenfrage und sehe ihn mit festem Blick an. »Ich war noch nie bei dir zu Hause und …«

»Weil es von meiner Wohnung bis Queens eine Weltreise mit der U-Bahn ist.«

»Und am Wochenende, an Abenden wie heute?«, nagle ich ihn weiter fest. »Hm?«

Brooklyn drückt sich von der Kommode ab und geht genervt an mir vorbei zu seiner Seite des Bettes. Er beugt sich zu mir vor, die Hände auf die Bettdecke gestemmt, und sieht mich an. Unsere Gesichter sind nur noch wenige Zentimeter voneinander entfernt.

»Lilly«, wispert er. »Ich will dich – nur dich.«

»Und warum sind wir nie bei dir zu Hause?«, bohre ich weiter. Er kommt mir heute nicht so einfach davon. »Warum kenne ich deine Familie nicht, und warum willst du meine Familie nicht kennenlernen.«

»Du hast gewonnen«, sagt er plötzlich, und ich blinzle einmal. »Wir fliegen zu deiner Familie. Nächste Woche.«

Überrascht, dass er so schnell nachgibt, kneife ich einmal die Augen zusammen und lege den Kopf leicht schief. Er war so vehement dagegen, meine Familie kennenzulernen, und jetzt lässt er sich binnen weniger Sekunden um den Finger wickeln. Ich will mich nicht beschweren, denn genau das war mein Ziel in diesem Gespräch. Ich will auch nicht den Teufel an die Wand malen, aber es kommt mir seltsam vor.

»Und deine Wohnung?«, frage ich nochmal.

»Eins nach dem anderen«, wehrt er ab und verschließt meinen Mund hungrig mit seinem. »Leg dich zurück. Los.«

Als ich nicht reagiere, packt er meine Beine, und ich schreie auf. Ich muss gleichzeitig auch lachen, als er mich zur Bettkante zieht, um selbst wieder vom Bett runterzusteigen. Brooklyn sieht lächelnd zwischen meinen Beinen auf und schiebt mein Negligé nach oben. Er weicht dem Gespräch aus, das merke ich deutlich. Mir ist aber ebenso bewusst, dass es in einem Streit enden wird, wenn ich weiterbohre.

»Das ist nicht fair«, protestiere ich. Brooklyns Lippen streifen die Innenseite meiner Schenkel, und er zieht mir meinen weißen Seidenslip vom Körper, um meine Beine mit seinen breiten Schultern zu spreizen.

»Das Leben ist nie fair, Baby«, raunt er gegen meine Scham, sodass ich eine Gänsehaut bekomme. »Und jetzt lass mich dich verwöhnen.«

Als sein Mund auf meine Mitte trifft und seine Zunge meine Schamlippen teilt, habe ich unsere Diskussion ganz weit hinten in meinen Kopf geschoben.

16

Brooklyn

Eine Woche später

Ich trage meinen Koffer in den Wohnbereich meiner Penthouse-Wohnung, als die Tür aufgeht und meine Schwester gut gelaunt hereinkommt. Lorraine hat sich in den letzten zwei Wochen sehr gut bei mir eingelebt, und meine Angst, dass sie wieder Kontakt zu den alten Freunden aufnehmen könnte, hat sich in Luft aufgelöst. Ich versuche aber auch, so viel Zeit wie möglich mit ihr zu verbringen, was mich bei Lilly immer mehr in die Bredouille bringt. Meine Freundin ist alles andere als begeistert davon, dass ich ihr so oft absagen muss, und das meist grundlos. Wenn ich ihr die Wahrheit über Lorraine sage, hat sie hoffentlich Verständnis für mein Handeln, aber ich kann mich noch nicht überwinden, dies zu tun. Die Vorstellung, dass Lilly Lorraine in ihrer Funktion als Sozialarbeiterin analysieren könnte, gefällt mir nicht. Mir wird sogar richtig schlecht bei dem Gedanken. Auch nachdem ich mit ihr darüber gesprochen habe und sie als ›eine Bekannte‹ bezeichnet habe.

Lilly wird noch mehr enttäuscht sein, weil ich schon mal einen Versuch gestartet habe, es ihr zu sagen, aber mich letztendlich doch clever rausgeredet habe. Sie wird nicht meine kleine Schwester in Lorraine sehen, sondern einen schwierigen Teenager mit Knastkarriere. Darum habe ich auch nachgegeben, mit ihr nach Old Colorado zu fliegen, um das Thema Lorraine, meine Wohnung und generell meine Familie aus Lillys Bewusstsein zu verdrängen. Dieses Hoch wird nicht ewig anhalten, aber es verschafft mir mindestens zwei Wochen oder mehr, um mir einen Plan zu überlegen, ihr die Wahrheit zu sagen.

»Hey«, begrüßt Lorraine mich. »Du hast gepackt? Es ist doch Bye-Week.«

»Ich fliege in den Urlaub«, lasse ich sie wissen und gebe ihr im Vorbeigehen einen Kuss auf die Wange. »Warst du joggen?«

Ihre Wangen sind gerötet, und sie trägt einen – für meinen Geschmack an meiner kleinen Schwester – viel zu heißen Sport-BH in Knallpink sowie eine schwarze kurze Hose des gleichnamigen großen Sportherstellers.

»Ja«, erwidert sie grinsend. »Im Central Park. Wo fliegst du hin – ohne mich?«

»Zu Lillys Familie.«

»Zu Lillys Familie?« Sofort wandern ihre Augenbrauen in die Höhe, und ihre Lippen verziehen sich zu einem wissenden Grinsen. So schaut Lorraine mich immer an, wenn das Thema auf Lilly fällt. Sie kann genauso wenig verstehen, dass ich sie nicht endlich miteinander bekanntmache, wie Lilly selbst. Meine Eltern haben zum Glück noch nicht mitbekommen, dass ich eine Freundin habe, da ich die Presseleute, die bisher Fotos von uns gemacht haben, gut im Griff habe. Lange wird das nicht mehr funktionieren, und ich muss mir dahingehend auch etwas überlegen. »Und wann gedenkst du, Lilly zu deiner Familie mitzubringen?«

»Lass das«, knurre ich. »Wir reden da nicht mehr drüber.«

»Und wieso nicht?«, bohrt Lorraine weiter und folgt mir in die Küche. Ich nehme mir eine Flasche Wasser aus dem Kühlschrank und trinke einen großen Schluck daraus. Meine Schwester steht gegenüber der Kücheninsel und sieht mich abwartend an. »Was soll denn passieren, Brook?«

»Keine Ahnung.« Ich weiß doch, dass ich mich langsam lächerlich mache, weil ich diese beiden Aspekte meines Lebens so klar voneinander trenne, aber da ist einerseits die Angst, dass Lilly in Lorraine einen Fall sieht, und andererseits die, dass ich mir schon viel Zeit gelassen habe und sie verdammt sauer sein wird. Lilly wird es als Vertrauensbruch meinerseits werten. Vor allem, weil sie bezüglich ihrer Mutter immer ehrlich zu mir gewesen ist. »Ich sage es ihr.«

»Wann?«

»Ich bin dir keine Rechenschaft schuldig, Lori.«

»Mir vielleicht nicht, aber Lilly«, sagt meine Schwester und verfolgt mich mit ihrem Blick, als ich mir im Flur Schuhe anziehe und meinen Autoschlüssel und meine Geldbörse einstecke. »Du machst es doch immer schlimmer – für alle.«

»Hör auf, wie eine Psychotante zu reden.«

»Ich war wohl zu lange mit denen unter einem Dach.« Meine Schwester kichert, und ich frage mich, wo sie all diesen schwarzen Humor noch hernimmt. Mir ist das Lachen längst vergangen. »Du magst sie doch und –«

»Psychotante war kein Witz von mir«, unterbreche ich sie und ziehe sie an mich. »Pass auf dich auf, Lori. Wenn was ist, ist Ruths Nummer am Kühlschrank, und Mom und Dad freuen sich, von dir zu hören.«

»Ich weiß.«

»Und Dan ist auch in der Stadt, falls du kein Uber bestellen willst.«

»Ich rufe sicherlich nicht Dan Larson an, um mich durch die Stadt kurven zu lassen.« Lorraine verdreht die Augen. »Das ist peinlich. Kannst du mich in einer Fahrschule anmelden?«

Lorraine hat nie ihren Führerschein gemacht, da sie zu dieser Zeit immer ausgerissen ist und unsere Eltern sie somit abmelden mussten. Als sie dann mit nur achtzehn Jahren ins Gefängnis musste, war das sowieso vom Tisch. Jetzt möchte sie unabhängiger sein und sehnt sich danach, eine Fahrerlaubnis zu bekommen.

»Sobald ich zurück bin, suchen wir dir eine Fahrschule«, verspreche ich ihr und gebe ihr einen Kuss auf die Wange. »Bitte ruf Dan an, wenn etwas ist. Er weiß Bescheid.«

»Ich bin kein Baby«, quengelt sie, als ich an ihr

vorbei zu meinem Koffer gehe und den Zugstab herausziehe. »Und ich rufe nicht deinen Kumpel an, dass er meinen Babysitter spielt. Ich bin dreiundzwanzig Jahre alt und …«

»Eine erwachsene Frau.« Ich rolle mit den Augen. »Das weiß ich doch, aber Pierce ist auch nicht in der Stadt, und wenn etwas sein sollte, womit du nicht zu Mom und Dad gehen kannst …«

»Gehe ich damit auch nicht zum heißesten Kumpel, den du hast, und …« Lorraine beißt sich auf die Lippe und wird knallrot. Ich ziehe die Augenbrauen hoch und mustere sie fragend. »Vergiss, was ich gesagt habe.«

»Besser ist das«, murre ich. »Ich hatte Dan genau aus dem Grund ausgesucht, weil ich mir bei ihm sicher war, dass er dich nicht anbaggert.«

Das fehlt mir noch, dass sich einer meiner Freunde und Teamkameraden an meine kleine Schwester ranmacht. Lorraine hat genug um die Ohren, da braucht sie nicht noch die Fickfreundin eines meiner Kumpels zu werden. Gott, was für eine ohnehin schon gruselige Vorstellung, dass sie Sex hat. Dann noch mit einem meiner Freunde, das setzt dem Ganzen die Krone auf.

»Du glaubst also, dass er mich nicht heiß findet?« Sie klingt traurig, und ich presse die Lippen zusammen, um nicht doch schwach zu werden und ihr das Gegenteil zu sagen. Ehrlich gesagt weiß ich nicht, ob Dan auf Lorraine stehen würde. Aber da sein Frauengeschmack meinem ähnelt, wohl eher nicht.

»Darüber rede ich nicht mit dir«, wehre ich ab. »Mach's gut, Kleines.«

Ich drücke sie nochmal an mich und verabschiede

mich von ihr, bevor ich mich auf den Weg zu Lilly mache.

»Okay«, sagt Lorraine. »Pass du auch gut auf dich auf. Ich würde gern sagen, dass du Lilly lieb grüßen sollst, aber das geht ja nicht.«

»Lorraine«, zische ich. »Ich habe es kapiert.«

»Prima.« Erfreut klatscht sie in die Hände. »Ich glaube, ich rufe Dan an und lasse mich in die Stadt bringen.«

»Tu, was du nicht lassen kannst, aber du wirst keinen Sex mit ihm haben.«

»Und du solltest gehen.« Sie lacht schallend und verschwindet im Obergeschoss. Ich versuche, jegliche Bilder von ihr und Dan aus meinem Kopf zu streichen, und verlasse die Wohnung.

Denver International Airport, Colorado

Lilly und ich laufen Hand in Hand mit unseren Koffern durch die Ankunftshalle im Flughafen von Denver. Es ist später Nachmittag, und ihre Schwester Lesley und ihr Mann wollen uns abholen. Hatte ich zunächst gar keine Lust, Zeit mit ihrer Familie zu verbringen und diese kennenzulernen, bin ich nun doch nervös. Natürlich möchte ich, dass ihre Schwester und ihr Schwager mich mögen. Alles andere wäre lächerlich. Genauso möchte ich sie aber auch mögen und nicht darauf warten, dass ich wieder in den Flieger nach New York steigen kann.

»Da sind sie.« Lilly hebt aufgeregt die Hand und winkt ihrer Schwester zu. Ich folge ihrem Blick. Aus der Entfernung würde ich sagen, dass sie Ähnlichkeit miteinander haben. Die gleichen braunen Haare, auch die Länge stimmt ungefähr überein. Als wir näherkommen und ich Lesleys Gesichtszüge erkenne, wird die Ähnlichkeit immer deutlicher. Allerdings ist Lillys Schwester ein ganzes Stück größer als sie und schlanker. Wo Lilly Kurven und Brüste hat, hat Lesley Muskeln. Immerhin ist sie Polizistin und muss laut Lilly ein straffes Sportprogramm einhalten.

Lesley trägt ein knielanges Baumwollkleid, eine schwarze Strumpfhose und Boots. Das Wetter ist in den letzten Wochen merklich abgekühlt, und in Denver ist es nochmal deutlich kälter als in New York. Ihr Mann Luke steht lächelnd neben seiner Frau. Seine schwarzen Haare sind streng zurückfrisiert und sein ebenfalls schwarzer Bart ordentlich getrimmt. Ich habe keinen Zweifel daran, dass der Kerl unser Land verteidigen kann, wenn es darauf ankommt, und selbst mich, der es täglich mit diesem Kaliber zu tun hat, ungespitzt in den Boden rammen könnte, wenn er wollte.

»Es ist so schön, dass du da bist.« Lesley schließt Lilly herzlich in die Arme und hebt sie sogar ein paar Zentimeter hoch, um sie nur noch fester an sich zu drücken. »Grandma ist schon ganz aufgeregt.«

»Ich freue mich auch, hier zu sein«, versichert Lilly ihrer Schwester und wendet sich an ihren Schwager. »Hey Luke.«

»Hey Kleines«, begrüßt er sie freundlich und drückt sie. »Es ist schön, dich zu Hause zu haben.«

Lilly seufzt und wirft mir ein Lächeln zu. Dann greift sie nach meiner Hand und zieht mich an sich.

»Darf ich vorstellen«, meint sie. Mit einer Handbewegung zeigt sie zunächst auf mich, dann auf Lesley und Luke. »Mein Freund Brooklyn. Brook, das sind meine Schwester Lesley und ihr Mann Luke.«

Ich lächle ebenfalls und reiche zunächst Lesley, dann ihrem Mann die Hand.

»Hi«, sage ich. »Freut mich, euch kennenzulernen. Es tut mir leid, dass ihr kaum etwas von mir seht …« Ich deute auf das Basecap und die Sonnenbrille auf meiner Nase. »Aber ich möchte nicht erkannt werden.«

»Das macht doch nichts.« Lesley winkt ab. »Wir stehen sowieso in der Kurzparkzone.«

Ich reiße die Augen auf, während Lilly und Luke ihre verdrehen. Scheinbar kennen sie solche Aktionen von Lesley zur Genüge, dass sie das nicht überrascht.

»Und so jemand ist ein Cop.« Lilly schmunzelt und verschränkt ihre Finger mit meinen. Sie sieht zu mir auf und schenkt mir ein sanftes Lächeln, das ich erwidere.

»Um das Ansehen dieser Ehe noch zu retten, nehme ich euer Gepäck.« Ich will erst protestieren, aber dann greift Luke auch schon nach unseren Koffern. »Lasst uns gehen.«

»Du hast ihn gehört«, ruft Lilly fröhlich und drückt mir einen Kuss auf die Wange. »Lass uns gehen.«

Die Fahrt von Denver nach Old Colorado dauert fast eine Stunde. Immer tiefer geht es in die Gebirgsketten der Rocky Mountains, und ich kann nicht anders, als dämlich grinsend aus dem Fenster zu schauen und Fotos zu machen. Ganz oben auf den Gipfeln glaube ich, sogar Schnee zu erkennen. In meinem Job fliege ich einmal in der Woche über die USA. Dabei natürlich auch immer wieder über die Rocky Mountains, aber noch nie habe ich die riesigen Berge aus nächster Nähe gesehen. Es ist beeindruckend und erschreckend zugleich, wozu Mutter Natur im Stande ist, wenn man sie lässt.

Ich war schon ein paarmal in Denver und habe gegen das dortige Team gespielt. Wir landen am Flughafen, checken für eine oder auch zwei Nächte im Hotel ein, fahren zum Stadion und nach dem Spiel zurück zum Flughafen, um wieder nach New York zu fliegen. Von der Natur in Colorado habe ich noch nie etwas mitbekommen.

Lilly plappert neben mir unablässig mit Lesley, während Luke fährt. Wir haben natürlich keinen Strafzettel bekommen, und Lesley hat ihren Mann und ihre Schwester triumphierend angesehen. Lesley erzählt Lilly von früheren Mitschülern und wie sehr sich die Stadt momentan verändert, aber auch, dass die Skisaison vor der Tür steht und sie in diesem Jahr mit vielen Touristen rechnen. Insbesondere weil die Preise für Unterkünfte in Denver durch die Decke gehen. Die Preise, die Lesley nennt und die Lilly nach Luft schnappen lassen, entlocken mir nur ein müdes Lächeln. Das sind für mich Peanuts, aber ich beteilige mich nicht am Gespräch der Frauen, sondern schaue lieber aus dem Fenster.

»Und du hast eine Bye-Week?« Luke sieht durch den Rückspiegel zu mir. »Offiziell auch, oder eine Verletzung?«

Überrascht, dass er mich auf meinen Job anspricht, schüttle ich mit ein wenig Verzögerung den Kopf.

»Ich bin fit«, versichere ich ihm. »Topfit sogar. Stehst du auf Football?«

»Ich habe in der Highschool gespielt, bis eine böse Verletzung mich außer Gefecht gesetzt hat.«

»Oh Scheiße, das tut mir leid.«

»Na ja«, wiegelt er ab. »Besser in der Highschool als im College oder später im ersten Jahr als Profi.«

»Das ist auch wieder wahr«, stimme ich Luke zu. »Welche Position?«

»Defensive End.«

»Natürlich.« Ich muss schmunzeln. »Was auch sonst bei deinem Körperbau.«

»Ganz kaputt bin ich nicht«, versichert er mir. »Wenn du die zwei Labertaschen satthast – Aua.« Lesley schlägt ihm liebevoll auf den Arm. »Wenn du meine wunderschöne Frau und ihre wunderbare Schwester satthast, komm doch mit zum Training der Highschool-Mannschaft. Ich trainiere sie seit ein paar Wochen ehrenamtlich, weil der Coach ausgefallen ist, mitten im Schuljahr.«

Skeptisch, ob ich das tun soll, sehe ich Lilly an. Meine Prämisse war es, unerkannt zu bleiben. Auch in diesem kleinen Nest, aber Lukes Angebot reizt mich, und in meinem Kopf sind momentan so viele Gedanken rund um Lilly und Lorraine, dass mir eine kleine

Ablenkung gelegen kommt. Football hat mir schon immer geholfen, Probleme zu lösen.

»Ja, warum nicht«, sage ich. »Gib mir einfach Bescheid.«

»Cool«, erwidert er. »Das ist echt nett von dir. Einige der Jungs werden nie zu einem Spiel nach Denver kommen oder aus Colorado raus. Es wäre eine einmalige Sache, den Quarterback der New York Gladiators zu treffen.«

»Wie kann ich da Nein sagen?«, will ich schmunzelnd wissen und nehme Lillys Hand. »Denkst du, du kommst ein paar Stunden ohne mich aus?«

»Bestimmt«, versichert sie mir und beugt sich zu mir herüber. Lächelnd verschließe ich ihren Mund mit meinem und nehme ihren süßen Geschmack in mir auf.

»Wir sind da.« Lesleys Stimme reißt mich aus dem Kuss heraus. Lilly löst sich sogleich von mir und schnallt sich ab. Ich tue es ihr gleich und steige aus dem Auto. Wir stehen in der Einfahrt eines wunderschönen doppelstöckigen Hauses aus weißen Holzplanken. Die Veranda wird von schwarzen Pfeilern gestützt, deren Farbe sich in den Fensterrahmen wiederfindet. Die Rasenfläche ist gepflegt, und einzelne Blumen sind gepflanzt.

»Ist das euer Haus?«, frage ich Luke, der unser Gepäck aus dem Kofferraum nimmt.

»Ja«, meint er. »Wir haben es vor drei Jahren in einem sehr schlechten Zustand gekauft. Es musste fast komplett entkernt werden.«

»Wow«, sage ich anerkennend. »Ich habe für sowas zwei linke Hände.«

»Mein Dad ist Zimmermann«, erwidert er grinsend. »Und meine Brüder sind Malermeister und Elektriker. Wir mussten nur die Materialien kaufen.«

»Wirklich beeindruckend«, gebe ich ehrlich zu. »Mir gefällt es sehr gut. Nicht zu klein, nicht zu groß.«

»Aktuell ist es für Lesley und mich noch zu groß.« Luke zwinkert mir zu. »Aber wir wissen nicht, was die Zukunft bringt. Hast du eine Wohnung?«

»Ja«, sage ich. »Für mich ist sie auch zu groß.«

»Man weiß nie, was die Zukunft bringt«, wiederholt er seine Worte nochmal, die mich lachen lassen. Er hat recht, dass man nie weiß, was die Zukunft bringt. Vor allem, wenn man so wie ich nicht den Mund aufkriegt und seiner Freundin reinen Wein einschenkt. Ich muss mir echt was überlegen, wie ich Lilly die Situation mit Lorraine erkläre.

»Hey.« Lilly schlingt ihre Arme um mich, während Lesley und Luke mit unserem Gepäck ins Haus gehen. »Es ist doch okay für dich, dass wir bei Lesley und Luke im Gästezimmer schlafen, oder? Ich weiß, ich weiß … Wir hatten etwas anderes ausgemacht, aber …«

»Es ist alles super«, versichere ich ihr und nehme ihr Gesicht in meine Hände. »Mach dir keine Sorgen.«

»Es bedeutet mir wirklich viel, dass du meine Familie kennenlernst, Brook.« Als wäre mein schlechtes Gewissen nicht schon schlimm genug, schafft Lilly es, dieses mit nur einem Satz noch weiter zu schüren. Wie ein Dolch, der sich Zentimeter für Zentimeter in mein Herz bohrt. »Danke.«

Statt ihr zu antworten und mich noch weiter in die Scheiße zu reiten, küsse ich sie.

17

Lilly

Als ich am nächsten Morgen in die Küche komme, sitzt Brooklyn bereits am Frühstückstisch mit einem Kaffee und Cornflakes vor sich.

»Morgen«, begrüße ich ihn und schlinge meine Arme um seinen Hals.

»Morgen«, erwidert er und drückt mir einen sanften Kuss auf die Lippen.

»Wie hast du geschlafen?« Ich löse mich von ihm, um mich auf seinen Schoß zu setzen. Er legt seinen rechten Arm um meine Hüfte und drückt mich an sich. Sanft liebkost er meinen Hals mit seinen Lippen, während ich ihm den Löffel aus der Hand nehme und zu essen beginne.

»Du hättest im Bett bleiben sollen«, raunt er mir zu und schiebt seine Hände unter mein Shirt. Sanft fahren seine Fingerspitzen über meine Haut und bescheren mir sogleich eine Gänsehaut. »Definitiv im Bett.«

»Brook.« Ich entziehe mich ihm, aber er lässt mir keine Chance. »Hör auf. Wir sind nicht allein.«

»Doch, sind wir«, erwidert er. »Luke hilft seinem Bruder in dessen Firma, und deine Schwester ist auf dem Wochenmarkt, um fürs Abendessen einzukaufen.«

»Was?« Ich löse mich in Windeseile von ihm und springe auf. »Ich wollte Lesley begleiten.«

Früher sind meine Schwester und ich oft zum Wochenmarkt gegangen, um einzukaufen. Wir haben manchmal den ganzen Vormittag dort verbracht, bis die Verkäufer ihre Buden geschlossen oder gar abgebaut haben. Als wir noch Kinder waren, waren wir mit unserer Grandma dort. Sie hat jeder von uns einen Käse zum Probieren bei ihrer Freundin Bridget geholt. Manchmal mussten wir auf einer Bank warten, bis sie fertig mit ihrer Unterhaltung waren, das konnte bis zu einer Stunde dauern. Als wir größer wurden, sind wir ohne Grandma hingegangen, und irgendwann wurde es zu einem Ritual für uns, wenn ich in der Stadt bin. Dass sie nun ohne mich gefahren ist, trifft mich.

»Du hast tief und fest geschlafen.« Brooklyn zieht mich wieder auf seinen Schoß. »Wir sind doch noch ein paar Tage hier, oder?«

»Du hast ja recht«, gebe ich zu und schmiege mich an ihn. »Aber wir gehen immer zusammen dorthin.«

»Ich weiß.« Er drückt mir einen Kuss auf die Nase, der mich kichern lässt. »Lesley hat mir davon erzählt.«

»Hat sie?«, will ich überrascht wissen, und er nickt grinsend.

»Baby, ich bin schon seit ein paar Stunden wach«, erwidert er lachend und küsst mich. »Und da deine

Schwester und dein Schwager nicht da sind, könnten wir doch …«

Die Klingel reißt uns jäh auseinander. Seufzend lehne ich meine Stirn an Brooklyns und warte einen Moment ab, ob die Klingel verstummt, aber das tut sie nicht.

»Ich komme«, rufe ich durch das gesamte Untergeschoss des Hauses und stehe auf. »Ich bin gleich wieder da«, lasse ich Brooklyn in einem deutlich leiseren Ton wissen. Er zwinkert mir zu und widmet sich wieder seinen Cornflakes und dem Kaffee. Sobald ich den Besucher losgeworden bin, werde ich mir auch einen Kaffee gönnen. Auch wenn ich mir sehr gut vorstellen kann, dass mein Freund lieber Sex haben möchte. Vergangene Nacht haben wir uns nicht getraut, obwohl das Haus riesig ist und Lesley und Luke am anderen Ende schlafen.

Unsere Küche in New York und der Hauptteil unseres Wohnzimmers sind so groß wie Lukes und Lesleys Wohnzimmer allein. Vom Rest des Hauses mal abgesehen.

Ich öffne die Haustür und würde sie am liebsten wieder zuschlagen, als ich sehe, wer dort steht. Das Blut gefriert mir in den Adern, und ich bin nicht fähig, mich zu rühren. Fester umfasse ich den Türknauf und schließe zur Sicherheit einmal die Augen. Doch auch, als ich sie wieder öffne, steht meine Mutter immer noch vor mir.

Sie sieht schlecht aus, noch schlechter, als ich sie in Erinnerung habe. Sie ist gerade einmal dreiundvierzig Jahre alt, aber durch den Jahrzehnte anhaltenden

Drogenkonsum wirkt sie mindestens zehn Jahre älter. Ihre Wangen sind eingefallen und faltig, die Haare schlecht blondiert und ausgedünnt. Auch ihr Outfit ist mal wieder eine Katastrophe – grüne Leggings, ein schwarzer Hoodie mit dem Logo ihrer Lieblingsband und abgetragene Sneakers. Es ist schlimm, dass Lesley und ich so denken, aber wir schämen uns für sie.

»Mom«, bringe ich nun doch hervor. »Was machst du hier?«

»Hallo Lilly«, erwidert sie und lächelt leicht, als würde ich mich freuen, sie zu sehen. »Ich habe gehört, dass du in der Stadt bist, und dachte, ich schaue mal vorbei. Wie geht es dir?«

»Ich möchte nicht mit dir reden«, bete ich den Satz runter, den ich jedes Mal sage, wenn sie mich kontaktiert. »Und du darfst nicht in Lesleys Haus.«

Zum Glück konnten Luke, unsere Großeltern und ich Lesley von einer einstweiligen Verfügung gegen unsere Mutter abhalten, weil wir das übertrieben fanden. Lesley besteht allerdings darauf, dass sie keinen Kontakt zu ihr und ihrem Mann sucht. Noch weniger möchte sie sie auf ihrem Grundstück und in ihrem Haus haben. Was ich auch verstehen kann, aber Lesley weiß als Polizistin nur zu gut, dass sie absolut nichts gegen unsere Mom vortragen kann. Sie ist keine Stalkerin. Auch wenn sie immer wieder den Kontakt zu ihren Töchtern sucht, reicht es nicht aus, um rechtliche Schritte gegen sie einzuleiten. Das Schlimmste ist, dass unsere Mutter genau weiß, dass sie vor dem Gesetz im Recht ist. Da sie es nie war, die Lesley misshandelt hat, sondern ihr damaliger Freund, und wir nie in Kontakt mit ihren Drogen kamen, ist sie fein raus. Was das psychisch bei uns angerichtet hat, das interessiert keinen.

»Dann lass uns ein Stück gehen«, schlägt sie vor. »Ich habe dich so lange nicht gesehen.«

»Und warum nicht?«, fauche ich und merke, dass sie mich binnen Sekunden komplett aus der Haut fahren lässt. »Du weißt, dass es Gründe hat, warum ich keinen Kontakt zu dir möchte. Wie lange wollen wir uns diesmal unterhalten, bis du mich um Geld bittest oder einen Vorschuss, wie du lieber sagst, um etwas zu zahlen? Deine Miete wohl kaum, die bezahlen Luke und Lesley.«

Unsere Mom hatte vor zwei Jahren den Einfall, ihre gutbetuchten Töchter zu verklagen, und zwar auf Unterhalt, weil sie den selbst nicht aufbringen kann. Ohne Job und Ausbildung lebt es sich nicht sonderlich gut. Irgendwie schafft sie es dennoch, über die Runden zu kommen. Ich war damals am Ende meines Studiums und wollte mir ein Leben in New York aufbauen, sodass Lesley mir angeboten hat, dass sie und Luke es übernehmen. Zunächst wollte ich es nicht annehmen, weil sie auch meine Mutter ist. Aber meine Schwester, unsere Grandma und Jenna haben mir ins Gewissen geredet, dass ich das nicht leisten kann, wenn ich eine bezahlbare Bleibe in New York haben will. Zwar habe ich unsere Mom angerufen und sie gebeten, die Klage zurückzuziehen oder zumindest zu halbieren, weil ich nicht zahlen kann, aber sie meinte lediglich, dass sie auch leben müsste, und wer sich ein Leben in New

York leisten kann, kann auch seiner Mutter etwas abgeben. Damit hat sie aufgelegt.

Es war das letzte längere Telefongespräch, bei dem ich ihr zugehört habe.

»Da habe ich auf mein Recht gepocht«, erwidert sie lapidar daher, und ich glaube gleich in die Luft zu gehen.

»Du hast auf dein Recht gepocht«, zische ich und versuche, nicht allzu laut zu werden. »Wann hast du auf dein Recht gepocht, als man uns dir weggenommen hat, als du clean werden solltest – für uns? Sag es mir, Mom!«

»Das sind alte Kamellen«, erwidert sie. »Ich war fünfzehn, als deine Schwester geboren wurde, und achtzehn bei dir. Glaubst du, dass ich mir mein Leben so vorgestellt habe? Mit zwei Gören, die nur schreien und alles vollsauen?«

Mir klappt der Mund auf, und ich will ihr noch etwas erwidern, als ich zwei Hände auf meiner Schulter spüre.

»Guten Morgen, Ms. Mosley.« Brooklyns Stimme ist hart und jagt mir einen Schauer über den Rücken. Meine Mutter sieht ihn mit großen Augen an.

Ihr Blick wandert von Brooklyn zu mir und wieder zurück. Sie ist tatsächlich sehr überrascht, ihn zu sehen, und braucht einen Moment, bis sie die Fassung wiedererlangt.

»Und Sie sind?«, will sie vorsichtig wissen.

»Ich bin Brooklyn«, stellt er sich ganz selbstverständlich, ohne seinen Nachnamen zu nennen, vor. Er reicht ihr sogar die Hand, die sie zögerlich annimmt. Dem gequälten Gesichtsausdruck meiner Mutter zufolge drückt Brooklyn ihre Hand ein wenig zu fest. »Lillys Freund.«

»Du hast einen Freund?«, wendet sie sich nun an mich. »Lass uns doch reingehen und ein wenig plaudern. Dann kannst du ihn mir richtig vorstellen. Oh, ich freue mich so für dich.«

Ich bin immer wieder von der Dreistigkeit dieser Frau überrascht. Es fehlt nur noch, dass sie mich ›Schatz‹ oder ›Süße‹ nennt. Dabei will ich mir auch gar nicht ausmalen, was los ist, wenn sie rausfindet, wie reich Brooklyn ist. Dann wird sie wohl Dauergast auf meiner Mailbox sein. Ich mache mir nicht mehr die Mühe, meine Nummer zu ändern, wenn sie erst einmal angerufen hat. Sie findet sie sowieso immer wieder raus.

»Mach dir nicht die Mühe«, sage ich und löse mich von Brooklyn, um noch einen Schritt auf meine Mutter zuzumachen. Ihre Augen sind normal, was bedeutet, dass sie heute noch nichts genommen hat. Laut Grandma war sie mal wieder auf Entzug, aber Lesley und ich haben aufgehört zu zählen. Im Gegensatz zu uns kann unsere Grandma ihre Tochter nicht aufgeben. »Brooklyn und ich sind kein Teil deines Lebens, und somit ist es auch nicht nötig, dass du ihn kennenlernst.«

»Kann er das nicht selbst entscheiden?«, will sie provokant wissen und hebt die Augenbrauen. »Brooklyn?«

Ich verdrehe die Augen und sehe zu ihm.

Er räuspert sich und tritt wieder näher an mich heran, bevor er seine Hand auf meine Hüfte legt und mich zu sich zieht. Seine Anwesenheit gibt mir Halt, und ich spüre deutlich, dass er sich genauso zusammenreißen muss wie ich.

»Ich kann Lilly in dieser Entscheidung nicht übergehen, und das möchte ich auch nicht«, erklärt er freundlich, aber bestimmt. »Ich vertraue ihrem Urteilsvermögen komplett, dass es besser ist, wenn wir uns nicht weiter unterhalten. Wir sind gerade am Frühstücken. Sie entschuldigen uns.«

Bevor meine Mutter etwas sagen kann, zieht Brooklyn mich ins Haus und schließt die Tür hinter uns. Ich bin gar nicht in der Lage, etwas zu sagen. Einerseits bin ich froh, dass er ihr derart die Stirn geboten hat, und andererseits ängstigt es mich, dass sie nun weiß, dass ich einen Freund habe.

Brooklyn nimmt mich in seine Arme und streicht über meine Haare. Haltsuchend klammere ich mich an ihn und vergrabe mein Gesicht an seiner Brust.

»Schon gut«, wispert er. »Ich weiß, dass das schwer war, aber …«

»Das ist es nicht.« Ich schüttle den Kopf und greife nach seiner Hand. Gemeinsam gehen wir ins Wohnzimmer und setzen uns auf die Couch. Vielmehr setzt sich Brooklyn auf die Couch und ich mich auf seinen Schoß. Ich atme noch einmal tief durch, bevor ich zu erzählen beginne.

»Du erinnerst dich daran, dass ich dir erklärt habe, dass sie sich erst für uns interessiert hat, ich meine wirklich interessiert, als wir Geld verdient haben?«

»Ja.«

»Vor zwei Jahren hat sie uns verklagt«, lasse ich die

Bombe platzen. »Sie wollte, dass Lesley und ich ihr Unterhalt zahlen, und sie hat Recht bekommen. Trotz allem, was sie sich geleistet hat, hat sie Recht bekommen, weil sie selbst nicht für ihren Lebensunterhalt aufkommen kann. Dabei setzt sie das ganze Geld in Drogen um und … und hätte sicherlich genug für eine kleine Wohnung. Meinetwegen soll sie bei Starbucks jobben. Aber nein, sie verklagt uns, nach allem, was sie uns zugemutet hat.«

Tränen sammeln sich in meinen Augen, und ich wische sie weg. Dass ich nochmal wegen dieser Frau weine, hätte ich auch nicht für möglich gehalten.

»Das kann doch nicht wahr sein.« Brooklyn schüttelt vehement den Kopf. »Und ihr seid nicht in Berufung gegangen?«

»Natürlich sind wir das, aber wir wurden abgewiesen«, erwidere ich und lehne mich an ihn. »Ich hatte damals mein Studium beendet und mit dem Geld, das ich ihr hätte zahlen müssen, wäre ich pleite gewesen. Lesley und Luke zahlen es – bis heute.«

»Das tut mir leid, Baby«, wispert er und küsst meine Wange. »Willst du jetzt mitbezahlen?«

»Meine Schwester lässt mich nicht, das ist aber auch nicht der Punkt, warum ich so bin«, rede ich weiter. »Der Punkt bist du.«

Er macht große Augen. »Ich?«

»Na ja, mehr dein Konto«, murmle ich, und irgendwie ist es mir unangenehm, mit ihm über seine finanzielle Lage zu reden. Das geht mich nichts an. Wir sind erst seit Kurzem zusammen. Mir steht es nicht zu, ihn auf sein Geld anzusprechen. Noch dazu wegen meiner bekloppten Mutter. Aber Brooklyn soll wissen, was auf ihn – uns zukommt, wenn sie erst mal kapiert, wer er ist. Unsere Beziehung wird in den kommenden Monaten mehr in den Fokus der Medien rücken, das weiß ich. Er wurde schon ein paarmal auf mich angesprochen, aber bisher kann er uns die Presse gut vom Leib halten. Wie auch immer er das macht.

»Nicht du … du als Person, sondern dein Vermögen«, erkläre ich ihm. »Meine Mutter ist immer zur Stelle, wenn es bei einem von uns etwas zu holen gibt. Unsere Großeltern, ihre Eltern, könnten morgen sterben, und statt zu trauern, würde sie ihr Pflichterbe zu Geld machen oder das Vermögen direkt in bar abholen. Wenn sie also rausfindet, dass du Multimillionär bist, wird sie uns behelligen.«

»Darüber machst du dir Sorgen?« Brooklyn sieht ganz und gar nicht besorgt aus.

»Ja?« Ich ziehe vorsichtig die Augenbrauen hoch. »Du kennst sie nicht.«

»Richtig, und sie kennt mich nicht«, erwidert er und nimmt meine Hände in seine. »Ich werde ihr meine Anwälte auf den Hals hetzen, und glaub mir, das möchte sie nicht. Und ich werde, wenn du das möchtest, eine Kontaktaufnahmesperre für dich – uns erwirken.«

»Ich denke, das ist nicht nötig«, wiegle ich ab. »Wir sollten erst mal abwarten, und nach New York kommt sie hoffentlich nicht, und wenn doch, kennt sie unsere Adressen nicht.«

»Natürlich«, entgegnet Brooklyn und sucht meinen

Mund mit seinem. Er küsst mich sanft, und ich erwidere den Kuss ebenso. »Baby, ich muss dir was sagen.«

Er wirkt augenblicklich nervös und beißt sich auf die Lippe. Etwas, das ich bei Brooklyn bisher kaum wahrgenommen habe. Aber wann habe ich ihn schon nervös erlebt. Die paar Male kann ich an einer Hand abzählen.

»Okay«, erwidere ich. »Was denn?«

»Also, ich …«, beginnt er. »Neulich im Auto, als wir über … über deinen Job geredet haben und …«

Krachend fällt die Haustür ins Schloss, und wenige Sekunden später steht Lesley mit hochrotem Kopf vor uns.

»Was tut diese Irre in meinem Vorgarten?«, faucht sie und lässt die Einkäufe fallen. »Hast du mit ihr geredet?«

Ich reiße die Augen auf, weil ich mit so einem Ausbruch ihrerseits nicht gerechnet habe, und schüttle mit dem Kopf.

»Nein … ich … wir … sie … sie hat gehört, dass ich in der Stadt bin«, stottere ich, und Brooklyn drückt beruhigend meine Hand.

»Sie wollte mit Lilly sprechen, aber sie nicht mit ihr«, sagt er. »Dass sie noch draußen ist, wussten wir nicht, aber wir können sie auch nicht daran hindern.«

»Sie darf nicht auf mein Grundstück«, stellt Lesley wütend klar. »Das nächste Mal ruft die Polizei.«

»Also dich?« Brooklyn lacht.

»Nein«, murrt Lesley und fährt sich durch die Haare. »Tut mir leid, aber ich will sie hier nicht haben. Habt ihr sie ins Haus gelassen.«

»Nein«, sage ich sogleich und stehe auf, um auf meine Schwester und die Einkäufe zuzugehen. »Sie hat gehört, dass ich in der Stadt bin, das ist alles. Was hast du gekauft?«

»Zu viel.« Lesley wirkt sofort viel fröhlicher, als sie nach den Tüten greifen will, aber Brooklyn kommt ihr zuvor.

»Ich mache das schon, und dann rufen wir meine Anwälte an und reden mit Profis darüber, wie ihr eure Mutter loswerdet und diese lächerlichen Unterhaltszahlungen eingestellt werden.«

Lesley zieht die Augenbrauen hoch und setzt sogleich zu einer Erklärung an, wie es dazu gekommen ist, aber dann schüttelt sie nur den Kopf. »Vergiss es«, meint sie missmutig. »Wir haben das alles schon probiert.«

»Lasst es mich wenigstens versuchen, ja?«, bittet er uns, und wir nicken. Mehr als schiefgehen kann es nicht.

18

Lilly

Brooklyn und Luke sind im Garten und spielen Football, und das Mitte Oktober. Ich kann nicht glauben, dass er nicht mal im Urlaub ohne diesen Ball leben kann. Football ist wie eine Sucht für ihn, wenn auch eine gute. Er liebt es, und es tut ihm gut.

»Ich kann nicht glauben, dass Brook mit Luke Football spielt.«

»Er liebt es nun mal.« Meine Schwester kichert und reicht mir die abgeschütteten Nudeln, sodass ich sie in das vorbereitete Pesto geben kann. »Was suchen wir uns auch Männer mit solch nervigen Jobs.«

»Ich glaube, Lukes Job ist weitaus nervenaufreibender für dich als Brooklyns für mich.«

»Richtig«, stimmt meine Schwester mir zu. »Aber nach all den Jahren macht es mir weniger aus – denke ich.« Sie zuckt mit den Schultern und lächelt matt. Aber ich weiß, dass sie es nicht so meint.

»Machst du dir Sorgen um seinen nächsten Einsatz?«

»Ich mache mir immer Sorgen, Lil.« Lesley lehnt mit dem Hintern an der Anrichte und sieht mich an. »Es ist sein Job, so wie Polizistin meiner ist. Wir leben mit dem Risiko.«

»Natürlich«, erwidere ich ein wenig beschämt. »Muss Luke nochmal weg?«

»Eventuell nach Weihnachten«, sagt sie und versucht, das Thema direkt zu beenden. »Kümmerst … kümmerst du dich um den Salat? Ich muss noch etwas holen.«

Ich runzle die Stirn, aber nicke letztendlich, weil sie mir auch keine andere Chance lässt. Lesley macht es zu schaffen, dass Luke wieder einberufen wird, und ich kann es verstehen.

»Hey.« Brooklyn erscheint in der Tür und lächelt mich an. »Was machst du?«

Trotz des dicken Pullovers, den er trägt, sieht er zum Anbeißen aus. Seine Wangen sind leicht gerötet und seine Haare verstrubbelt, sodass ich am liebsten meine Hände darin vergraben und ihn küssen möchte. »Jetzt gerade?« Lachend tippe ich mir mit dem Zeigefinger ans Kinn. »Dich anstarren.«

»Mich anstarren?« Er lacht rau und ist mit zwei großen Schritten bei mir. Brooklyn fasst nach meinen Hüften und setzt mich mit einer einzigen Bewegung auf der Arbeitsplatte ab. »Und warum?«

»Na ja …« Ich kichere wie ein Schulmädchen und ziehe ihn zwischen meine Beine. Meine Hände lege ich in seinen Nacken und nähere mich seinem Gesicht.

»Weil du wahnsinnig heiß aussiehst und wir seit drei Tagen keinen Sex hatten.«

Ein Knurren verlässt seine Kehle, und seine Hände streichen über meine Schenkel zu meinem Hintern. Da ich nur eine dünne Leggings trage, schiebt er seine Hände mit Leichtigkeit darunter und fährt über meinen Hintern. Brooklyns Augen finden meine, und ich kann die Lust darin pulsieren sehen. Ich hätte nichts dagegen, mit ihm zu vögeln. Ich war noch nie so unersättlich wie bei ihm. Bevor wir uns kennengelernt haben, hatte ich monatelang keinen Sex, und jetzt halte ich es nicht mal wenige Tage ohne aus. Was ist nur aus mir geworden?

»Musst du das erwähnen?« Er presst seine Lippen auf meine und zieht mich näher an sich, sodass meine Mitte gegen seinen Schwanz drückt. »Das sind zweiundsiebzig Stunden.«

»Und es werden noch mehr«, höre ich Luke sagen, und Brooklyn lacht. »Kein Trockenfick in meiner Küche.«

»Sorry.« Mein Freund lässt von mir ab und hebt entschuldigend die Hände. »Sie kann einfach nicht genug von mir bekommen.«

»Arsch«, rufe ich und will spielerisch nach ihm schlagen, als er meine Hände abfängt, sie hinter meinem Rücken verschränkt und mir einen leidenschaftlichen Kuss gibt. Ich erwidere diesen sofort und nehme nur ganz am Rande wahr, wie Luke schimpft, dass es heute Nacht so weit sein wird. »Wir müssen uns besser benehmen.«

»Ach, komm«, meint er. »Wir sind im Urlaub. Im Urlaub vögelt man.«

»Ach, Brook.« Ich streichle seine Wange und hauche ihm noch einen Kuss auf den Mundwinkel. »So dramatisch ist es auch nicht, und vielleicht … können wir später noch duschen.«

»Zusammen?« Seine Augen blitzen auf, und ich nicke, bevor ich ihn ein weiteres Mal küsse und von der Anrichte springe. »Hilfst du mir mit dem Salat? Grandma und Grandpa müssten bald kommen.«

»Natürlich«, erwidert er und geht mir zur Hand.

Gemeinsam schaffen wir es, den Salat in Windeseile zuzubereiten. Auch wenn Brooklyn immer wieder anzügliche Bemerkungen macht und versucht, mich doch von einem Quickie zu überzeugen, ist er mir eine große Hilfe. Es ist schön, Zeit mit ihm zu verbringen, und ich bin froh, dass die Anspannung der letzten Zeit in New York von ihm abfällt. Da kommt mir in den Sinn, dass er mir vorhin etwas sagen wollte in Bezug auf seine Bekannte, als Lesley uns unterbrochen hat.

»Sag mal«, reiße ich das Thema vorsichtig an. »Du wolltest mir etwas über deine Bekannte, die im Gefängnis saß, erzählen, bevor Lesley nach Hause gekommen ist.«

Er hält in seiner Bewegung inne und sieht zu mir. Überrascht, dass ich ihn daran erinnere, nickt er. So wie es scheint, hat er mal wieder nicht damit gerechnet, dass das Thema nochmal auf den Tisch kommt. Typisch Brooklyn.

»Wollte ich das?«, lenkt er ab, und ich stöhne auf.

»Brook, bitte«, ermahne ich ihn. »Das ist nicht das richtige Thema für derartige Erinnerungslücken.«

»Okay, okay«, meint er und dreht sich herum,

sodass er mit dem Rücken zur Anrichte steht. »Wie ich dir erzählt habe, ist meine Bekannte abgestürzt und kam einfach nicht mehr in die Spur, bis sie ins Gefängnis musste.«

»Warum musste sie das?«

»Zivilpolizisten haben sie mit Drogen erwischt. Sie konnte nachweisen, dass sie sie nicht verkauft hat. Jedoch nicht, dass sie sie nie besessen hat.«

»Oh Scheiße«, erwidere ich, er nickt niedergeschlagen und stemmt die Hände in die Hüften. »Wie … wie ging es weiter?«

Ich trete an Brooklyn heran und bleibe direkt vor ihm stehen. Allerdings berühre ich ihn nicht, weil ich mir nicht sicher bin, ob er diese Nähe möchte.

»Sie musste für fünf Jahre ins Gefängnis«, bringt er mühselig hervor und schüttelt immer wieder den Kopf. »Damals war sie achtzehn.«

»Das … das ist sehr jung.« Mir fehlen die Worte, weil ich nicht erwartet habe, dass er einen derartig krassen Fall in seinem näheren Umfeld hat. Die Kids, die zu uns in die Einrichtung kommen, sind auf dem besten Weg, in diese Richtung abzudriften. Durch meine Mom weiß ich, wie schwer es ist, von Drogen wegzukommen, wenn man sie einmal genommen hat. »Wann wird sie entlassen?«

»Sie ist seit ein paar Wochen draußen.«

»Bist du deswegen so seltsam?«, frage ich ihn ganz direkt und lege meine Hände vorsichtig auf seinen Brustkorb. Brooklyn nickt und sucht meinen Blick. »Warum hast du denn nichts gesagt?«

»Ich weiß auch nicht«, nuschelt er. »Ich … ich

wusste nicht, wie … Und … und der Stress im Training. Ich wollte nicht, dass das unsere Beziehung beeinflusst.«

»Das würde niemals unsere Beziehung beeinflussen«, erwidere ich und schmiege meinen Kopf an seine Brust. »Danke, dass du es mir gesagt hast.«

Er antwortet mir nicht, sondern legt seine Arme um mich. Ich kuschle mich an ihn und genieße die Nähe, die wir zueinander haben. Nach wie vor glaube ich, dass die Person, von der er spricht, ihm deutlich nähersteht als eine Bekannte, aber ich möchte ihn nicht drängen. Er soll nicht das Gefühl bekommen, dass ich ihn aushorche.

»Könntest du dich mal beruhigen?« Brooklyn sieht mich genervt an. »Sie werden schon gleich kommen.«

»Ja, doch«, erwidere ich und spähe wieder aus dem Fenster, um die Einfahrt von Lesleys und Lukes Haus im Blick zu behalten. Das Essen ist vorbereitet, der Tisch im Wohnzimmer gedeckt, und jetzt fehlen nur noch unsere Großeltern. Ich freue mich sehr, sie zu sehen. Für mich sind sie meine Eltern, und genauso sehr habe ich sie auch vermisst in den letzten Monaten. Brooklyn sieht seine Familie regelmäßig, ein weiterer Punkt auf unserer Liste, den wir angehen müssen. Denn ich würde sie auch gern kennenlernen. Er kann demnach nicht nachvollziehen, wie es ist, monatelang von ihnen getrennt zu sein.

»Lilly.« Er schlingt seine Arme um mich und zieht

mich an seine starke Brust. »Sie sind nicht mal spät dran.«

»Sie kommen immer ein wenig früher«, merke ich an. »Meine Grandma … Da sind sie.«

Der schwarze Volvo fährt die Einfahrt hoch und bleibt hinter Lukes SUV stehen. Ich reiße mich von Brooklyn los und hechte zur Haustür, um sie aufzuziehen. Lesley und Luke kommen aus der Küche und betrachten mich lachend. Ich ignoriere sie aber und laufe nach draußen.

»Grandma, Grandpa«, rufe ich nach ihnen. »Wie schön, euch zu sehen.«

»Lilly.« Grandma schließt nicht mal die Autotür, was meinen Grandpa lachen lässt, sondern kommt auf mich zu. Sie wird nächstes Jahr siebzig. Grandpa hat die siebzig schon seit ein paar Jahren hinter sich gelassen. Dennoch sind beide noch sehr fit. Sie fahren im Winter Ski und gehen im Sommer in den Rocky Mountains wandern. Das und die Tatsache, dass sie Lesley und mich großziehen mussten, hält sie jung. »Lass dich ansehen, mein Schatz.«

Grandma schließt mich in die Arme und drückt mir einen Kuss auf die Wange.

»Hallo Grandma«, begrüße ich sie. »Es ist so schön, euch zu sehen.«

»Das ist es«, erwidert sie ganz gerührt und drückt mich nochmal. Grandma lässt ihre Haare seit Jahren schwarz färben, um dem Alter entgegenzuwirken. Sie trägt eine schicke Jeanshose und einen grauen Strickpullover mit Rundhalsausschnitt. »Die Großstadt tut dir gut.«

»Das finde ich auch«, erwidere ich und löse mich von ihr, um meinen Grandpa ebenfalls in die Arme zu schließen. Im Gegensatz zu Grandma sieht er dem Alter gelassen entgegen. Seine Haare sind seit vielen Jahren grau. Gekleidet ist er, wie so oft, mit einem Hemd und einer Jeans. Heute noch mit einer dicken Weste darüber.

»Hallo Grandpa«, sage ich. »Es ist so schön, dass ihr da seid.«

»Wir freuen uns auch«, erwidert er und drückt meine Hände. »Lasst uns reingehen.«

»Natürlich.« Ich wirble herum, um zurück zum Haus zu gehen. Lesley steht an der Treppe der Veranda, Luke hinter ihr. Brooklyn lehnt am Türrahmen und lächelt mich an.

»Hallo mein Schatz«, begrüßt Grandma zuerst Lesley, dann Luke. »Hallo Luke.«

»Hallo Dory«, erwidert er und gibt ihr einen Kuss auf die Wange. »Hallo Kirk.«

»Hallo Junge«, sagt Grandpa.

Ich eile zu Brooklyn und schlinge meine Arme um ihn. Lächelnd sehe ich zu ihm auf und freue mich wahnsinnig, dass meine Großeltern ihn heute kennenlernen werden. Mein Herz schlägt aufgeregt, als Grandma ihre volle Aufmerksamkeit auf ihn richtet.

»Darf ich vorstellen?« Ich löse mich leicht von Brooklyn, um seinen Körper nicht komplett in Beschlag zu nehmen. »Brooklyn, das sind meine Grandma Dorothee und mein Grandpa Kirk.« Ich zeige auf sie. »Grandma, Grandpa, das ist Brooklyn.«

»Hallo«, sagt Brooklyn sogleich und reicht ihnen die Hand. »Es freut mich sehr, Sie kennenzulernen.«

»Wir freuen uns auch.« Natürlich spricht Grandma sofort in der Mehrzahl, und ich schaue zu Lesley, die leise lacht. Das hat sie bei Luke damals auch gemacht.

»Mr. Mosley«, grüßt Brooklyn meinen Grandpa, als er dessen Hand schüttelt.

»Kirk ist in Ordnung«, erwidert dieser. »So alt bin ich doch auch noch nicht.«

»Natürlich nicht«, murmelt mein Freund peinlich berührt von seiner Antwort und lächelt. »Tut mir leid.«

»Hör auf, ihn verlegen zu machen«, erlöse ich Brooklyn und schaue meinen Grandpa gespielt böse an. Es macht ihm Spaß, unsere Freunde zu blamieren. Das hat er anfangs bei Luke ständig gemacht, aber an ihm ist es abgeperlt. Dann hat auch Grandpa den Spaß daran verloren.

»Wollen wir rein?«, fragt Lesley. »Essen ist fertig.«

Sie und Luke gehen vor, Grandma und Grandpa folgen und zum Schluss Brooklyn und ich.

Das erste Kennenlernen hat schon mal gut funktioniert, und ich hoffe, dass das im Verlauf des Abends auch so bleiben wird. Brooklyn drückt auf dem Weg ins Wohnzimmer meine Hand, und ich sehe zu ihm auf. Ein Lächeln umspielt seine Lippen, als er sich zu mir herunterbeugt und mich sanft küsst.

»Entspann dich«, versichert er mir. »Es lief doch super.«

»Du hast ja recht«, gebe ich zu. »Ich warne dich dennoch lieber nochmal, dass sie sehr neugierig sind.«

»Ach was.« Er winkt ab. »Das ist nichts, was nicht schon ein Reporter versucht hat.«

Sein Wort in Gottes Ohr.

Die Stimmung am Tisch ist ausgelassen, und zu meiner Erleichterung unterziehen Grandma und Grandpa Brooklyn keinem Kreuzverhör, das bis zur Datierung seiner Windpocken im Kindesalter geht. Dennoch sind sie so unglaublich neugierig, dass ich sie zwischendurch ein wenig bremsen muss. Brooklyn aber drückt dann lediglich meine Hand und antwortet ihnen so charmant, dass ihnen ihre eigenen Fragen peinlich werden. Er vergleicht sie wohl in der Tat mit der Presse.

»Ich habe noch etwas für euch«, sagt meine Schwester auf einmal und steht auf. Ich sehe Luke fragend an, aber er zwinkert nur und lächelt dann. Was soll das denn bedeuten? Das letzte Mal, als er das gemacht hat, haben sie mir verkündet, dass sie heiraten werden. Ich sehe zu meinen Großeltern, die scheinbar genauso ahnungslos sind wie ich. Nur Brooklyn ist völlig entspannt.

Lesley kommt mit drei kleinen Schachteln zurück. Lächelnd setzt sie sich wieder neben ihren Mann und reicht eine Schachtel mir, eine Grandma und eine Grandpa. Verdutzt sehen wir Lesley an, aber sie lächelt weiterhin. Ihr Schmunzeln wird sogar noch intensiver, und Nervosität macht sich in mir breit. Was hat das zu bedeuten? Luke und Lesley sehen so verdammt glücklich aus, dass ich mich gar nicht traue, etwas zu sagen.

»Macht die Schachteln auf«, fordert meine Schwester aufgeregt.

Ich nicke und öffne die kleine Schleife auf der Oberseite. Sie ist weiß, und auf dem Deckel ist ein Unendlichkeitszeichen eingraviert. Es ist wunderschön. Mit zitternden Händen nehme ich den Deckel ab und lege ihn neben die Schachtel. Darin befindet sich eine kleine Karte, die ich heraushole, als meine Grandma aufschreit. Ich sehe zu ihr und dass sie Tränen in den Augen hat. Grandpa wuselt ebenfalls in seiner Kiste herum. Noch nervöser als sowieso schon öffne ich meine Karte.

»Hallo Tante Lilly«, flüstere ich. »Ich bin auf dem Weg zu dir.«

Mir klappt der Mund auf, und ich starre meine Schwester an, die ihre Tränen nicht mehr zurückhalten kann. Das ist nicht … Doch, das ist wahr. Lesley ist schwanger.

»Ja.« Sie schluchzt. Dann schluchze ich, und Grandma ist sowieso schon tränenüberströmt. »Ich bin schwanger. Im Frühling werden wir Eltern.«

»Oh, mein Schatz.« Grandma weint und geht zu Lesley. »Das sind so wunderbare Nachrichten. Ich kann es gar nicht glauben. Meine Enkelin macht mich zur Uroma.«

»Ja«, erwidert Lesley immer noch völlig von den Socken. »Ich bin in der zwanzigsten Schwangerschaftswoche. Bisher konnte ich es gut verheimlichen. Ich wollte es Lilly auch persönlich sagen, darum habe ich gewartet.«

»Wie lange wisst ihr es schon?«, fragt Grandma aufgeregt.

Ich greife unter dem Tisch nach Brooklyns Hand und lehne meinen Kopf an seine Schulter, während wir den Ausführungen meiner Schwester folgen. Ich freue mich wahnsinnig für sie und Luke. Lesley hat es so sehr verdient, eine Mom zu werden, und sie wird alles besser machen für ihre Kinder. So wie ich eines Tages für meine.

19

Brooklyn

Zwei Wochen später

Ich habe keine Ahnung, wie lange ich bereits auf den verdammten Boxsack vor mir einschlage, aber als ich wiederholt ausholen will, wird er plötzlich weggezerrt, und Pierce steht vor mir. In letzter Sekunde ziehe ich meine Hand zurück. »Spinnst du«, brülle ich ihn an. »Ich hätte dich treffen können.«

»Ja, ja.« Mein bester Freund wirkt wenig beeindruckt und reicht mir kommentarlos meine Wasserflasche. »Trink was, zieh die Handschuhe aus und lass uns reden.«

»Es gibt nichts zu reden.« Dennoch streife ich mir die Handschuhe ab, werfe sie auf den Boden vor mir und öffne die Wasserflasche, die ich mir zwischen

Unterarm und Bauch eingeklemmt habe. Nachdem ich einen großen Schluck getrunken habe, drehe ich die Flasche wieder zu und werfe sie Pierce zu. Mühelos fängt er sie auf, so wie ich es von einem Running Back erwarte. »Was machst du überhaupt hier?«

Im Gegensatz zu mir hat Pierce den Kraftraum nicht nötig. Allerdings bin ich heute auch nicht wegen des Krafttrainings hier, sondern um meinen Frust wegen Lilly abzubauen. Es läuft momentan total beschissen zwischen uns. Es ist, als stünde ich jedes Mal vor dem nächsten First Down, aber bekomme es letztendlich nicht gebacken, es zu erreichen. Ein Touchdown in unserer Beziehung ist schon mal gar nicht in Sicht, denn dafür müsste ich endlich ehrlich zu meiner Freundin sein, und das schaffe ich nicht.

»Wonach sieht es denn aus?«, erwidert Pierce. »Ich will wissen, was mit dir los ist, dass sogar die Pisser aus Atlanta dir den Arsch aufreißen, Brook.«

Ich presse die Lippen zusammen und nicke. Drei Interceptions habe ich gestern geworfen – drei. So viele wie seit meinem Rookie-Jahr nicht mehr. Der Headcoach hat mich so zur Sau gemacht, dass sogar die Fans in den obersten Reihen etwas von seiner Standpauke hatten. Natürlich hatte er auch jedes Recht dazu. Wir haben in dem ganzen Spiel ein verdammtes Field Goal erreicht. Drei Punkte, das ist erbärmlich. Jedes neue First Down haben meine Mitspieler nur mit Mühe und Not erreichen können, weil ich sie nicht gut bedient habe.

»Drei Interceptions«, hält Pierce mir vor und zeigt

zur Verdeutlichung seiner Worte mit seinen Fingern auf. »Dazu noch fünf Sacks. Fünf, verdammt.«

»Es war nicht mein Tag«, knurre ich und schüttle mit dem Kopf. »Das kann doch mal passieren.«

Das kann nicht passieren, noch dazu zwei Wochen vor Thanksgiving, wo die Saison in die heiße Phase geht. Wir – ich muss abliefern, meinem Status als Starter-Quarterback des Teams und Kapitän gerecht werden. Aktuell tue ich das aber nicht, sondern lasse meine Teamkollegen und größtenteils auch Freunde meine Scheiße ausbügeln.

»Es ist seit Wochen nicht dein Tag, aber gestern konnten wir auch nichts mehr dran ändern, und das weißt du«, macht er mich weiterhin zur Sau. »Fickt Lilly so schlecht?«

Während ich zunächst noch betreten unter mich gesehen habe, schießt mein Kopf nun nach oben, als er sie erwähnt. Lilly tut einen Teufel – sie ist das Beste, das mir seit Langem passiert ist. Sie ist alles für mich. Der Sex ist fantastisch.

»Lass sie da raus«, schnauze ich Pierce an und balle die Hände zu Fäusten. »Ich meine es ernst, lass Lilly …«

»Es geht also wirklich um sie.« Er lacht leise und deutet auf die Bank hinter sich. »Komm schon, Alter. Lass uns reden. Wir sind doch Freunde.«

Pierce hat recht, wir sind Freunde, und vielleicht kann er meine Misere mit Lilly und Lorraine lösen. Seit drei Wochen sind wir wieder von Lillys Familie zurück, in zwei Wochen ist Thanksgiving, und meine Eltern haben mittlerweile mitbekommen, dass ich eine Freundin habe. Entrüstet, aber auch überglücklich hat meine Mom mich angerufen, um uns zum Dinner einzuladen. Sie wurde nicht müde zu erwähnen, wie toll sie Lilly nur von den Fotos in der Presse findet. Und ja, das ist sie. Lilly ist toll, umso schwerer ist es für mich, ihr die Wahrheit zu sagen. Ich habe sie mit der Ausrede, dass Lorraine eine Bekannte und nicht meine Schwester ist, belogen. Lilly wird das nicht einfach hinnehmen. Sie ist vom ersten Tag unserer Beziehung ehrlich zu mir gewesen. Sie hat mir alles von ihrer Mom erzählt. Sogar die ganz miesen Dinge, die mir den Magen mehrfach auf links gedreht haben. Und ich Feigling schaffe es nicht, ihr zu sagen, dass meine Schwester als Teenager so verdammt dumm war, den falschen Leuten zu vertrauen.

Ich lasse mich neben meinen besten Freund auf die Bank fallen und lehne meinen Kopf hinter mir an die Wand.

»Es ist wegen Lori«, sage ich. »Lilly weiß nichts von ihr.«

Pierce, der sich ebenfalls zurückgelehnt hat, fährt hoch und starrt mich an. Die Überraschung ist ihm deutlich ins Gesicht geschrieben. Er kann nicht fassen, was ich gesagt habe. Darum braucht er einen Moment, um sich zu sammeln.

»Lilly und du …«, beginnt er langsam wieder die Fassung zu erlangen, »… datet seit … seit zwei Monaten?«

»Ja.« Ich schließe die Augen. »Anfangs wollte ich es ihr nicht sagen, weil ich nicht wusste, ob ich ihr genug vertrauen kann. Aber dann hat sie mir auch die ganze Scheiße mit ihrer Mom erzählt.«

»Jenna hat mir mal erzählt, dass sie und ihre Schwester bei ihren Großeltern aufgewachsen sind.«

»Ja, genau«, stimme ich Pierce zu. »Ihre Mom war … oder, sie vermuten vielmehr, ist immer noch drogensüchtig und hat sich nie für Lilly und ihre Schwester interessiert. Außer es geht um Geld. Ich durfte sie freundlicherweise auch kennenlernen.« Ich schüttle mich bei dem Gedanken an die Frau, die Lillys Mutter sein soll. »Lilly hat mir viel über sie erzählt, ihre Kindheit und warum man sie und Lesley von ihr weggenommen hat. Ich habe Lorraine und die Scheiße, die sie gebaut hat, nie erwähnt.«

»Oh, Brook.« Pierce stöhnt auf. »Und jetzt denkst du, dass es zu spät ist, um ihr die Wahrheit zu sagen?«

»Natürlich denke ich das«, antworte ich ein wenig ungehalten. »Sie vertraut mir, erzählt mir das alles, und ich bekomme den Mund nicht auf.«

»So, wie ich Lilly einschätze, wird sie sauer sein, und das hast du verdient.«

»Du machst mir Mut«, brumme ich und verdrehe die Augen.

»Brook …« Er stöhnt und reibt sich den Nacken, um nachzudenken. »Hör zu, du und Lilly … ihr habt irgendwie die gleiche Scheiße durch mit sehr, sehr nahestehenden Verwandten. Sie mit ihrer Mutter, du mit deiner Schwester. Sie wird Verständnis dafür haben, aber dafür musst du ihr endlich die Wahrheit sagen.«

»Ich weiß.« Ich muss klingen wie ein quengeliges Kind. »Ich wollte es ihr sagen – mehrfach. Erst habe ich vorgefühlt, wie sie allgemein darauf reagiert und ob sie Lorraine … na ja … als ›Fall‹ ansieht.«

»Bist du komplett durchgeknallt?«, knurrt Pierce. »Sie sieht sie doch nicht als Fall an. Was ist los mit dir? Hast du zu oft ohne Helm gespielt?« Um seine Worte zu verdeutlichen, klopft er mit seiner linken Faust gegen meinen Kopf, die ich erbost wegschlage.

»Hör auf, mich zu verarschen«, erwidere ich. »Und hilf mir lieber.«

»Okay, okay.« Er seufzt. »Wenn du doch vorhattest es ihr zu sagen, was hat dich daran gehindert?«

»Zum einen, dass wir immer wieder unterbrochen wurden, und zum anderen, dass ich … Ich habe Lilly eventuell … ich habe ihr erzählt, dass Lorraine eine entfernte Bekannte ist und nicht meine Schwester.«

»Wow.« Pierce sieht mich an und schüttelt den Kopf. »Wenn du es verkackst, dann aber richtig, was?«

»Du bist keine Hilfe.« Stöhnend lehne ich meinen Kopf zurück an die Wand. »Überhaupt keine Hilfe.«

Ich betrete die Wohnung von Jenna und Lilly und begrüße meine Freundin mit einem Kuss.

»Hey«, sage ich, und sie lächelt.

»Hi«, erwidert sie, »wie war's beim Training?«

»Ganz okay.« Ich stelle meine Sporttasche neben der Tür ab und schlüpfe aus meinem Mantel, um ihn an die Garderobe zu hängen. Jenna ist kaum noch hier, sagt Lilly. Sie verbringt die meiste Zeit bei Pierce in Manhattan. Was ich auch verstehen kann. Da beide sehr oft unterwegs sind, wollen sie die Zeit, die ihnen gemeinsam bleibt, nutzen. Vermutlich ist es nur noch eine Frage der Zeit, bis sie zusammenziehen. Ich folge Lilly in die Küche, wo es herrlich duftet.

»Warum verwöhnst du mich nur so?«, frage ich und ziehe sie an mich. Lilly schmiegt ihren Körper an meinen, und ich streiche ihre Haare zur Seite, um ihren Hals zu küssen. »Du hast mir gefehlt.«

»Von heute Morgen neun bis jetzt?« Sie sieht mich kichernd an. »Du hast mir auch gefehlt.«

Ich drehe sie in meinen Armen herum und küsse sie richtig. Seufzend schlingt sie ihre Arme um meinen Hals und presst sich an mich. Unsere Körper beginnen, ein Eigenleben zu führen, wie so oft, wenn wir uns nahe sind. Lilly reibt sich an mir und zeigt mir deutlich, dass ihr nicht der Sinn nach dem Essen auf dem Herd steht. Ohne zu überlegen, drehe ich sie herum und setze sie auf dem Küchentisch ab.

»Bleib so«, raune ich ihr zu, als ich mich zwischen ihre Beine stelle und an ihren Leggings ziehe.

»Nein«, erwidert sie und drückt mich weg. »Bleib du so.«

Ihre Augen blitzen auf, und im nächsten Moment streift sie sich ihren Hoodie über den Kopf und steht in einem burgunderroten Spitzenbralette vor mir. Ihre vollen Brüste haben kaum Platz in diesem Hauch von Nichts, und jegliches Blut läuft in meinen Schwanz.

»Ist das neu?«, will ich wissen und fahre mit meinen Fingerspitzen über ihr Dekolleté bis zu ihren Nippeln. Die rosafarbenen Knospen stellen sich unter meiner Berührung auf, sodass ich sie durch den dünnen Stoff hindurch umfassen und drehen kann.

»Brook …« Meine Freundin stöhnt. »Ich … wollte doch … dich … verwöhnen.«

»Alles zu seiner Zeit«, flüstere ich und küsse zunächst ihren Hals und weiter über ihr Dekolleté, bis ich ihre steifen Nippel in den Mund nehme. Erst den einen, dann den anderen. Der zarte Stoff des Bralettes wird von meinem Speichel durchnässt, ihre harten Knospen drücken sich dagegen. Lilly stöhnt ungehalten, als ich zusätzlich mit meinen Daumen darüberstreiche und sie weiter reize.

»Hol sie raus«, weise ich sie an und trete einen Schritt zurück. Ich will sehen, wie sie ihre Brüste aus dem Gefängnis befreit und mir ihre steifen Nippel präsentiert. Doch als sie die Hände auf den Rücken legt, um den Verschluss des Bralettes zu öffnen, schüttle ich den Kopf. »Zieh den Stoff weg.«

Lilly wirkt im ersten Moment überrascht, aber dann legt sich ein begieriges Lächeln auf ihre Lippen, und sie zieht den Stoff zur Seite. Ich stöhne auf und greife mir in den Schritt, während ich meine Freundin dabei beobachte, wie sie ihre Brüste hält. »Fuck Baby«, knurre ich und lasse meine Hand auf meiner Beule auf und abfahren. »Willst du mich immer noch verwöhnen?«

Bitte sag Ja! Alles andere würde mich umbringen. Mein Schwanz ist stahlhart.

»Natürlich«, flüstert sie.

»Zieh deine Leggings aus«, sage ich und befreie mich derweil selbst von meiner Hose. »So ist gut … das Höschen kannst du anlassen.«

Lilly nickt und tritt auf mich zu. Ihr Anblick raubt mir fast den Atem. Ihre Brüste werden in dieser Position mehr als angenehm zusammengedrückt. Scheiße, ich liebe es, dass sie so groß sind. Wie fantastisch müssen sie sein, wenn sie schwanger ist? Fuck, habe ich gerade wirklich über ein Baby mit ihr nachgedacht?

»Komm her.« Mein Ton ist dominant, und ich muss dringend auf andere Gedanken als ein Baby kommen. Da gibt es zunächst andere Baustellen in unserem Leben als Nachwuchs. »Auf die Knie.«

Lilly gehorcht mir, wie so oft, wenn ich beim Sex die Oberhand habe.

»Nimm ihn direkt in den Mund«, weise ich sie an und halte ihr meine Spitze vor die geschlossenen Lippen. »Nur dein Mund. Hände auf den Rücken.«

Stöhnend werfe ich den Kopf in den Nacken, als sie meine Eichel mit ihren süßen Lippen umschließt. Lilly lässt meine gesamte Härte in ihrem Mund verschwinden und leckt verführerisch darüber. »Fuck Baby«, rufe ich nach wenigen Minuten und schiebe meine Hand in ihre Haare, um sie besser zu steuern. »Du bist der Wahnsinn.«

Lilly keucht, als ich mich so tief wie möglich in ihrem Mund versenke. Ihre Hände greifen nach meinen Oberschenkeln, und sie gräbt ihre Fingernägel tief hinein. Das ist der Augenblick, in dem ich nicht mehr an mich halten kann und in ihrem Mund komme. Lilly schluckt mein Sperma hinunter, und als sie ihren Kopf zurückzieht, lächelt sie mich an.

Ich erwidere ihren Blick und ziehe sie an mich. Lächelnd hebe ich sie hoch, setze sie auf dem Küchentisch ab und schiebe meine Hand zwischen ihre Beine. Sie ist verdammt feucht und quittiert meinen Vorstoß mit einem Stöhnen.

»Dich hat es angemacht, oder?«, raune ich ihr zu und öffne den Verschluss des Bralettes auf ihrem Rücken. Lilly lässt das heiße Teil auf den Boden fallen, und ich betrachte sie für einige Sekunden.

»Was macht mich an dir nicht an«, erwidert sie keck und entlockt mir ein Lachen.

»Auch wieder wahr«, gebe ich überheblich von mir und schiebe meine Finger in ihren Slip.

»Brook.« Sie stöhnt und greift nach meinem Handgelenk, um mich zu stoppen, bevor ich in sie eindringen kann. »Ich will dich richtig.«

Die Lust in ihren Augen ist unverkennbar, und ich kann nicht glauben, womit ich diese Frau verdient habe. Umso widerlicher ist das Gefühl, das ich in mir habe, weil ich sie seit Wochen belüge. Lilly verdient es nicht, dass sie die Wahrheit über meine Familie nicht kennt, mir aber alles erzählt hat.

»Baby, ich …«, raune ich und lege meine Hand an ihre Wange. Augenblicklich schmiegt sie ihr Gesicht hinein und lächelt mich von unten herauf an. Das Funkeln in ihren Augen gibt mir den Rest. »Ich liebe dich.«

Die Worte verlassen meinen Mund schneller, als ich darüber nachdenken kann. Aber es ist die pure Wahrheit – ich liebe Lilly. Sie ist meine Traumfrau, die Frau, nach der ich all die Jahre gesucht habe und mit der ich mir alles vorstellen kann. Hochzeit, Hausbau, Kinder – das volle Programm.

Mein Herz schlägt mir bis zum Hals, weil sie mich schweigend betrachtet und nicht antwortet. Bin ich etwa über das Ziel hinausgeschossen mit meinem Geständnis? Vielleicht sieht sie das nicht so. Es wäre nicht verwunderlich, wenn sie nach zwei Monaten Beziehung noch nicht diese unendlich starken Gefühle für mich hätte.

»Ich liebe dich auch, Brooklyn«, gesteht sie mir, und mir fällt ein Felsbrocken vom Herzen.

Überglücklich küsse ich sie und hake meine Finger in die Seiten ihres Slips ein. Eigentlich sollte das eine schnelle, harte Nummer auf dem Küchentisch werden. Lilly mag diesen Sex, das weiß ich. Und ich tue es ebenso. Aber das geht jetzt nicht mehr. Jetzt will ich ihren Körper genießen und sie lieben.

Sie hebt ihren Hintern an, sodass ich ihr den Slip herunterziehen kann. Während sie hinausschlüpft, entledige ich mich ebenfalls meiner Kleidung, bis ich nackt vor ihr stehe. Lillys Augen glühen vor Lust und Liebe.

»Ich liebe dich«, sage ich nochmal, um ihr zu zeigen, dass das keine Kurzschlussreaktion von mir war.

»Ich liebe dich auch.« Sie zieht mich an sich. »Und jetzt erlös uns beide. Und Brook?«

»Hm?«

»Wag es nicht, daraus eine Kuschelnummer zu machen. Dafür bin ich viel zu scharf.«

Ich muss laut lachen, weil sie mich doch immer wieder überrascht. »Keine Kuschelnummer?«, frage ich und streiche über ihre Oberschenkel. »Sicher?«

Ich positioniere mich vor ihrem Eingang und spreize ihre Beine, so weit ich kann. Ihre von ihrer Feuchtigkeit glitzernde Scham springt mir entgegen, und ich streiche mit meiner Spitze einmal durch ihre Schamlippen hindurch.

»Nein«, bringt sie mühsam hervor. »Mach schon.«

»Dein Wunsch …« Ich setze meine Eichel an und stoße vor, dass sie aufschreit. »… ist mir Befehl, Baby.«

Dann nehme ich sie mit intensiven Stößen, die mir alles abverlangen, und es dauert nicht lange, bis ich erneut komme. Um Lilly ebenfalls zum Höhepunkt zu bringen, drücke ich meinen Daumen auf ihre Klit und reibe sie. Ihr Körper zuckt, und ich sehe, dass sie kurz davor ist. Fuck, es ist so heiß, wie sie den Rücken durchbiegt und den Kopf zurückwirft, weil sie glaubt, den Verstand zu verlieren.

»Planänderung«, entscheide ich und ziehe mich komplett aus ihr zurück.

»Was zur Hölle …« Lilly will sich in Rage reden, als ich sie vom Tisch hebe, herumdrehe und bäuchlings darauflege. Ohne ihr Zeit zu geben, stelle ich ihren rechten Fuß auf dem Stuhl neben uns ab. Dann dringe ich in sie ein. Sie schreit erneut auf, was aber schnell in ein lustvolles Stöhnen übergeht. Ich liebe es, sie von hinten zu ficken.

»Gott, Brook«, feuert sie mich an. »Mehr.«

Ich gebe ihr mehr, gebe ihr alles von mir und weiß, dass ich kurz davor bin, alles zu verlieren.

Lilly kommt laut, und ich folge ihr erneut. Dann

breche ich über ihr zusammen und versuche dennoch, sie nicht mit meinem Körper zu erdrücken.

»Ich liebe dich«, raune ich gegen ihre verschwitzte Haut und küsse ihre Schulterblätter.

»Ich liebe dich auch«, erwidert sie. »Duschen und dann essen?«

»Klingt perfekt.«

20

Lilly

Drei Tage später, Gladiators Arena, New Jersey

Jenna und ich betreten eine der VIP-Logen in der *Gladiators Arena*, dem Stadion der New York Gladiators, das weit ab vom Schuss in New Jersey liegt.

Es ist das erste Mal, dass ich in diesem Stadion bin. Im Stadion, so sagt er, ist das Livegefühl nochmal ein anderes als zu Hause auf der Couch. Bereits auf dem Weg hierher waren die Zufahrtsstraßen mit Fans der Gladiators als auch von ihren Gegnern aus Seattle völlig überladen. Jenna und ich wurden von einem Fahrservice für VIP-Gäste zu Hause abgeholt und ins Stadion chauffiert, das war schon ziemlich verrückt. Ich wurde noch nie von einem Fahrservice abgeholt. Ein stinknormales New Yorker Taxi zähle ich nicht dazu.

Vor dem Stadion hängen riesige Plakatwände mit Fotos der Spieler darauf. Das von Brooklyn habe ich ehrlich gesagt abfotografiert und meiner Schwester und Luke geschickt. Luke hat sofort zu Protokoll gegeben, wie neidisch er ist, aber mir auch viel Spaß gewünscht. Lesley hat nur gemeint, wie traurig sie sei, dass ich an Thanksgiving in New York bleibe. Ich bin auch traurig, dass ich meine Familie frühestens Weihnachten wiedersehe, aber Brooklyns Eltern haben uns zum Dinner eingeladen, das wollte ich nicht absagen.

Als er mir die Einladung vor ein paar Tagen überbracht hat, war ich sehr überrascht, da er immer noch keinen Hehl daraus macht, dass seine Familie in unserer Beziehung kein Thema ist. Umso gespannter bin ich nun, sie kennenzulernen. Ich wurde schon den Eltern meiner Ex-Freunde vorgestellt, aber bei Brooklyn ist es etwas anderes, etwas Größeres.

Als er mir gesagt hat, dass er mich liebt, war ich völlig verdutzt. Nicht, weil es mich schockiert hat, sondern weil ich nicht damit gerechnet habe. Er ist oft sehr verschlossen, was seine Gefühle angeht, und ich habe nicht darüber nachgedacht, dass er es als Erstes sagen wird. Andersrum habe ich mich aber auch nie getraut, es ihm zu sagen. Brooklyn ist mir wichtig, sehr wichtig sogar, und ich denke, dass er der richtige Mann für mich ist. Ich weiß, dass das meist eine alberne, mädchenhafte Vorstellung ist, aber ich wünsche mir das. So wie meine Schwester möchte ich auch eines Tages verheiratet sein, in einem schönen Haus wohnen und ein Baby bekommen. Fernab von allem, was

Brooklyns Promistatus mit sich bringt, seine Bekanntheit, seine Millionen und schlussendlich auch sein seltsames Verhalten bezüglich seiner Familie, liebe ich ihn und sehe meine Zukunft an seiner Seite.

Jenna läuft in ihren High Heels, Lederleggings und einem Trikot von Pierce, das sie stylisch an der Hüfte zusammengebunden hat, vor mir her. Während diese luxuriöse Loge für meine Freundin völlig normal zu sein scheint, schaue ich mich immer wieder ehrfürchtig um. Definitiv mal wieder zu viel Luxus für mein bescheidenes Gemüt. Es gibt sowohl eine eigene Bar als auch Bedienungen, die die Getränke und Häppchen an den Platz bringen, aber auch warmes Essen ist im hinteren Teil möglich. Das Buffett ist überraschend groß.

So wie Jenna trage ich auch ein Trikot von Brooklyn. Er hat es mir gestern noch schnell vorbeigebracht, bevor er zum Treffen mit der Mannschaft gefahren ist. Doch im Gegensatz zu Jenna habe ich es nicht mit einem Knoten hochgebunden, sondern in meine Jeans gesteckt, sodass es ein wenig lockerer über meinen Bauch fällt. Ich bin Brooklyn dankbar, dass er mir ein Männer-Trikot mitgebracht hat. Ich empfinde den Damenschnitt als sehr eng und müsste mindestens eine Nummer größer nehmen, als ich normalerweise trage.

»Und?« Jenna dreht sich grinsend zu mir herum. »Wie findest du es?«

Wir kommen vor einer riesigen Glasfront zum Stehen, von der aus man auf das Feld hinuntersehen kann. Die Lichter des Stadions sind grell und lassen den

Rasen in einem satten Grün strahlen. Die weiße Kreide, die die Yards einzeichnet, sowie das Logo der Liga in der Mitte strahlen ebenso satt in Weiß und Blau. Am Ende des Feldes sind die Logos und die Namen der Clubs eingearbeitet, die heute gegeneinander spielen.

»Es ist …« Ich ziehe mein iPhone aus meiner Jeans und mache ein Video und Fotos für Luke. »Beeindruckend, definitiv.«

»Das ist es.« Jenna klatscht in die Hände und wirbelt herum, als eine Frau mit einem Tablett mit Champagner auf uns zukommt. »Für dich.«

»Danke«, sage ich und nicke auch der freundlichen Kellnerin zu.

»Lass uns ein Foto machen.« Jenna ist völlig aus dem Häuschen, dass ich sie heute endlich zu einem Spiel begleite. Die letzten Heimspiele musste ich sie jedes Mal vertrösten. Ich nicke, und sie reicht der Kellnerin, die soeben ihr Tablett auf einem Stehtisch neben uns abgesetzt hat, ihr iPhone. Ich stelle mich neben Jenna und lege meinen Arm um ihre Hüfte. Sie tut es mir gleich, und wir lächeln breit in die Kamera.

»Danke«, sagt meine beste Freundin, als sie das iPhone zurücknimmt. Dann scrollt sie die Fotos durch, und ich drehe mich herum und sehe aus den Fenstern, als es irrsinnig laut im Stadion wird. Das bewegt auch Jenna, von ihrem iPhone aufzusehen, und wenige Sekunden später weiß ich auch, warum es so laut wird. Die Spieler der Gladiators, angeführt von Brooklyn, kommen unter tosendem Applaus aus der Kabine. Er trägt seine Trainingssachen. Ein Shirt der Gladiators, weiße Shorts und normale Sportschuhe.

»Sehen sie uns hier oben?«, will ich wissen, und Jenna schüttelt den Kopf.

»Sie wissen, dass wir hier sitzen, aber sehen können sie uns, glaube ich, nicht. Die Entfernung ist zu weit.«

»Okay«, erwidere ich und lächle leicht. Dann beobachte ich Brooklyn dabei, wie er sich mit Dan warmmacht.

Jenna und ich haben uns auf den kleinen Balkon vor der Loge gesetzt und verfolgen das Spiel im Innenraum des Stadions. Komplett in der Loge zu sitzen, Häppchen zu essen und Champagner zu trinken, fand ich blöd. Wenn Brooklyn mich später fragt, wie und ob mir das Spiel gefallen hat, möchte ich ihm auch eine ehrliche Antwort geben.

Seattle ist stark, mehr als das. Sie kämpfen um jeden Ball, und die Defense der Gladiators hat alle Hände voll zu tun, um sie in Schach zu halten. Aktuell führen wir mit einem Touchdown, aber das heißt gar nichts. Auf der Uhr sind noch mehr als drei Minuten zu spielen. Ich schaue zur Bank und sehe Brooklyn dort sitzen. Der letzte Drive, den er gemacht hat, war nicht gut – im Gegenteil. Er hat eine Interception geworfen und ist mit hängendem Kopf vom Platz gegangen. Zwar haben seine Teamkollegen ihm brüderlich auf die Schulter geklopft, aber mein Freund schien dennoch untröstlich.

»Habe ich was verpasst?« Caroline taucht abgehetzt neben mir auf, und ich muss lachen.

Sie sieht mal wieder perfekt gestylt aus in der schwarzen Jeans, dem Trikot, und ihre Haare sind ordentlich zu einem Zopf zusammengebunden. Das Highlight ist ihr blutroter Lippenstift und das auffällige Augen-Make-up.

»Nein«, antworte ich. »Das Spiel plätschert aktuell vor sich hin.«

»Gut.« Nachdem wir uns auf Dans Party kennengelernt haben, haben wir uns danach noch zweimal getroffen. Einmal auf dem Trainingsgelände und einmal zufällig in der Stadt, als ich mit Brooklyn einkaufen war. Caroline hat mir angeboten, Nummern zu tauschen, das habe ich sehr gerne angenommen. Auch wenn ich mich in die Welt der Footballspieler und ihrer Frauen immer noch reinfinden muss. Die Tasche von *Chanel,* die Caroline trägt, kostet mehr als mein monatliches Bruttoeinkommen. Bestimmt das Doppelte, so auch ihre Schuhe von *Jimmy Choo*. Jennas Outfit ist ähnlich luxuriös von *Gucci*. Ich hingegen trage meine *Abercrombie & Fitch* Jeans, und meine Tasche ist von einem Second-Hand-Basar in Queens. Die beiden würden mich nie verurteilen dafür, dass ich nicht so viel Geld habe wie sie, aber trotzdem macht das etwas mit einem. Dennoch würde ich Brooklyn auf keinen Fall fragen, ob er mir eine teure Tasche oder Schuhe kauft, damit ich mithalten kann.

Seattle steht mit seinem Quarterback kurz vor der Endzone.

»Die machen einen Quarterback Sneak«, prophezeit mir Caroline, und ich sehe zu ihr rüber. »Alles andere wäre irre aus der Entfernung. Dann sind sie wieder dran.«

»Wenn sie es schaffen und …« In dem Moment bringt der Quarterback den Ball über die Linie. »Scheiße!«

Ich schaue zu Brooklyn, der ebenso genervt ist von dem Drive. Sie hatten Seattle so gut im Griff, und jetzt müssen sie doch um den Sieg zittern.

»Sie schaffen das«, schwört Jenna uns ein. »Ich sage es euch.«

»Was hast du Pierce denn versprochen, wenn er es schafft?« Caroline sieht zu Jenna herüber, und ich muss lachen.

»Nichts, was sich nicht als Einsatz lohnt«, gibt meine Freundin sich geheimnisvoll, aber ich kann mir bereits denken, was sie Pierce versprochen hat zur Feier des Tages. »Natürlich nicht.« Jenna kichert. »Ihr wisst doch, was ich meine.«

Natürlich wissen wir das.

Ich richte meinen Blick wieder auf das Feld, wo Brooklyn nun an der Vierzig-Yard-Linie steht, um den ersten Drive zu machen. Nervös reibe ich die Hände ineinander. Wir sind mit Seattle gleichauf, und wenn er es jetzt nicht schafft, dann kann es passieren, dass sie in die Over-Time müssen.

»Ready-Set-Go«, höre ich Brooklyn bis hier oben brüllen. Es ist totenstill im Stadion, sogar die Fans von Seattle haben jegliche Gesänge eingestellt, um ihre Defense nicht zu stören.

Der Center passt den Ball zu Brooklyn, und er läuft

einige Meter zurück. Seine Wide Receiver decken ihn gut, sodass er zum Pass kommt.

»Sehr gut«, rufe ich und hüpfe aufgeregt auf und ab, weil er den Ball schon mal in die Luft befördert hat. Der Pass fliegt zu Pierce, was Jenna jubeln lässt, und er schafft es über das nächste First Down, sodass das Stadion explodiert. Die Fans beider Seiten sind wieder da und feuern ihre Mannschaft anstandslos an.

»Sehr gut, Baby«, ruft Jenna neben mir, und ich stimme mit ihr ein. Die Jungs werden uns niemals hören, da sind wir uns sicher, aber wir wollen sie dennoch anfeuern.

Es sind nach den nächsten beiden Pässen, die Brooklyn erneut perfekt anbringt, noch acht Yard zu gehen und noch zwanzig Sekunden auf der Uhr. Nervös schaue ich zwischen meinem Freund auf dem Feld und der Uhr, die aktuell angehalten wurde, hin und her. Die Gladiators stehen rund um ihren Quarterback im Kreis. Nach einer kurzen Besprechung stellen sie sich wieder auf, und Brooklyn gibt erneut den Befehl, loszugehen. Das »Ready-Set-Go« hallt durch das Stadion, in dem man wieder mal eine Stecknadel fallen hören könnte.

Brooklyn erhält den Ball von seinem Center, und diesmal traut er sich mehr zu. Ich kann nicht glauben, was er tut. Statt einem seiner freien Receiver den Ball zu geben, läuft er selbst.

»Oh mein Gott.« Caroline neben mir keucht und hält sich die Augen zu. Auch Jenna kann nicht hinsehen, hat sich abgewandt, aber kann dennoch nicht aufhören, meine Hand zu zerquetschen. Brooklyn hat immer noch den Ball, tänzelt erst einen und dann den zweiten Defense-Spieler von Seattle aus, als wären sie seine Marionetten. Aber auch seine Kollegen leisten großartige Arbeit, indem sie ihrem Quarterback den Weg freimachen.

»Touchdown«, dröhnt es durch die Lautsprecher im Stadion, und gleichzeitig ertönt der Gong, dass das Spiel vorbei ist. »In der letzten Sekunde erläuft unser Quarterback, unser Kapitän, unser verdammter New Yorker Gott – Brooklyn Webster – einen Touuuuuch-doooooown.«

Die Spieler, die Fans, wir – das gesamte Stadion ist völlig aus dem Häuschen nach diesem unglaublichen Drive in den letzten Sekunden.

»Oh mein Gott«, rufe ich und applaudiere mit allen anderen Fans, Funktionären, Spielern und jedem einzelnen – ausgenommen die Seattle Fans – für meinen Freund.

Brooklyn befreit sich von seinen Mitspielern, rennt über das Feld auf uns zu.

»Er will zu dir.« Jenna neben mir kichert, und ich schüttele den Kopf. Wir sind viel zu weit weg. Er wird nicht wissen, dass ich hier sitze, oder?

»Das ist so romantisch.« Caroline seufzt auf der anderen Seite von mir. Ich bin immer noch der Meinung, dass das Zufall ist. Doch ich werde eines Besseren belehrt. Brooklyn rennt bis vor die Tribüne, über der ich sitze. Dann zeigt er nach oben. Binnen Sekunden ist mein Gesicht in Großaufnahme auf sämtlichen Videowänden im Stadion zu sehen. Ein wenig unbeholfen winke ich ihm zu und schicke ihm eine Kusshand. Die Fans rasten erneut aus, und Brooklyn formt ein Herz mit seinen Fingern. Man muss auch kein Genie sein, um zu lesen, dass er mit seinen Lippen ›Ich liebe dich‹ formt.

»Ich liebe dich auch«, erwidere ich leise und schicke ihm einen letzten Kuss, bevor er sich abwendet und von den Fans feiern lässt.

21

Lilly

Zwei Wochen später, New York Gladiators Trainingsgelände

Nach dem Heimspiel gegen Seattle war der Aufschrei in der New Yorker Presse und sämtlichen Promi-Blättern im ganzen Land riesig. Jeder wollte plötzlich wissen, wer die Frau an der Seite des Quarterbacks ist. Die Frau, der er im Stadion vor einem Millionenpublikum seine Liebe gestanden hat. Professionelle Lippenleser haben meine Übersetzung bestätigt. Seitdem stehe ich im Fokus der Öffentlichkeit, dass sogar das ein oder andere Magazin bereits auf meiner Arbeitsstelle angerufen hat und bei meinen Großeltern. Brooklyn hat sofort seine Anwälte eingeschaltet und jeglichen Magazinen, die über mein Privatleben und meine Familie berichten, mit einer Klage in Millionenhöhe gedroht. Gebracht hat es wenig. Lesley musste unseren Großeltern sogar einen neuen Telefonanschluss besorgen. Für sie ist es unbegreiflich, dass das ganze Land sich für mich interessiert.

Ich finde es aber auch nicht minder merkwürdig, dass eine einzige kurze Szene im Fernsehen meine Instagram-Follower verhundertfacht hat, irgendwelche Firmen, die ich nicht mal kenne, mir ihre Produkte schicken möchten und meine Kids in der Einrichtung kein anderes Thema mehr haben, als ein Spiel im Stadion anzusehen. Ich habe Brooklyn sogar mal darauf angesprochen, ob das möglich wäre, da die Kids sonst keinerlei Möglichkeiten haben – auch finanziell –, um ins Stadion zu kommen. Er hat sofort alle Hebel in Bewegung gesetzt und zwanzig Freikarten für das nächste Spiel plus Meet and Greet mit einem Teil der Offense organisiert.

Mein Leben steht seit eineinhalb Wochen komplett auf dem Kopf, und mein Freund ist in Los Angeles. Er musste wenige Tage nach dem Heimspiel zum nächsten Auswärtsspiel nach Las Vegas reisen und von dort aus weiter zu einem Werbespot-Dreh für die Play-Offs und den Super Bowl nach Los Angeles. Heute kommt der Teil der Mannschaft zurück nach New York, und ich will ihn überraschen und abholen.

Durch das enorme Interesse der Medien an meiner Person hat Brooklyn mir seinen Audi geliehen, sodass ich nicht länger als nötig auf der Straße sein muss. Ich finde es übertrieben, aber möchte seine Sorge nicht unnötig schüren. Es tut ihm unwahrscheinlich leid, dass er mich durch seine Liebeserklärung im Stadion in diese Situation gebracht hat. Nicht zuletzt, weil Lesley ihn angerufen und ihm deutlich gemacht hat, was sie von seiner Aktion hält – nämlich gar nichts. Brooklyn hat sich mehrfach sowohl bei meiner Schwester als auch bei unseren Großeltern entschuldigt.

Ich habe ihm gesagt, dass es okay ist und ich seine Sicherheitsvorkehrungen akzeptieren werde. Den Bodyguard, den er einstellen wollte, habe ich aber abgelehnt. Zwar lauern mir hin und wieder Fotografen vor unserem Haus auf, aber sobald sie merken, dass Brooklyn nicht da ist, sind sie schnell wieder weg.

Mit seiner Key-Card gelange ich auf den großen Privatparkplatz des Trainingsgeländes der New York Gladiators und suche einen Parkplatz. Hier strotzt es wieder nur so vor wahnsinnig teuren Karren. Ich weiß, dass Brooklyn mit Pierce gefahren ist und kein Auto hierhat. Damit ist es kein Problem, dass ich ihn abhole.

»Hey.« Caroline kommt lächelnd auf mich zu. »Holst du Brooklyn ab?«

Ich begrüße meine Freundin – ich denke, dass ich sie mittlerweile so nennen kann – mit einer Umarmung.

»Ja, und du Chad?«

»Ja.« Sie lächelt mich an und schließt ihren Wagen ab. Ich tue es ihr gleich und folge ihr zum Ankunftsplatz des Teambusses, mit dem die Jungs vom Flughafen abgeholt werden. Dass der JFK-Airport deutlich näher an unseren Wohnungen ist als das Trainingsgelände in New Jersey, interessiert die Verantwortlichen des Clubs scheinbar nicht. »Und dann fliegen wir morgen früh nach Ohio zu seinen Eltern, um Thanksgiving zu feiern. Was macht ihr?«

»Wir sind bei Brooks Eltern eingeladen«, erwidere ich.

»Schön.« Caroline nickt mir zu. »Und bevor ich es vergesse …« Sie kramt in ihrer riesigen Handtasche und reicht mir eine Karte. Sie ist beige mit der Aufschrift ›Einladung zu Carolines Store-Eröffnung‹. »Die wollte ich dir schon die ganze Zeit geben, aber habe es jedes Mal vergessen.«

»Das ist eine Einladung«, stelle ich dümmlich fest. »Zu deiner … deiner Store-… Eröffnung.«

»Ja, du kannst gut lesen, wie ich sehe.« Caroline lacht laut. »Jetzt sei doch nicht so überrascht. Ich würde mich sehr freuen, wenn du dabei bist. Ich lasse dir einen Tag vorher zwei oder drei Outfits zukommen. Damit du etwas von meinen Sponsoren trägst, ja?«

»Ja?« Ich bin heillos überfordert, aber freue mich dennoch sehr. »Ist die Einladung … nur für mich?«

Kurz wirkt sie irritiert, aber dann schüttelt sie den Kopf.

»Du kannst Brook gern mitbringen«, erwidert sie. »Ihr seid doch das neue Traumpaar der Stadt – ach was, der gesamten Liga.«

»Hör mir auf.« Ich stöhne ungehalten und schüttle mit dem Kopf. »Wie nervig ist dieses Leben in der Öffentlichkeit, bitte? Ich kann nicht glauben, dass es Frauen gibt, die das erstrebenswert finden.«

»Meinst du zufällig Chiara und Konsorten?« Caroline lacht leise, und ich stimme mit ein.

»Die Presse hat sogar meine Großeltern ausgefragt.

Fehlt nur noch, dass meine Mutter ein Exklusivinterview über meine Kindheit geben will.« Ich lache verbittert auf, sodass ein mitleidiger Blick auf Carolines Gesicht entsteht. »Sorry, ich wollte dich nicht in Verlegenheit bringen. Aber sie würde das, ohne mit der Wimper zu zucken, machen, wenn der Preis stimmt.«

»Das mit deiner Mom tut mir leid«, sagt sie ehrlich und lächelt leicht. »Chad hat es mir neulich erzählt.«

»Das muss es nicht«, antworte ich und drücke zur Bestätigung meiner Worte ihre Hand. »Meine Schwester und ich hatten eine tolle Kindheit bei unseren Großeltern, die uns wie ihre Kinder aufgezogen haben.«

»Bist du deswegen Sozialarbeiterin?«, hakt Caroline interessiert nach.

»Ja. Mir tut es unwahrscheinlich leid, wie viele Kinder durch ihr familiäres Umfeld oder auch andere Faktoren auf die schiefe Bahn geraten. Ich möchte ihnen helfen und für sie da sein. Ohne meine Großeltern wären Lesley und ich im Pflegesystem gelandet.« Ich schüttle mich, weil ich mir das gar nicht vorstellen möchte.

»Verstehe.« Caroline nickt. »Vielleicht passt du deswegen so gut zu Brook. Du verstehst seine Situation.«

Ich ziehe die Augenbrauen zusammen und sehe sie verständnislos an. Was meint sie damit, dass ich seine Situation verstehe? Soweit ich weiß, war Brooklyn nie in Kontakt mit dem Pflegesystem und kommt nach eigener Aussage aus einer intakten Familie. Klar, er hat mir von dieser Bekannten erzählt, die als Teenager mit

Drogen zu tun hatte und schließlich im Gefängnis gelandet ist. Aber mehr war da nicht.

»Wie meinst du das?«, frage ich und packe die Einladung in meine Handtasche. »Brooklyns Situation?«

»Äh …« Caroline sieht mich verdutzt an und scheint erst jetzt zu kapieren, dass sie etwas weiß, was ich nicht weiß. Sie hat sich schlichtweg verplappert, und ich wüsste jetzt gerne, was hier los ist. Und zwar bevor ich morgen die Eltern meines Freundes kennenlerne und vielleicht in eine mehr als nur unangenehme Situation gerate.

»Caroline«, ermahne ich sie. »Was meinst du damit?«

»Nichts.« Sie will sich herumdrehen und in Richtung Ausgang des Parkplatzes zum Bus laufen, aber ich greife nach ihrem Arm und ziehe sie zurück.

»Was meinst du damit, dass ich seine Situation verstehe?« Ich kneife mir mit dem Daumen und Zeigefinger an die Nasenwurzel und atme tief durch. »Hör zu«, rede ich weiter auf meine Freundin ein. »Ich lerne morgen seine Eltern kennen … nach … nach fast drei Monaten. Er macht ein riesiges Geheimnis aus seiner Familie, erzählt mir rein gar nichts. Wenn du irgendwas weißt, was ich wissen sollte, sag es mir.«

»Das kann ich nicht«, erwidert sie sogleich. »Es geht mich nichts an, und … und ich habe schon zu viel gesagt. Es tut mir leid, Lilly.«

»Caroline«, bitte ich sie erneut. »Ich liebe ihn, und ich … ich will mir mit ihm eine gemeinsame Zukunft aufbauen, aber es gibt etwas, worüber er partout nicht mit mir sprechen will. Liegt … liegt es an seiner Bekannten, die drogensüchtig war?«

»Seine Bekannte?«, fragt sie und sieht sichtlich verwirrt aus. Ihre Augenbrauen sind zusammengezogen, und sie schüttelt mit dem Kopf. »Wovon redest du, Lilly? Lorraine ist seine Schwester.«

Mir fällt alles aus dem Gesicht, und ich habe Mühe und Not, nicht nach hinten umzukippen, als Caroline mir sagt, dass die Bekannte, von der er mir erzählt hat, in Wahrheit seine Schwester ist. Mein Herz rast in meiner Brust, und ich kann die Informationen kaum verarbeiten. Brooklyns Schwester war dieser ›Fall‹, den er mir im Auto geschildert hat. Es waren seine Eltern und er selbst, die er als hilflose Familienmitglieder beschrieben hat, während sie immer weiter und weiter abgerutscht ist.

»Oh mein Gott.« Ich schlage mir die Hand vor den Mund. »Seine … seine Schwester?«

»Ja«, sagt Caroline und zuckt mit den Schultern. »Es steht mir nicht zu, dir mehr dazu zu sagen, Lilly. Bitte versteh das.«

Ich verstehe es wirklich. Ich würde auch nicht wollen, dass der Freund einer Freundin über meine Familiengeschichte spricht. Vielmehr erschüttert mich aber, dass er nicht ehrlich zu mir war. Dass er mir die Wahrheit nicht gesagt und mich stattdessen immer wieder vertröstet und belogen hat. Brooklyn hat mich belogen, sogar noch, als ich ihn ganz direkt darauf angesprochen habe und wir bei Lesley sehr ausführlich darüber gesprochen haben.

Ich habe ihm alles erzählt – wirklich alles. Von

meiner Kindheit, über das Verhältnis zu meiner Mutter sowie ihr Verhältnis zu uns und ihren kontinuierlichen Drogenmissbrauch. Dass sie immer neues Geld will für Drogen, dass sie aus ihren Erfahrungen im Gefängnis nichts lernt und wie meine Großmutter immer noch versucht, ihr einziges Kind zu retten.

Und er? Er sagt nichts, kein Wort. Ich hätte es doch verstanden und wäre für ihn da gewesen. Wir hätten das zusammen durchgestanden, denn wenn diese angebliche Bekannte wirklich seine Schwester ist, dann wurde sie vor einigen Wochen aus dem Gefängnis entlassen. Das erklärt auch seine Veränderung seit diesem Zeitpunkt. Er musste sicher für sie da sein und mir deswegen so oft absagen.

»Eine Frage noch«, bitte ich Caroline, und sie stöhnt auf. Nickt aber. »Ist seine Schwester … also Lorraine … Ist sie aus dem Gefängnis entlassen worden vor einigen Wochen?«

»Ja«, erwidert sie. »Soweit ich weiß. Das belastet ihn zusätzlich, aber ich habe wirklich zu viel gesagt und … Da ist der Bus.«

Sie klatscht erfreut in die Hände, und ich spüre, wie meine Füße ihr folgen, aber mein Kopf ist ganz, ganz weit weg bei Brooklyns Verrat an mir und unserer Beziehung. Unserer Liebe. Das kann doch keine Grundlage für eine funktionierende Partnerschaft sein, wenn er zwei Leben lebt. Eins mit mir und eins mit seiner Familie beziehungsweise seiner Schwester. Denn seine Eltern darf ich morgen kennenlernen.

Eine weitere Frage, die mich umtreibt, ist, wo seine Schwester lebt. Ich war noch nie in seiner Wohnung, weil die angeblich entweder renoviert wurde oder zu weit weg von Queens ist. Was aber wenn …? Ich traue mich nicht, all diese Gedanken zu Ende zu denken, weil es mir das Herz bricht. Was, wenn seine Schwester in seiner Wohnung lebt? Durfte ich deswegen nie zu ihm nach Hause kommen, weil wir uns dann begegnet wären?

Brooklyn hat mich von vorne bis hinten hintergangen. Wie soll ich noch wissen, was Wahrheit und was Lüge war? Liebt er mich oder findet er bloß den Sex geil? Mir wird schlecht bei dem Gedanken, dass er mich nicht liebt und mich nur hinhalten wollte, weil er wusste, was auf uns zukommt, wenn die Wahrheit ans Licht kommt.

Der Bus hält an, und der Motor wird abgestellt. Zunächst steigen einige Mitarbeiter der Gladiators aus, bis die ersten Spieler folgen. Chad ist unter ihnen. Er holt sein Gepäck ab und verabschiedet sich freundlich von den Mitarbeitern sowie dem Busfahrer, ehe er lächelnd auf seine Frau zuhält.

Brooklyn ist einer der letzten Spieler, die aus dem Bus steigen. Als ich ihn entdecke, schlägt mein Herz schneller. Doch dieses Mal ist es nicht wie sonst diese Freude, ihn zu sehen, und die Sehnsucht nach dem, was wir tun werden, wenn wir allein sind. Da ist dieses klaffende Loch, das Carolines unbedachte Aussage hinterlassen hat. Meine Freundin wollte Brooklyn sicherlich nicht verraten, aber letztendlich kann ich ihr nicht dankbarer sein. Wer weiß, wie lange er mich noch belogen hätte. Tage, Wochen, Monate oder Jahre? Okay, das ist schon ein wenig lächerlich. Jahre wird er diese Scharade kaum aufrechterhalten können. Andererseits liest man immer wieder von Familienvätern, die in der einen Stadt des Landes ihren Bürojob haben sowie Frau und Kind, und in der anderen Stadt lebt ihr Partner, und sie sind homosexuell.

Als Brooklyn seinen Koffer in Empfang genommen hat und sich sowie Chad freundlich verabschiedet hat, schaut er auf. Er ist überrascht, mich zu sehen, und da er kurz zuvor sein iPhone in der Hand hatte, glaube ich, dass er mir schreiben wollte, dass er in einer Stunde bei mir ist. So hatten wir es auch geplant. Zu Hause wartet leckeres Sushi auf uns, ein frisch gemachtes Bett sowie ein neues Set Dessous, das ich gestern zur Feier des Tages gekauft habe. Nun glaube ich aber nicht mehr daran, dass er auch nur einen Fuß in meine Wohnung setzen wird. In den letzten Wochen habe ich dennoch dazugelernt, dass es in der Öffentlichkeit immer besser ist, seine Emotionen im Griff zu haben.

»Baby.« Ich habe überhaupt nicht mitbekommen, dass Brooklyn bereits bei mir angekommen ist. Er zieht mich in seine Arme und drückt seine Lippen sanft auf meine. Ich bin nicht in der Lage, den Kuss zu erwidern. »Was für eine Überraschung.«

»Hi«, würge ich hervor und schenke ihm ein Lächeln, als ich bemerke, dass einige Menschen uns beobachten. Vor allem die Ordner des Geländes scheinen nicht abgeneigt zu sein, den neuesten Klatsch und Tratsch mitzubekommen. »Ich habe zufällig die Key-Card im Auto gefunden und dachte mir, dass ich dich abhole.«

»Gute Idee«, stimmt Brooklyn mir zu und küsst

mich nochmal. »Du hast mir gefehlt.«

»Du mir auch«, antworte ich, merke aber, dass mein gesamter Körper unter Strom steht und ich es nicht schaffe, seine zärtliche Begrüßung zu erwidern. »Lass uns fahren, ja?«

Ich ziehe den Autoschlüssel des Audi hervor und halte ihn hoch. »Willst du oder soll ich?«

»Ich fahre«, entscheidet er und legt seinen Arm um meine Schultern, um mich an sich zu ziehen. »Ich habe mir überlegt, dass es schön wäre, wenn wir Weihnachten zu deiner Familie fliegen. Der Schnee in den Rocky Mountains ist sicher sehenswert und – Lilly?«

Ich sehe zu ihm auf und nicke.

»Tut mir leid«, erwidere ich. »Meine Woche war der Horror.«

Das ist nicht wahr, aber ich will nicht mit ihm über seine Weihnachtspläne sprechen, wenn ich nicht mal weiß, ob wir bis dahin noch zusammen sind.

»Natürlich.« Er seufzt und nimmt mir den Schlüssel ab. »Es tut mir leid, dass ich so unaufmerksam bin. Ich fahre dich nach Hause, und dann bekommst du eine Massage.«

Wir gehen schweigend zum Auto. Brooklyn lädt sein Gepäck in den Kofferraum, während ich bereits auf dem Beifahrersitz Platz nehme und nach meinem iPhone greife, das in der Mittelkonsole liegt. Tatsächlich sind dort Nachrichten von ihm.

Brooklyn: Hey Baby, wir sind gleich am Trainingsgelände

Brooklyn: Ich nehme mir ein Taxi und bin in ca. einer Stunde bei dir

Brooklyn: Ich liebe dich

ICH LÄCHLE und wische mir eine Träne aus dem Augenwinkel. Er kann das nicht alles gespielt haben, das kann und will ich nicht glauben.

»Lilly?« Ich zucke zusammen und sehe Brooklyn an. Seine Stirn liegt in Falten, und er ist besorgt. »Was ist mit dir?«

»Nichts«, lüge ich. »Fahr los.«

Ihm liegt noch etwas auf der Zunge, das merke ich ihm an, aber schlussendlich steuert er den Audi vom Parkplatz herunter auf die Straße und zurück in Richtung New York. Es wird eine Stunde dauern, bis wir bei mir zu Hause sind. Ich habe keine Ahnung, wie ich das überstehen soll, ohne in Tränen auszubrechen.

»Ich habe nochmal mit meiner Mom telefoniert«, beginnt er zu reden, und ich atme tief durch. »Wir sollen gegen Mittag da sein, und sie hat betont, dass du nichts mitbringen sollst und –«

»Hör auf«, unterbreche ich ihn barsch und balle meine Hände zu Fäusten, weil ich so wütend auf ihn bin. »Ich will nichts mehr davon hören.«

»Du willst …« Brooklyn stockt. »Was meinst du damit?«

»Was ich damit meine?« Mein Kopf fährt herum, und meine Stimme überschlägt sich. »Wann wolltest du mir sagen, dass Lorraine deine Schwester ist und nicht irgendeine … eine Bekannte?«

22

Brooklyn

Ich kann nicht sagen, wie oft ich das Szenario durchgespielt habe, dass ich Lilly die Wahrheit über Lorraine sage. Länger als heute Abend hätte ich es nicht mehr vor mir herschieben können, denn meine Schwester wird morgen auch zum Essen zu unseren Eltern kommen. Noch länger kann ich sie nicht voneinander fernhalten. Dass Lilly nun aber weiß, dass ich sie belogen habe, schockiert mich, denn ich kann mir nicht erklären, woher sie das weiß. Klar, es ist bekannt, dass ich eine Schwester habe, und einigen Leuten ist auch bekannt, dass sie im Gefängnis war, aber mir fällt partout nicht ein, wer von ihnen es ihr gesagt haben soll.

»Woher weißt du es?«, frage ich vorsichtig nach und schaue zur ihr hinüber.

»Das ist alles?« Ihre Stimmt klingt weinerlich. »Du

fragst mich, woher ich es weiß? Mehr interessiert dich nicht?«

Da ich mich auf den Verkehr konzentrieren muss, nehme ich nur im Augenwinkel wahr, wie sie sich die Tränen von den Wangen wischt. Es bricht mir das Herz, sie so zu sehen. Vielleicht habe ich es auch gerade deswegen so lange vor mir hergeschoben, weil ich sie nicht in diese Situation bringen wollte. Aber nun ist es passiert, und ich muss versuchen, es ihr zu erklären.

»Tut mir leid«, antworte ich. »Das … das ist natürlich unwichtig.«

Wir verfallen wieder in Schweigen, und während ich versuche, mich auf den Verkehr zu konzentrieren, höre ich Lilly leise neben mir weinen.

»Weißt du«, sie schnieft, »ich … ich verstehe, dass … das etwas sehr Persönliches für dich ist. Das tue ich wirklich, aber …«

»Lilly, ich –«

»Bitte lass mich ausreden«, unterbricht sie mich sogleich, und ich nicke verständnisvoll. »Wir sind seit … seit fast drei Monaten … na ja, daten einander. Wir sind seit zwei Monaten fest zusammen. Du hast meine Familie kennengelernt, meine Mutter und … und mich der gesamten Öffentlichkeit als deine Freundin präsentiert, aber hältst es in all der Zeit nicht für nötig, mich deinen Eltern und …«

»So ist es nicht«, versuche ich mich zu verteidigen.

»Du sollst mich ausreden lassen«, faucht sie. »Du hast es nicht für nötig gehalten, mir die Wahrheit über deine Schwester zu sagen, und ich habe dir alles gesagt, Brook.«

»Es tut mir leid«, beteuere ich wieder und schüttele den Kopf. Ratlos, wie ich die Situation noch retten soll, suche ich nach den richtigen Worten. »Am Anfang wollte ich es dir nicht sagen, weil es etwas sehr Persönliches ist, und je mehr Zeit vergangen ist, desto schlechter habe ich mich gefühlt.«

»Nicht schlecht genug, um es mir nicht zu sagen«, schießt sie zurück. »Wie lange wolltest du diese Scharade noch aufrechterhalten? Ich meine, wenn ... wenn Caroline sich nicht verplappert hätte ... dann ... dann würde ich immer noch an die Geschichte mit deiner Bekannten glauben.«

Caroline, aber natürlich. Darauf hätte ich auch selbst kommen können. Dass Jenna etwas über die Sache weiß, das habe ich nicht geglaubt. Pierce darf darüber nicht sprechen, mit keiner seiner Freundinnen, und daran hält er sich auch eisern. Er weiß, wie wichtig es mir ist, dass dieser Teil meiner Vergangenheit nicht in der Presse publik wird. Aber ich hätte mir denken können, dass andere meiner Teamkollegen, gerade die, die seit Jahren feste Partnerinnen haben, nicht so schweigsam sind. Chad hat es nun mal Caroline erzählt. Ich glaube auch nicht, dass sie eine Tratsche ist, so wirkt sie nicht. Vermutlich wusste sie nicht mal, dass Lilly nicht Bescheid weiß. Die beiden haben sich angefreundet und sind auf das Thema Familie gekommen. Es steht Thanksgiving vor der Tür, aber das sind alles nur Spekulationen meinerseits.

»Ich wollte es dir heute sagen«, erwidere ich auf ihr Geständnis. »Ich weiß, dass ich es dir viel zu spät gesagt hätte, und ich weiß auch, dass ich dich damit verletzt habe, aber …«

»Mich verletzt?« Lillys Stimme überschlägt sich fast. »Du hast mir das Herz gebrochen, Brook. Ich liebe dich, verstehst du, und du liebst mich. Menschen, die einander lieben, sagen einander die Wahrheit, vor allem, wenn es um die Familie geht. Und du weißt, wie wichtig mir das ist, gerade weil meine Familie so eine … eine Katastrophe ist.«

»Ich weiß«, gebe ich zerknirscht zu und würde am liebsten die Augen schließen, um einen Moment zu überlegen, was meine nächsten Worte sind. Das ist bei hundert km/h auf der Interstate nach New York nicht möglich. Verzweifelt schlage ich mit dem Handballen auf mein Lenkrad. »Ich habe alles falsch gemacht, das musst du mir nicht sagen.«

»Scheinbar muss ich das schon, denn du kapierst es nicht«, faucht sie. »Du hast mich belogen, Brook. Du hast mir immer und immer wieder verschwiegen, was mit deiner Familie ist. Und wenn wir ehrlich sind, wusstest du genau, dass ich dir das nicht abkaufe. Ich habe geglaubt, dass es nichts Wildes ist und du einfach nicht gern über sie redest. Nachdem deine Eltern uns für morgen zum Essen eingeladen haben, habe ich mich sehr gefreut und meine Bedenken allesamt beiseitegeschoben. Und willst du wissen, warum?« Ich will antworten, aber scheinbar war das eine rhetorische Frage, denn Lilly redet sofort weiter. »Weil ich dich gottverdammt nochmal liebe und dir vertraue.«

»Ich liebe dich auch«, erwidere ich sofort und will nach ihrer Hand greifen, aber Lilly schlägt sie weg.

»Fass mich nicht an«, schnauzt sie. Doch ihre Stimme bricht bereits im nächsten Satz zusammen. »Ich brauche Abstand.«

»Lilly, bitte …« Ich atme tief durch. »Darf ich es dir erklären?«

»Was bringt das noch?« Ihr Kopf fährt herum, und ich schiele zu ihr hinüber. »Du hast mich belogen, obwohl du wusstest, wie wichtig mir das Thema Familie ist, und vor allem, dass wir damit ehrlich umgehen, stattdessen denkst du dir diese bescheuerte Story mit der Bekannten aus.«

»Genau deswegen konnte ich es dir nicht sagen«, beteuere ich und streiche mir frustriert mit der rechten Hand durchs Gesicht. Das ist kein Gespräch für eine Autofahrt, aber ich weiß, dass sie aussteigen wird, sobald wir bei ihr ankommen, und mich nicht mehr sehen will. Ich kenne Lilly gut genug, um zu wissen, dass sie hart bleiben wird. Ich werde sie verlieren, und der Gedanke schneidet mir die Luft zum Atmen ab. »Anfangs war das Vertrauen nicht da. Lorraine ist der wichtigste Mensch in meinem Leben, und ich … ich konnte sie nicht beschützen, als sie mich am meisten brauchte.«

Ich atme tief durch und versuche, die bitteren Erinnerungen an jenen Abend vor fast sechs Jahren zu verdrängen. Es war mein letztes Semester am College, und wir waren zu dieser mega coolen Party eingeladen. Außerdem war dort dieses Mädchen, das ich seit Monaten rumkriegen wollte. Das Letzte, wofür ich einen Kopf hatte, war meine kleine Schwester, die ständig ausriss und uns nur Probleme machte. Ich habe getrunken an dem Abend, sehr viel getrunken und Lorraines Anrufe weggedrückt. Am nächsten Morgen haben meine Eltern mir von der Verhaftung erzählt. Es ist alles meine Schuld. Ich hätte sie beschützen müssen, sie abholen an diesem Abend, weil sie bereits ein ungutes Gefühl hatte und meine Hilfe brauchte, und was habe ich gemacht? Mich volllaufen lassen, um zu ficken.

Jemand Fremden zu früh in unsere Geschichte einzuweihen und eine weitere Person auf meiner Schweigegeldliste hinzuzufügen oder mit Millionenklagen zu bedrohen, wollte ich nicht. Ich habe in den letzten Jahren dazugelernt.

»Das ist kein Grund, mich wochenlang zu belügen, Brook.«

»Nein«, stimme ich ihr zu. »Das ist es nicht, aber je länger wir zusammen waren und je mehr du mir erzählt hast, desto weniger konnte ich es dir erzählen. Ich … ich habe mich furchtbar gefühlt, dass ich es dir vorenthalten habe. Heute Abend wollte ich es dir sagen, aber jetzt weißt du es.«

»Okay.« Mehr sagt Lilly nicht und starrt aus dem Fenster. Wir verfallen in ein Schweigen, und ich steuere den Wagen sicher über die Interstate in Richtung Brooklyn, um Lilly nach Hause zu bringen. Mit zu mir kann ich sie nicht nehmen, denn dort ist Lorraine. Die beiden heute aufeinandertreffen zu lassen, wäre wie Kryptonit. Alles würde mir um die Ohren fliegen. Denn Lorraine ist nicht minder sauer auf mich. Auch wenn sie von Lilly weiß.

»Lori weiß von dir«, versuche ich nochmal ein

Gespräch aufzubauen und ein wenig Schadensbegrenzung zu betreiben. »Und sie möchte dich seit Wochen kennenlernen.«

Lilly antwortet mir nicht, sondern starrt stur aus dem Fenster. Als wir in Brooklyn sind und ihrem Wohnhaus immer näherkommen, atme ich tief durch.

»Ich … ich schätze, du möchtest heute Abend allein sein.« Ich bekomme Magenschmerzen bei dem Gedanken daran, sie nun allein zu lassen in ihrer Wohnung.

Sie antwortet mir nicht, und ich setze den Blinker, um rechts ranzufahren. Dann stelle ich den Audi auf Parken und schaue zu Lilly hinüber. Im Schein der Straßenlaterne, da es mittlerweile dunkel geworden ist, schimmern die Tränen, die immer noch über ihre Wangen laufen.

»Lilly«, wispere ich und strecke meine Hand aus, um sie ihr wegzuwischen, aber sie schlägt sie auch dieses Mal weg.

»Fass mich nicht an«, faucht sie und greift nach ihrer Tasche, nachdem sie sich abgeschnallt hat. »Fass mich nie wieder an.«

»Tut … tut mir leid.« Ich presse die Lippen zusammen und starre sie an. »Soll ich nach Hause fahren.«

»Es ist mir egal, wohin du fährst«, erwidert sie und stößt die Tür auf. Kalte Luft dringt ins Innere des Wagens, und die frostigen Temperaturen kommen der Stimmung zwischen uns gleich. »Aber zu mir brauchst du nie wieder zu kommen.«

Mein Herzschlag setzt für einen Moment aus, und

brennende Säure schießt mir die Speiseröhre nach oben. Ich presse die Lippen zusammen, um mich nicht augenblicklich zu übergeben. Was … was soll das heißen, dass ich nie wieder kommen soll? Sie wird doch nicht …? »Machst du Schluss?« Ich keuche. »Lilly … das … das kannst du nicht ernst meinen. Bitte, ich –«

»Glaubst du, ich will auch nur noch eine Sekunde mit dir zusammen sein. Noch einmal deine … deine Lügen hören?«

»Ich habe nicht gelogen.« Zum ersten Mal, seitdem wir unser Gespräch begonnen haben, erhebe ich meine Stimme, um mich zu verteidigen. »Ich habe Dinge nicht geradegestellt, ja. Aber ich habe nicht gelogen. Ich liebe Lorraine, sie ist der wichtigste Mensch in meinem Leben und –«

»Und was bin ich?« Lilly war noch nie so außer sich wie in diesem Augenblick. Nicht mal, als ihre Mutter vor uns stand. »Sag es mir, Brook.« Sie schluchzt sie und wischt im nächsten Moment aggressiv ihre Tränen weg, als dürfte sie diese Schwäche vor mir nicht zeigen. »Du hast gesagt, dass du mich liebst, und … und jetzt bin ich es nicht mal wert, die Wahrheit zu kennen. Stattdessen sagst du mir nur, wie sehr du deine Schwester liebst. Ich liebe Lesley auch, aber ich würde dich für sie nicht derart belügen.«

»Hat Lesley dich schon mal angerufen, weil sie Hilfe brauchte, aber du wolltest dich lieber volllaufen lassen und sie … sie hat den größten Fehler ihres Lebens begangen?«

»Darum geht es nicht«, weist sie mich ab und schüttelt den Kopf. »Es geht darum, dass ich keine Beziehung mit einem Menschen führen kann, der mich so sehr belogen hat wie du. Natürlich hat alles seine Gründe, das will ich auch nicht in Frage stellen, aber die Art und Weise, wie du es gemacht hast, ist nicht in Ordnung.«

»Ich habe einen Fehler gemacht, und du machst Schluss?« Ich starre sie im Licht der spärlich leuchtenden Straßenlaterne an. »Das ist deine Art, mit Problemen umzugehen? Vielleicht war es richtig, dass ich es dir nicht erzählt habe.«

»Du kapierst echt gar nichts«, zischt sie und springt aus dem Wagen. Wütend schlage ich auf das Lenkrad und will ihr etwas hinterherrufen, aber Lilly knallt die Tür zu und rennt in Richtung Haustür.

»Scheiße«, brülle ich. »Scheiße, Scheiße, Scheiße.«

Kurz überlege ich, ihr zu folgen, aber dann verschwindet sie auch schon im Haus.

Ich betrete meine Wohnung, kicke meine Schuhe von den Füßen und wähle zum wiederholten Mal Lillys Nummer.

»Hallo, hier ist die Mailbox von …«

Ich drücke sie erneut weg und schiebe mein iPhone zurück in meine Hosentasche, bevor ich ins Wohnzimmer komme. Ein Netflix-Film läuft, und Lorraine liegt auf der Couch.

»Hey«, begrüßt sie mich überrascht. »Was machst du hier? Ich dachte, du bist bei Lilly.«

»Es gibt keine Lilly mehr«, lasse ich meine Schwester wissen und schlucke den dicken Kloß in meinem Hals runter. Binnen einer Sekunde sitzt Lorraine kerzengerade auf der Couch und sieht mich mit großen Augen an.

»Wie … es gibt keine Lilly mehr?« Sie schaltet den Film auf Pause. »Was meinst du damit?«

»Sie hat Schluss gemacht«, knurre ich. »Schau deinen Film und lass mich in Ruhe, Lori.«

Ich weiß, dass meine Schwester mich nicht in Ruhe lassen wird, aber gerade will ich mit niemand anderem reden außer mit Lilly. Ich will sie zurück. Ich liebe sie, und sie gehört doch zu mir. An meine Seite, in mein Leben, und ich würde am liebsten all meine Entscheidungen in den letzten Wochen rückgängig machen, aber das kann ich nicht.

Ich laufe die Treppe nach oben und durchquere den Flur, um in mein Arbeitszimmer zu kommen. In diesem habe ich einen Schrank randvoll mit einigen der teuersten Whiskeyflaschen des Landes. Immer wieder schenken mir Brauereien ihre Whiskeys in der Hoffnung, dass ich sie bei Instagram präsentiere und Werbung für sie mache. Da ich aber keinen Alkohol trinke, wird das nicht passieren. Zumindest bis heute.

Ich reiße die Tür auf und greife wahllos nach einer Flasche. Es ist mir egal, welche Marke und wie teuer er ist. Hauptsache, er hilft mir gleich, zu vergessen, dass ich die Frau, die ich liebe, verloren habe.

Ich nehme mir ein Glas, um nicht ganz so ungesittet zu wirken, und setze mich an meinen großen Kiefernschreibtisch. Meistens bin ich hier, um mir Verträge an dem riesigen iMac durchzulesen oder E-Mails mit meinem Manager auszutauschen. Seitdem Lorraine hier wohnt, telefoniere ich hier drin auch öfters, damit sie nicht alles mitbekommt.

Ich öffne den Whiskey, und bereits der Geruch lässt mich brechen. Es ist widerlich. Ich hasse Alkohol, und ich weiß bereits jetzt, dass ich mich dafür hassen werde, dass ich ihn trinke. Aber ich will Lilly vergessen.

Ich schütte mir reichlich ein. Doppelt so viel, wie man üblicherweise in ein Whiskeyglas füllt, und trinke es in einem Zug aus. Dann ein zweites und ein drittes. Es schmeckt noch viel schlimmer, als ich es in Erinnerung habe. Das Brennen in meiner Speiseröhre ist unerträglich.

»Brook.« Lorraine kommt herein und auf mich zu. Die Arme vor der Brust verschränkt mustert sie mich kritisch. »Trinkst du?«

Sie klingt besorgt und bestürzt zugleich, was mir zum wiederholten Male den Magen auf links dreht.

»Ja.« Eine klare Antwort, nach der sie hoffentlich wieder gehen wird.

»Warum?«, will sie stattdessen wissen und kommt näher. »Wegen Lilly?«

Ich schütte mir ein fünftes Glas ein und will es trinken, als meine Schwester es wegzieht.

»Hör auf«, zische ich und will es mir zurückholen, aber Lorraine hält es außer Reichweite. Frustriert gebe ich ein Schnauben von mir.

»*Du* hörst auf«, erwidert sie, und ihre Augen schimmern. Jetzt weint sie auch noch, das darf doch alles nicht wahr sein. »Warum tust du das, Brook? Glaubst du, dass es etwas ändert? Dass es damals etwas geändert hätte, wenn du gekommen wärst?«

Ich antworte Lorraine nicht und will ihr das Glas erneut abnehmen, aber meine Schwester trinkt es stattdessen selbst aus.

»Was machst du da?«, knurre ich. »Hör auf damit.«

»Dann hör du auch auf«, bittet sie mich und setzt sich auf die Kante des Schreibtisches. »Das bringt dir Lilly nicht zurück.«

»Nein, aber ich kann sie vergessen«, murmle ich. »Und das gefällt mir genauso gut.«

Lorraine verdreht die Augen und bringt Glas sowie Flasche außer Reichweite. Ich ziehe die Brauen hoch und deute auf den Schrank hinter mir. »Du weißt, dass ich eine ganze Sammlung davon habe, oder?«

»Und du weißt, dass das nichts bringt«, sagt sie ruhig und massiert ihre Schläfen, als müsste sie ernsthaft darüber nachdenken, was sie als Nächstes sagt. »Es bringt dir Lilly nicht zurück. Was ist denn überhaupt passiert, dass sie Schluss gemacht hat?«

Ich stöhne auf und beginne, Lorraine die Geschichte zu erzählen. Aktuell fällt mir auch nichts Besseres ein. Noch dazu ist meine Schwester auch eine Frau und kann mir vielleicht einen Rat geben, warum Lilly so reagiert hat.

23

Lilly

MIT EINER TASSE Kaffee bewaffnet schleppe ich mich zur Couch und lasse mich darauf nieder. Die vergangene Nacht war der Horror. Ich habe durchgehend wachgelegen und mir die Augen aus dem Kopf geweint, während ich mich gefragt habe, was ich falsch gemacht habe, dass Brooklyn mir sein Vertrauen nicht schenken wollte. Nicht mal, nachdem er mir offenbart hat, dass er mich liebt. Zwar glaube ich ihm seine Beteuerung, dass er irgendwann nicht mehr wusste, wie er es mir sagen sollte, weil zu viel Zeit vergangen ist, aber dennoch hätte er es tun müssen. Auf dieser Grundlage kann für mich keine Beziehung funktionieren, und darum habe ich Schluss gemacht. In dem Moment, als ich es getan habe, war es eine Kurzschlussreaktion, definitiv. Mir war gestern alles zu viel. Carolines Worte, Brooklyns Ausflüchte, warum er mich belogen hat, und schlussendlich die Erkenntnis, dass ich ihm nicht wichtig genug bin, um seine größte Sorge mit mir zu teilen.

Jetzt sitze ich hier und frage mich, ob es wirklich richtig war oder ich ihm die Chance hätte geben müssen, sich zu erklären.

Aber nein, das hat er immer getan, und das hat uns auch in diese Situation gebracht. Brooklyn hatte nie die Absicht, ehrlich zu mir zu sein. Mittlerweile glaube ich sogar, dass er sich heute noch etwas hätte einfallen lassen, damit wir nicht zu seinen Eltern fahren können. Immerhin wollte er auch nochmal betonen, dass ich nichts zum Essen machen soll. Das würde er nicht tun, wenn er nicht absagen will und die Lebensmittel dann verfallen. In meinem Job braucht man sich keine Sorgen um verfallene Lebensmittel zu machen. Die Kids hätten sich wahnsinnig gefreut, aber was spielt das schon für eine Rolle? Brooklyn hat zwei Leben geführt – eins mit mir und eins mit seiner Familie. Auf Dauer hätte das nicht gutgehen können. Lieber ein Ende mit Schrecken als ein Schrecken ohne Ende.

Ich greife nach meinem iPhone, das ich gestern Abend ausgeschaltet habe, nachdem Brooklyn zweimal versucht hat, mich anzurufen. Ich schalte es wieder ein, entsperre es zunächst mit dem Code und gebe dann meinen vierstelligen PIN ein. Wehmütig betrachte ich mein Hintergrundbild. Brooklyn und ich vor zwei Wochen, bevor wir essen gehen wollten. Wir stehen wie Teenager vor meinem bodentiefen Spiegel im Schlafzimmer. Er hat seine Arme von hinten um mich geschlungen, während ich ein Selfie von uns mache. Das Bild muss dringend ausgetauscht werden. Darum muss ich mich später kümmern, denn sogleich zeigt es mir mehrere iMessage-Nachrichten sowie entgangene Anrufe und Nachrichten auf meiner Voicemail von Brooklyn an. Seufzend gehe ich auf die Nachrichten-App und lese sie mir durch.

Brooklyn: Es tut mir leid, dass ich es dir nicht gesagt habe, aber ich hielt es für das Beste. Dass das falsch war, weiß ich nun.

Brooklyn: Vergiss meine Nachricht von vorhin. Ich hielt es nicht für das Beste, ich wusste nur irgendwann nicht mehr, wie ich es dir sagen soll.

Brooklyn: Ich liebe dich, Lilly

Brooklyn: Bitte ruf mich an

Damit enden die Nachrichten, die ich allesamt unbeantwortet lasse, und ich schließe die App wieder, ehe ich seine entgangenen Anrufe durchgehe. Es sind fünfzehn an der Zahl, die sich von gestern Abend, direkt nachdem ich das iPhone ausgeschaltet habe, bis in die frühen Morgenstunden ziehen. Was zum Teufel hat er die ganze Nacht getrieben, dass er mich von halb elf bis Viertel vor vier immer wieder angerufen hat? Ich drücke meine Voicemail an und erwarte bereits das Schlimmste, als ich feststellen muss, dass er nur zweimal draufgesprochen hat. Ich hatte damit gerechnet, dass Brooklyn die vollen fünfzehn Mal eine Nachricht hinterlassen hat. Mit klopfendem Herzen lasse ich meinen Daumen über der Play-Taste kreisen. Es wird ein Fehler sein, seine Stimme zu hören. Denn dann werde ich schwach und rufe ihn möglicherweise zurück. Das will ich nicht. Er soll nicht denken, dass ich ihm nachlaufe und ein Gespräch brauche. Er hat mir das Herz gebrochen, und dennoch sitze ich hier und denke ernsthaft darüber nach, ihm noch mehr Schmerzen zuzufügen. Auch wenn ich tief in mir drin genau weiß, wie dumm es ist, seine Stimme zu hören, drücke ich auf Play.

»Hey«, höre ich ihn sagen und muss unweigerlich lächeln. Er klingt ausgelaugt und müde. »Bitte ruf mich zurück. Ich muss mit dir reden.«

Ich seufze und höre die nächste Nachricht ab.

»Hey Lilly«, sagt er. »Schon wieder die Mailbox … Wenn … wenn du das abhörst, ruf mich bitte zurück. Ich will dir alles erklären.«

Ich wische mir die aufkommenden Tränen aus dem Gesicht. Natürlich muss ich wieder weinen, wenn ich seine Stimme höre. Er klingt so gar nicht nach Brooklyn. Ich kenne ihn immer fröhlich, stark, dominant und manchmal auch nachdenklich, aber nicht so … so zerstört.

»Du hast mich dazu gebracht, nach fast sechs Jahren Alkohol anzurühren«, sagt er in der letzten Voicemail, und ich zucke zusammen. Er hat fast sechs Jahre keinen Alkohol getrunken? Mir ist aufgefallen, dass er stets gefahren ist, wenn wir unterwegs waren, aber ich habe es darauf geschoben, dass er als Leistungssportler in der Saison nicht trinkt. Im Gegensatz zum Großteil seiner Teamkollegen. »Sechs verdammte Jahre und dann … dann kommst du und … und stellst mein Leben komplett auf den Kopf. Fuck – ich liebe dich, Baby. Ich liebe dich, Lilly, hörst du? Und du … du verlässt mich, weil ich … weil ich sie beschützen wollte … Warum hast du das getan?«

Dann ein Knacken, und das Gespräch ist beendet.

Die Tränen bahnen sich erneut ihren Weg über meine Wangen, und ich wische sie aggressiv weg. Dieser verfluchte Scheißkerl. Wie kann er es wagen, mir noch Vorwürfe zu machen? Er hat mich belogen, er hat ein Doppelleben geführt, *er* ist jedem Gespräch zu seiner Familie ausgewichen und nicht ich. Ich habe ihn sogar zu meiner Familie mitgenommen, weil es mir wichtig war, dass Brooklyn sie kennenlernt. Und was soll das heißen, dass er getrunken hat, weil ich sein Leben auf den Kopf gestellt habe. Ich habe ihn nicht gebeten, zur Flasche zu greifen. Das hat er ganz allein entschieden, und wenn ich ihm wirklich so wichtig wäre, wie er mir weismachen will, hätte er nicht gesoffen.

Wütend werfe ich mein iPhone neben mich und lege den Kopf in den Nacken, um die Augen zu schließen, in der Hoffnung, dass das Gedankenkarussell weniger wird. Das Einzige, was passiert, ist, dass noch mehr, noch dickere Tränen aus meinen Augen quellen. »Scheiße.« Ich schluchze und wische sie weg. »Wie konnte es nur so weit kommen?«

Frustriert stehe ich auf und trinke meinen Kaffee auf dem Weg ins Badezimmer aus. Fluchend verbrenne ich mir noch die Zunge und stelle die halbleere Tasse schließlich im Flur auf der Kommode ab, ehe ich das Badezimmer betrete und mich ausziehe, um unter die

Dusche zu steigen. Wenn ich es schon nicht schaffe, meinen Kopf halbwegs zu bereinigen und menschlich wirken zu lassen, dann doch wenigstens meinen Körper. Eine Dusche wird mir guttun und die Gedanken aus meinem Kopf vertreiben. Das Einzige, woran ich gerade allerdings denken kann, ist, dass ich froh bin, dass wir im Badezimmer keinen Sex hatten. Im Gegensatz zur Küche, der Couch, einigen Wänden und natürlich meinem Bett. Mir ist doch echt nicht mehr zu helfen, aber wenigstens weiß ich jetzt, dass ich Brooklyn auch mit einer Dusche nicht aus meinem Kopf bekomme.

Ich schließe die Wohnungstür auf und betrete den Flur. Mit zwei Einkaufstüten in der Hand streife ich meine Schuhe verbotenerweise in der Wohnung ab und schlendere in die Küche, um meine spärlichen Einkäufe vom Kiosk, die fünfmal so teuer waren wie im Supermarkt, in den Kühlschrank zu räumen. Brooklyn und ich wären heute zum Essen bei seinen Eltern gewesen, und ich habe bereits damit gerechnet, dass seine Mom so viel Essen zubereitet hat, dass wir uns noch Tage davon ernähren können. Alles fein säuberlich in Tupperdosen verpackt hätte Mrs. Webster uns ihre Köstlichkeiten mitgegeben. Ich kenne es so von meiner Grandma, Jennas oder Lukes Müttern.

Ich betrete die Küche und sehe auf, als mir ein spitzer Schrei entkommt. Vor Schreck lasse ich fast die

Einkäufe fallen, und mein Herz schlägt so verdammt schnell in meiner Brust, dass es zu explodieren droht.

In meiner Küche steht Brooklyn. An die Anrichte gelehnt und mit einem riesigen Blumenstrauß in der Hand sieht er mich an. Ich atme einmal tief durch, um mich zu beruhigen, und gehe langsam einen Schritt auf ihn zu, um die Einkäufe auf dem Küchentisch abzustellen. Er sieht müde aus, noch müder als ich. Dicke Augenringe zieren sein sonst so makelloses Gesicht. Es könnte aber auch an den Unmengen Alkohol liegen, die er in den letzten Stunden zu sich genommen haben muss.

Das Teufelchen auf meiner Schulter freut sich, dass es ihm genauso schlecht geht wie mir nach unserer Trennung. Er sieht aus, wie ich mich fühle. Einfach beschissen.

»Was zur Hölle tust du hier?«, fahre ich ihn an und stemme die Hände in die Hüften.

»Ich will mit dir reden«, erwidert er.

»Und dir fällt nichts Besseres ein, als in meine Wohnung einzudringen und –«

»Ich habe einen Schlüssel«, rechtfertigt er sich sofort, und ich nicke. Das ist nicht mal gelogen. Sollte ich also die Polizei rufen und diese bitten, ihn hinauszubegleiten, wäre es kein Einbruch, weil ich ihm einen Schlüssel gegeben habe.

»Den hast du sicherlich nicht, um hier einfach einzubrechen.« Genervt sehe ich ihn an und halte auffordernd meine Hand auf. »Her damit.«

»Jetzt hör mir doch erst mal zu«, erwidert er und

macht keinerlei Anstalten, mir den Schlüssel auszuhändigen. »Bitte.«

»Nein, keine Chance«, weise ich ihn ab. »Gib den Schlüssel her und raus hier. Ich will dich nicht mehr sehen.«

Er tritt einen Schritt nach vorne, und ich glaube bereits, dass er zu mir kommen will, aber stattdessen legt er den Blumenstrauß auf den Tisch und kommt auf mich zu.

»Lilly!« Mit einem Mal verändert sich seine Stimmung von reuevoll zu wütend. »Gib mir doch wenigstens die Chance, es dir zu erklären. Das ist nicht fair … Ich … ich habe einen Fehler gemacht. Das sehe ich auch absolut ein, aber ich ... ich habe es verdient, dass du mich anhörst. Oder bin ich dir seit gestern Abend so egal geworden?«

»Egal?«, keife ich und schlucke den Kloß in meinem Hals hinunter, dass er tatsächlich annimmt, dass er mir egal ist. »Du bist mir nicht egal, verdammt. Glaubst du wirklich, dass ich dich seit gestern Abend vergessen habe – dich nicht mehr liebe?«

Ich beginne von Neuem zu schluchzen und will mit aller Macht verhindern, dass ich in Tränen ausbreche. Wütend wische ich mir über die Wangen und sehe Brooklyn an. Er presst die Lippen aufeinander und kommt noch einen weiteren Schritt auf mich zu.

»Was soll ich tun, außer zu versuchen, mich zu erklären und dich um eine Chance zu bitten?«, will er von mir wissen, und ich zucke hilflos mit den Schultern. »Ich liebe dich, und ich will das mit uns nicht verlieren.«

»Warum hast du mir dann nicht die Wahrheit gesagt?«, frage ich und wische erneut meine Tränen weg.

»Ich konnte nicht.« Er seufzt. »Anfangs wollte ich es dir nicht sagen, weil das … das Vertrauen war noch nicht da. Dann … dann bin ich auf Grund deines Jobs dazu übergegangen, dass ich Angst hatte, du würdest Lorraine analysieren.«

»Analysieren?« Ich glaube, meine Stimme war selten so schrill. »Hast du völlig den Verstand verloren?«

Er muss eindeutig den Verstand verloren haben, sonst würde er nicht so einen Schwachsinn von sich geben. Es liegt mir absolut fern, seine Schwester zu analysieren. Natürlich würde ich sie auch aus professioneller Sicht betrachten, aber ich glaube, das ist ganz normal. Darüber hinaus würde ich aber nicht über Lorraine urteilen, da ich gut genug weiß, wie schnell Menschen urteilen, die nicht mal ein Bruchstück deiner Geschichte kennen.

»Das hat Pierce auch gefragt.« Er will einen Witz machen, aber das ist der absolut falsche Zeitpunkt für Humor. »Tut mir leid.«

»Ich weiß, wie es ist, wenn jeder um dich herum meint, besser zu wissen, was du durchmachst, als du selbst«, sage ich und sehe ihn an. »Wie es ist, wenn sich jeder das Maul über dich und … und deine Familie zerreißt, weil du doch … das … das Kind eines Junkies bist.« Ich atme tief durch und versuche, meine Gefühle zu kontrollieren. »Ich bin … ich war all das. Lorraine war drogensüchtig, nehme ich an?« Er zuckt mit den

Schultern. Damit scheint er es nicht zu wissen. Das ist aber vielleicht auch besser so. »Oder zumindest ist sie von zu Hause weggelaufen und wollte nicht mehr bei euch leben, kam auf die schiefe Bahn und landete im Gefängnis. Was ist daran so schlimm, dass du es mir – mir Brooklyn, nicht Jenna, Caroline oder auch meiner Schwester – nicht sagen konntest?«

Er sagt nichts und greift nach meiner Hand. Ein Stromschlag durchfährt meinen Körper, und die Stelle, an der er mich berührt, fühlt sich an, als würde jemand tausend Volt durchjagen. Ich stehe völlig unter Strom, und überall kribbelt es. Dennoch will ich ihm meine Hand entziehen, um weiterhin genug Abstand zwischen uns zu bringen. Aber Brooklyn lässt mich nicht.

»Es ist meine Schuld, dass sie ins Gefängnis musste«, gesteht er mir mit zusammengepressten Lippen. »Ich war nicht für Lorraine da, weil ich wütend auf sie war und feiern wollte.«

»Brook, ich ...« Es schnürt mir die Kehle zu, ihn so zu sehen. Seine Augen glitzern.

»Verstehst du, Lilly?« Er presst die Lippen zusammen. »Weil ich Spaß hatte mit meinen Kumpels und ein Mädchen am College aufreißen wollte, musste meine Schwester ins Gefängnis. Ich ... ich kann es mir nicht verzeihen, dass ich sie damals im Stich gelassen habe, aber jetzt ... jetzt kann ich alles anders machen und sie beschützen.«

»Vor mir?«, krächze ich und schüttle mit dem Kopf. »Aber warum?«

»Du verstehst das nicht, aber ...«

»Dann erkläre es mir«, bitte ich ihn und drücke

seine Hand. »Erzähl mir alles, Brook. Ganz von vorne, und ich verspreche dir, dass ich dir zuhören werde.«

Und das werde ich tun. Was auch immer dieses Gespräch für unsere Beziehung, unsere Liebe bedeutet – ich werde ihn anhören.

24

Brooklyn

ALS MIR EINGEFALLEN IST, dass ich noch einen Zweitschlüssel zu Lillys Wohnung besitze, bin ich zu ihr gefahren. Selbstverständlich habe ich zunächst geklingelt, um herauszufinden, ob sie zu Hause ist oder nicht. Als nach wiederholtem Klingeln und Rufen niemand aufgemacht hat und ich bereits Gefahr laufen musste, dass die Nachbarn die Polizei alarmieren, habe ich mit dem Schlüssel die Wohnung betreten. Nachdem ich nochmal in allen Räumen nach Lilly gesehen habe und mir wirklich sicher war, dass sie nicht da ist, habe ich in der Küche auf sie gewartet. Niemals wollte ich sie dermaßen erschrecken, wie ich es getan habe, aber natürlich war für sie nicht abzusehen, dass sich jemand in ihrer Wohnung befindet.

Wir setzen uns, mit etwas Abstand zueinander, auf die Couch, und ich habe das Gefühl, mich in einem absoluten Déjà-vu zu befinden. Das letzte Mal, als wir hier saßen, musste ich mich auch bei ihr entschuldigen, weil ich mich furchtbar verhalten habe. Allerdings sind mein Abgang im Restaurant und mein Verhalten gegenüber Brian ein Kindergeburtstag im Vergleich zu dem, was ich diesmal angestellt habe. Ich stütze meine Unterarme auf meinen Oberschenkeln ab und vergrabe mein Gesicht in meinen Händen, um die richtigen Worte für eine Erklärung zu finden.

»Lorraine ist fünf Jahre jünger als ich«, beginne ich zu erzählen. »Als sie in die Pubertät kam, hat sie angefangen, sich zu verändern. Ich war bereits achtzehn Jahre alt und auf dem Weg zum College. Football war das Einzige, was mich interessiert hat, und … und meine Eltern, vor allem mein Dad, haben mich immer unterstützt. Ich finde aber nicht, dass sie Lorraine vernachlässigt haben. Sie haben ihr ebenso alles ermöglicht wie mir, sie umsorgt und geliebt. Lorraine macht ihnen auch keine Vorwürfe. Sie hat noch nie etwas Gegenteiliges zu meinen Eltern gesagt.«

Ich atme tief durch und sehe Lilly an. Sie ist angespannt, aber dennoch ruhig und hört mir zu.

»Mit vierzehn war sie das erste Mal für mehrere Tage verschwunden«, erzähle ich weiter. »Ich war auf dem College und habe nicht mehr zu Hause gelebt. Meine Eltern sind umgekommen vor Sorge, aber Lorraine meinte nach ihrer Rückkehr nur, dass sie chillen sollen und sie bei Freunden war.« Ich schüttle erneut mit dem Kopf, weil ich ihr Verhalten niemals nachvollziehen werde. »Ihr Fernbleiben von zu Hause wurde immer mehr, ihre Art, mit uns umzugehen, immer grober und … und respektloser.«

Ich reibe mir mit den Händen über den Nacken und hole tief Luft. Für den Moment kann ich nichts mehr sagen und muss mich sammeln.

»Ich kann die Situation nicht bewerten«, sagt Lilly, als ich nicht weiterspreche. »Ich kann nur Vermutungen anstellen, die ich erfahrungsgemäß in meinem Job gesammelt habe, aber das möchtest du nicht. Was ist dann passiert?«

Ich schüttle bekräftigend den Kopf.

»Mit sechzehn verschwand sie komplett von der Bildfläche«, erzähle ich weiter, und mein Herz zieht sich auch nach all den Jahren noch schmerzhaft zusammen, wenn ich daran denke. »Ich war damals einundzwanzig, und es lief perfekt. Mein Leben hätte nicht besser sein können, aber …« Ich atme tief durch, als ich eine Hand auf meiner spüre. Lilly hat nach dieser gegriffen und drückt sie sanft. »Ich habe mir Sorgen um sie gemacht und an bekannten Plätzen für obdachlose Jugendliche gesucht, aber sie war nicht da. Eines … eines Tages … ich … ich glaube, es war kurz nach ihrem siebzehnten Geburtstag, stand sie vor der Tür. Komplett abgemagert, verdreckt, ungepflegt und … und ein Schatten ihrer selbst. Lorraine hat gesagt, dass sie nach Hause will, und … und meine Eltern haben sie natürlich aufgenommen.«

»Lass mich raten?« Lilly seufzt. »Es hat wieder nicht funktioniert, oder? Alles begann von vorne.«

»Ja«, sage ich niedergeschlagen. »Die wenigen Male, die ich sie in den kommenden Monaten gesehen habe, aber umso mehr in Telefonaten mit meiner Mom über sie gehört habe, waren furchtbar. Sie hat unsere Eltern angeschrien und sich geweigert wieder zur Schule zu gehen.«

»Wann war sie das letzte Mal in der Schule?«

»Kurz vor ihrem sechzehnten Geburtstag«, antworte ich. »Sie hat ihren Highschool-Abschluss im Gefängnis gemacht.«

»Oh«, wispert Lilly. »Das ist keine gute Ausgangslage mit einer Gefängnisstrafe auf dem Zettel.«

Ich sage Lilly nicht, dass Lorraine sowohl ein sehr gutes Highschool-Diploma als auch ein makelloses Führungszeugnis hat, wenn sie sich in ein paar Monaten für ihre Zukunft bewirbt. Geld regiert die Welt, und das lernt man am besten, wenn man genug davon hat und sich den einen oder anderen Benefit kaufen kann. Ich habe einige Leute geschmiert, und ich gebe das auch zu. Mit Tickets, mit Dauerkarten, mit Interviews und was sonst noch nötig war, um meiner Schwester eine blütenweiße Weste zu erkaufen. Und ich würde es immer wieder tun. Für Lorraine, für meine Eltern und Großeltern, für Pierce und auch für Lilly würde ich das auf mich nehmen. Sie sind die wichtigsten Menschen in meinem Leben.

»Ganz und gar nicht«, erwidere ich und sehe sie an. »Irgendwann hat sich das Jugendamt eingeschaltet, und Lorraine ist völlig ausgerastet. Sie kam in eine Einrichtung für schwer erziehbare Mädchen in Queens, aber auch von dort lief sie weg.«

»Natürlich tat sie das.« Lilly zuckt mit den Schultern, als hätte sie nichts anderes erwartet. »Wenn die

Kids nicht einsehen, dass wir ihnen helfen, dann bringt das nichts. Wir können ihnen helfen, aber sie müssen es wollen. Einige sind noch nicht so weit, müssen erst noch etwas Schlimmeres erleben, um … um sich helfen zu lassen.«

»Ich habe nie verstanden, warum sie so … so geworden ist«, sage ich. »Wir haben Eltern, die uns lieben, die uns alles ermöglicht haben. Bis heute stehen wir hinter Lorraine, und sie … sie macht so eine Scheiße.«

»Habt ihr sie mal gefragt?«

»Sie antwortet darauf nicht.« Ich schüttle mit dem Kopf. Wenn ich nur daran denke, wie oft ich mit ihr gestritten habe, weil ich eine Antwort verlangt habe. Wie sie uns – mir und unseren Eltern – und letztendlich auch sich selbst das alles zumuten konnte. Ja, ich habe Millionen, und ja, ich zahle alles Geld der Welt, und ich würde sie auch nochmal fünf Jahre im Gefängnis besuchen, wenn ich müsste, aber ich will eine Erklärung. »Sie sagt, sie hat keine.«

»Das ist durchaus möglich«, erklärt Lilly mir ruhig, und ich merke ihr an, dass sie Angst hat, in ein berufliches Muster zu verfallen. »Sie war ein Teenager, und als … als Teenager haben wir alle ein wenig anders getickt, möchte ich sagen.«

Sie holt tief Luft und leckt sich nervös über die Lippen, als würde sie auf meine Erlaubnis warten, weiterzusprechen.

»Bitte sprich weiter«, sage ich leise. »Ich möchte deine Meinung hören.«

»Ich fange mal anders an«, meint sie und schmiegt

sich näher an mich. Sofort lege ich meinen Arm um sie und ziehe sie richtig an mich. Es tut gut, ihren warmen Körper an meinem zu spüren. Ich habe sie wahnsinnig vermisst. »Ich habe mich immer gefragt, warum meine Mom all das getan hat und nach wie vor tut. Dass sie uns nicht liebt, ist mittlerweile offensichtlich.«

»Lilly«, will ich bestürzt auf sie einreden, aber sie würgt mich ab.

»Schon gut«, meint sie. »Früher habe ich auch immer nach dem Warum gesucht, aber es gibt keins. Zumindest keins, das uns hilft. Der Grund bei meiner Mom war, dass sie uns nie wollte. Du … du hast sie gehört. Lesley und ich haben ihr, in ihrer Vorstellung, das Leben ruiniert. Was sie uns angetan hat … dass das mindestens genauso schlimm ist, das ist ihr egal. Um nun den Schlenker zu deiner Schwester zu bekommen.«

Lilly macht erneut eine Pause, und ich ziehe sie wieder näher an mich heran.

»Sie wollte rebellieren, ihre Grenzen austesten und vielleicht – ich sage nur vielleicht – war sie neidisch auf dich.« Ich spanne mich augenblicklich an. »Du warst fünf Jahre älter, der ganze Stolz der Familie und cool in der Schule. Sie war vielleicht … nicht so cool, hatte ihren ersten Liebeskummer, und dann wollte sie raus. Es ist schwer, das alles festzumachen, und ich glaube auch, dass sie keine Antworten hat. Die Frage ist auch, ob das wirklich noch wichtig ist. Das Wichtigste ist und bleibt, dass du und deine Eltern, dass ihr sie nie aufgegeben habt. Dass ihr ihr immer zur Seite steht. Dann wird sie es hoffentlich packen.«

»Das hoffe ich auch«, erwidere ich und hauche

Lilly einen Kuss auf die Haare. »Es ist nur so … so schlimm für mich – für uns –, dass es erst so weit kommen musste. Diese eine Nacht, diese eine Kontrolle … sie … sie hat ihr Leben zerstört.«

»Was ist genau passiert?«, hakt sie nach und sieht zu mir auf. Lillys Mund ist leicht geöffnet, ich lege meine Hand auf ihre Wange und streiche sanft mit dem Daumen darüber. Am liebsten würde ich ihr sagen, wie sehr ich sie liebe und wie gut mir das Gespräch tut. Wie gut sie mir tut, aber das wäre unpassend.

»Das habe ich dir ja schon mal … na ja … angedeutet.«

»Du hast mich angeschrien, aber du kannst es auch ›andeuten‹ nennen.«

»Sie ging mir irgendwann auf die Nerven, und dass sie meinen Eltern auch noch das Jugendamt auf den Hals gehetzt hat mit ihren dummen Aktionen, hat das Fass zum Überlaufen gebracht«, erzähle ich und drücke Lilly fester an mich. Denn jetzt kommt der Teil der Geschichte, den ich mir niemals verzeihen werde. »Ich war auf einer Collegeparty, und da war dieses superheiße Mädchen. Ich stand schon recht lange auf sie, und … und na ja … es sollte mein Abend werden mit ihr.« Ich schüttle über mich selbst den Kopf. Wie dumm ich doch damals war. »Am Ende war sie eine dieser Schlampen, die sich mit dem Quarterback schmücken wollten. Mehr nicht. Lori hat mich an dem Abend angerufen … einige Male, und … und ich habe sie weggedrückt. Ich wollte doch nur feiern gehen und … und mich einen Abend nicht mit ihren Scheißproblemen auseinandersetzen.«

Ein Schluchzen entrinnt meiner Kehle, und ich atme einmal tief durch, um die Fassung nicht zu verlieren.

»Oh, Brook«, wispert Lilly. »Dann wurde sie erwischt?«

»Sie war auf einer Party gelandet mit ihrem ehemaligen Dealer und ein paar Freunden aus alten Zeiten. Lori meinte später zu mir, dass sie nicht wusste, dass die alle da waren. Ich glaube ihr das bis heute nicht, aber wir sprechen nicht mehr darüber. Zwei der Partygäste waren Undercover-Cops in Zivil.«

»Oh, Scheiße.« Lilly keucht und spannt sich an. »Ich kann es mir denken. Die haben ihr kein Wort geglaubt.«

»Nein.« Ich seufze. »Sie haben gewartet, bis eindeutig Drogen auf den Tisch gepackt wurden, und an Lorraine ein Exempel statuiert.«

»Es tut mir so leid, Brook.«

»Ich hätte für sie da sein müssen … Ich … ich hätte …« Ich schluchze, und zum ersten Mal nach all den Jahren bricht etwas aus mir heraus. Natürlich habe ich schon mal geweint wegen der Situation, weil sie wirklich schlimm und belastend für uns ist. Aber noch nie in Gegenwart Dritter. Nicht mal meine Eltern haben mich so gesehen. »Ich hätte für sie da sein müssen. Ich bin ihr großer Bruder. Wenn ich sie nicht … nicht beschütze, wer tut es dann?«

»Brook, bitte!« Lilly richtet sich auf und dreht meinen Oberkörper so zu sich, dass sie mir in die Augen sieht. »Das ist nicht deine Schuld.«

»Ach nein?«, knurre ich und balle die Hände zu

Fäusten. »Ich habe gesoffen, ich habe sie weggedrückt, weil ich scharf auf dieses Mädchen war und …«

»Es ist nicht deine Schuld!« Lillys Stimme ist laut und schrill. Ihre spitzen Fingernägel bohren sich in meine Oberarme, und ihre Brust hebt und senkt sich angestrengt. »Du kannst nichts dafür, Brook. Die Cops waren da nicht zufällig, die hatten Lorraine auf dem Zettel oder ihren Dealer. Wenn man einmal mit diesen Leuten gesehen wird, ist man auf der Liste.«

»Ich weiß«, wispere ich. »Das haben wir alles nach und nach erfahren. Es ging in erster Linie um Craig Sanchez. Er war der Anführer einer Kinderbande in Queens. Die Kids, die noch nicht straffällig werden können, haben für ihn die Drogen vertickt. Lori und er waren mal ein Paar.« Ich schüttle mit dem Kopf. Allein der Gedanke, dass sie sich von diesem widerlichen Bastard hat anfassen lassen, lässt mir die Galle hochkommen. »Sie kannten Lorraine und … und dachten, sie sei seine Komplizin.«

»Das ist oft so«, bestätigt Lilly meine Annahme. »Und dann?«

»Lorraine konnte beweisen, dass sie die Drogen nicht verkauft hat, aber nicht, dass es nicht doch ihre waren«, erwidere ich. »Sie musste dafür ins Gefängnis für fünf Jahre.«

»Scheiße!« Lilly fährt sich durch die Haare und sucht meinen Blick. »Es tut mir leid, Brook. Wirklich … aber … aber warum konntest du darüber nicht mit mir reden? Ich kenne mich aus, und zusammen finden wir ein Programm für Lorraine, um sie wieder in die Gesellschaft einzugliedern und –«

»Genau deswegen«, unterbreche ich sie angespannt. »Meine Schwester ist kein Sozialfall, an dem du deine Erfahrungen veranschaulichen kannst.«

»Das will ich doch gar nicht.«

»Und was sollen diese blöden Bemerkungen von wegen, dass Lorraine in ein Programm zur Wiedereingliederung in die Gesellschaft gehört?«

»Brooklyn.« Lilly klingt entrüstet, sitzt aber nach wie vor nahe bei mir. »Deine Schwester war fünf Jahre im Gefängnis. Du weißt nicht, was sie dort erlebt hat, und auch nicht, was sie auf der Straße erlebt hat mit gerade einmal fünfzehn Jahren. Ich will den Teufel nicht an die Wand malen, aber diese Typen wie Craig sind nicht gerade … zimperlich.«

»Hör auf!« Ich stoße Lilly von mir und stehe auf. Angespannt laufe ich auf und ab. Natürlich weiß ich, dass Lorraine Dinge zugestoßen sein könnten, die sich meiner Vorstellungskraft entziehen. Mir wird schlecht bei dem Gedanken daran, und ich drücke mir reflexartig die Faust vor den Mund, um nicht zu brechen.

»Es tut mir leid«, sagt Lilly, und ich sehe sie an. »So habe ich es nicht gemeint, aber Lorraine war fünf Jahre im Gefängnis. Was haben wir zwischen unserem achtzehnten und dreiundzwanzigsten Lebensjahr alles erlebt? Unsere Collegezeit, unsere Volljährigkeit. Das hatte sie alles nicht. Wenn sie wieder abstürzt …«

»Das wird sie nicht.«

»Wer sagt das?« Sie sieht mich nun herausfordernd an. »Du? Deine Eltern? Ihr wollt nur ihr Bestes, ihr seid nicht die Menschen, die dafür sorgen, dass sie nicht auf die falsche Bahn gerät. Sie braucht professionelle Hilfe. Dass ich das nicht sein kann, ist mir klar, aber es funktioniert nicht so, wie du dir das vorstellst.«

»Ich wusste, warum ich nicht mit dir reden wollte«, erwidere ich und will mich umdrehen, als Lilly nach meiner Hand greift.

»Wag es nicht, abzuhauen«, knurrt sie. »Nicht jetzt, nicht, nachdem du mir alles erzählt hast. Ich bin auf deiner Seite, Brook, aber ich sehe das alles mit mehr Abstand. Ich kenne Lorraine nicht, und ja, mein Job beeinflusst mich, da hattest du sicher nie unrecht, aber ich … ich weiß auch, was ich tue. Vertrau mir. Letztendlich wollen wir alle nur das Beste für deine Schwester.«

Lillys Griff um meine Hand wird lockerer, und sie streicht mit dem Daumen sanft über meinen Handrücken. Dann macht sie einen Schritt auf mich zu und sieht zu mir auf.

»Es ist nur so«, erwidere ich. »Ich will sie nicht nochmal verlieren. Das stehe ich nicht durch.«

»Ich weiß«, sagt sie und schließt ihre Arme um mich, sodass ich sie an mich drücken kann. Mit den Händen streiche ich über Lillys Rücken und drücke sie an mich. »Du kannst mir vertrauen, Brook.«

Ich erwidere nichts, sondern vergrabe meine Nase in ihren Haaren und atme ihren Duft ein.

»Es tut mir leid, dass ich dir das alles verschwiegen habe«, sage ich. »Ich liebe dich, und ich will mit dir zusammen sein.«

Mein Herz schlägt mir bis zum Hals, nachdem die Worte meinen Mund verlassen haben und Lilly sich nicht rührt. Weder drückt sie mich von sich, noch schmiegt sie sich fester an mich.

»Ich verstehe, wenn du noch Zeit brauchst und mir noch nicht verzeihen kannst, weil …«

»Das ist es nicht«, erwidert sie, und ich spanne mich wieder an. »Ich liebe dich auch, Brook.«

Ich atme geräuschvoll aus und habe gar nicht bemerkt, dass ich die Luft angehalten habe. Diese Worte aus ihrem Mund zu hören, bedeutet mir wirklich viel.

»Aber?«, hake ich nach, und Lilly lacht leise.

Sie lehnt sich leicht zurück und sieht zu mir auf. »Wieso erwartest du ein Aber?«

»Nach so einem Satz kommt immer ein Aber«, erinnere ich sie an ihre Worte. »Was ist das Aber?«

»Das Aber ist, dass das vielleicht immer zwischen uns steht. Ich liebe meinen Job, und ich … ich sehe immer wieder Situationen aus beruflicher Sicht. Da kann ich nichts für. Wenn du damit nicht –«

Ich lasse sie nicht ausreden, sondern nehme ihr schönes Gesicht in meine Hände und küsse sie.

»Das Gespräch mit dir war das beste Gespräch zu dem Thema seit Langem«, gestehe ich ihr lächelnd. »Ich … wir … ich meine, meine Eltern und ich, wir werden nie dahinterkommen, was Lorraine damals zu alldem gebracht hat. Vielleicht hast du recht, und sie weiß es selbst nicht mal oder … oder hat es verdrängt und möchte nicht darüber reden. Ich liebe meine Schwester, und ich … ich will nur das Beste für sie.«

»Das habe ich gemerkt«, erwidert Lilly, und ein ehrliches Lächeln stiehlt sich auf ihre Lippen. »Und das finde ich schön, wirklich schön. Sie kann sich sehr glücklich schätzen, dass sie dich hat.«

»Ja«, murmle ich und lege mein Kinn auf ihrem Kopf ab. »Das kann sie wohl.«

»Ich liebe dich, Brook«, versichert Lilly mir nochmal, und ich sehe ihr in die Augen.

»Ich liebe dich auch«, sage ich und lege meine Lippen sanft auf ihre.

25

Lilly

Ich habe mir vorgenommen, meine Gedanken rund um Lorraine und die Situation abzustellen, wenn ich heute auf sie treffen werde. Ich möchte ihr eine faire Chance geben, so wie ich es getan hätte, bevor ich wusste, was sie in ihrem jungen Leben bereits durchgemacht hat. Doch das gestaltet sich schwieriger, als ich gedacht habe. Immer wieder stelle ich mir nun auch die Frage nach dem Warum, die meinen Freund seit so vielen Jahren quält. Meiner Meinung nach würde der Familie eine Therapie guttun, aber ich werde einen Teufel tun und das vorschlagen.

Brooklyn parkt seinen Audi vor einem wunderschönen Reihenhaus, am äußersten Rand von Brooklyn in der Nähe der Verrazzona-Narrows-Brücke nach Staten Island. Sein Elternhaus ist wirklich hübsch. Es ist weiß gestrichen und aus Holz. Eine kleine Veranda, auf die seine Mom liebevoll viele Blumenkästen gestellt hat, sowie eine Hollywoodschaukel sehe ich dort. Der Vorgarten ist ebenso gepflegt. Wir haben Ende November, und es wird nicht mehr lange dauern, bis in New York der erste Schnee fällt. Aber im Sommer wird es ein Blumenparadies sein.

»Deine Mom mag Blumen, oder?«, frage ich, und Brooklyn lacht leise.

»Mögen?« Er sieht mich an. »Sie liebt Blumen.«

»Wir hätten welche mitbringen sollen«, sage ich und schaue ihn traurig an. »Sie hätte sich sehr gefreut.«

»Ich habe dir gesagt, dass du nichts mitbringen musst.« Er drückt mir einen sanften Kuss auf die Lippen. »Ich bin froh, dass du da bist.«

»Ich auch«, erwidere ich. »Und ich liebe dich.«

»Das tue ich auch.« Brooklyn lacht leise und küsst mich nochmal. »Bist du bereit für meine Familie?«

Im ersten Moment stelle ich mich nachdenklich, was ihn dazu veranlasst, die Augenbrauen zusammenzuziehen.

»Natürlich«, erlöse ich ihn und lege meinen Zeigefinger unter sein Kinn, um ihn zu mir zu ziehen. »Bekomme ich noch einen Kuss?«

»Hm«, wispert Brooklyn und drückt seinen Mund erneut auf meinen. Diesmal bleibt es nicht bei einem harmlosen Schmatzer, sondern der Kuss entwickelt sich zu einem heißen Zungenkuss. Er schiebt seine rechte Hand in meine Haare und zieht leicht daran, dass ich aufstöhnen muss. Fuck, er hat mir so gefehlt in den letzten eineinhalb Wochen. Zwischen unserem Versöhnungsgespräch und Duschen plus Fertigmachen mit Outfitsuche war keine Zeit mehr für Versöhnungssex.

Der muss warten bis heute Abend, und das fällt uns beiden enorm schwer. Vor allem weil wir beide wissen, wie heiß der Sex in diesem Auto ist.

»Brook.« Keuchend löse ich mich von ihm. »Wir … müssen … aussteigen.«

»Hast du daran gedacht?«, will er wissen und lehnt sich wieder vor, um meinen Hals mit Küssen zu bedecken. Ich habe mich für ein schwarzes Tunika-Kleid aus durchsichtigem Stoff entschieden, in das ein Unterkleid eingenäht ist. Der Ausschnitt ist nicht zu tief für eine Familienfeier, aber auch nicht züchtig hochgeschlossen. Brooklyn scheint es zu gefallen. Mit seinen Fingern fährt er über den Saum meines Tops, das ich zur Sicherheit noch zwischen Unterkleid und BH gezogen habe. »Wie ich dich damals im Auto gefickt habe?«, vollendet er seine Anspielung.

»Und wenn ich es getan habe?«, erwidere ich und neige meinen Kopf zur Seite.

»Dann bin ich den Rest des Abends hart.«

»Brook.« Ich entziehe mich ihm und schüttle den Kopf. »Sag das nicht.«

»Wieso?«, will er wissen. »Bist du auch scharf?«

»Und wag es nicht, deine Hand unter mein Kleid zu schieben.« Ich fange sie ab und sehe ihm in die Augen. Er erwidert meinen Blick und – verdammt, am liebsten würde ich über die Mittelkonsole klettern und mit ihm vögeln. »Wir sollten aussteigen und einen klaren Kopf bekommen. Bevor ich deinen Eltern unter die Augen trete.«

»Wieso?«, fragt er und stößt die Fahrertür auf. »Hast du Angst, dass sie dir ansehen, dass du dich jetzt lieber ficken lassen würdest, statt mit ihnen zu essen?«

»Brooklyn Webster, du bist …«, kreische ich und suche nach den richtigen Worten, um diesen dreisten Mann zu beschreiben. »Sowas von unmöglich.«

»Und trotzdem liebst du mich, Babe.« Ja, das tue ich.

Wir steigen aus, und ich schließe die Beifahrertür hinter mir. Brooklyn kommt auf mich zu und reicht mir seine Hand. Lächelnd nehme ich sie an und lasse mich an ihn ziehen. »Ich bin froh, dass du hier bist«, flüstert er mir zu und haucht mir einen unschuldigen Kuss auf die Wange. Ich schaue zu Brooklyn auf und nicke.

»Da seid ihr ja«, unterbricht eine weibliche Stimme uns, und ich löse mich von ihm. »Kommt rein, kommt rein.«

In der Tür steht eine Frau Mitte fünfzig. Ich würde sie auf eins siebzig schätzen, ein kurzer brauner Bob und eine goldene Brille rahmen ihr freundliches Gesicht ein. Dazu trägt sie einen schlichten grauen Strickpullover mit V-Ausschnitt und eine Jeans. Die Pumps lassen ihr Outfit festlich wirken.

»Wir kommen schon«, antwortet Brooklyn und verschränkt seine Finger mit meinen, sodass wir gemeinsam auf sie zugehen. Mit jedem Schritt, den wir seiner Mom näherkommen, werde ich nervöser. Ich frage mich, ob sie mich mögen und in ihre Familie aufnehmen werden.

»Hey Mom.« Bei ihr angekommen lässt Brooklyn meine Hand los und umarmt seine Mutter fest. »Schön, dich zu sehen.«

»Ich freue mich auch, dich zu sehen«, erwidert sie und richtet ihren Fokus sogleich auf mich. »Hallo«, grüßt sie freundlich und reicht mir die Hand. »Ich bin Olivia. Du musst Lilly sein.«

»Ja«, sage ich. »Es freut mich sehr, Sie kennenzulernen, Mrs. Webster.«

Ich kann mir nicht vorstellen, sie zu duzen und beim Vornamen anzusprechen. Auch wenn sie das bei mir selbstverständlich gemacht hat, ist sie immer noch die Mutter meines Freundes.

»Das ›Mrs. Webster‹ kannst du weglassen.« Sie lacht herzlich und winkt ab. »Ich bin einfach Olivia.«

»Na gut«, gebe ich mich geschlagen. »Ich bin einfach Lilly. Vielen Dank für die Einladung. Ich habe mich sehr gefreut.«

»Oh, das wird auch Zeit«, erwidert sie und zieht die Augenbrauen hoch, als sie einen Blick auf ihren Sohn wirft. »Es ist schön, die Freundin meines Sohnes, meine zukünftige Schwiegertochter, endlich persönlich kennenzulernen und nicht nur aus der Zeitung.«

»Mom, bitte.« Brooklyn zieht mich stöhnend an sich. »Wir hatten darüber gesprochen.«

»Hatten wir«, erwidert sie. »Aber absolut nicht zu meiner Zufriedenheit. Aber jetzt seid ihr da. Dein Vater und Lori haben bereits Thanksgiving-Football laufen. Ist deine Familie auch so verrückt nach dem Sport?«

Sie sieht mich fast schon theatralisch hoffnungsvoll an.

»Äh …« Ich zögere einen Moment. »Mein Schwager und mein Grandpa mögen es sehr.«

Ich weiß nicht, wie viel Brooklyn seinen Eltern

über meine familiäre Situation erzählt hat, aber ich möchte ihnen nichts vormachen, um am ersten Tag in einem besseren Licht zu stehen. Es ist kein Geheimnis, dass meine Großeltern mich aufgezogen haben. Nicht vor meinen Freunden, meinem Arbeitgeber und noch weniger vor den Eltern meines Freundes.

»Und du?«, will sie wissen, und ich lache leise.

»Durch Brooklyn habe ich es mir öfters angeschaut als vorher, ich werde besser im Regelwerk«, antworte ich ehrlich. »Dennoch ist es sehr viel.«

»Ich habe nach all den Jahren immer noch nicht alles verstanden und finde es viel zu brutal.«

Brooklyn verdreht angesichts der Aussage seiner Mom die Augen, sodass ich ihm in den Bauch boxe. Das gehört sich nicht, und ich kann ihre Sorge nachvollziehen. Mir bleibt auch regelmäßig das Herz stehen, wenn er zu Boden geht und sich krümmt vor Schmerzen.

Von einem Flur, der mit einer Garderobe und einer Kommode ausgestattet ist, gelangt man in den großen Wohn-Essbereich des Hauses. Die Wände sind in einem hellen Beige gestrichen, und die Holzmöbel runden das Bild perfekt ab. Mittelpunkt des Raumes sind die riesige L-förmige Couch und der Flachbildfernseher an der gegenüberliegenden Wand. Auf den Regalen und in den Schränken der Wohnwand stehen viele Bilderrahmen.

»Brooklyn und Lilly sind da«, verkündet Olivia stolz, und ihr Mann und ihre Tochter richten ihre Blicke auf uns.

Mr. Webster sieht aus wie eine ergraute Version

seines Sohnes. Gleiche Statur, gleiche Muskelmassen und sogar der Vollbart ist identisch mit Brooklyns. Er ist definitiv sein Dad.

»Hallo«, begrüße ich die beiden schüchtern und winke ihnen zu. Es muss furchtbar albern aussehen. »Ich bin Lilly.«

»Ich bin George«, erwidert sein Dad sogleich und erhebt sich von der Couch, um auf mich zuzukommen. Er reicht mir freundlich die Hand. »Schön, dich kennenzulernen.«

»Ich freue mich auch«, sage ich und lächle weiterhin. Brooklyns Vater trägt ein blaukariertes Hemd und darunter und ein weißes T-Shirt sowie eine Jeans.

»Ich bin Lorraine.« So wie ihre Mutter ist Lorraine ungefähr eine siebzig groß, hat braune Haare, die offen über ihre Schultern fallen, und ist sehr hübsch. Das muss wohl in der Familie liegen. Sie trägt ein Spitzentop mit einem schwarzen Cardigan darüber und eine Lederleggings. »Freut mich, dich endlich kennenzulernen. Brook hat einen Staatsakt daraus gemacht.«

Auf ihre ehrlichen Worte weiß ich nichts zu erwidern. Aber ich stelle fest, dass ich sie direkt mag. Lorraine ist sehr aufgeschlossen und hat keinerlei Berührungsängste mit mir, obwohl ich ihre Geschichte kenne.

»Ja«, räuspere ich mich. »Aber jetzt bin ich hier. Schön, dich kennenzulernen – Lilly.«

»Du kannst auch gerne Lori sagen«, bietet sie mir ihren Spitznamen an und wendet sich ihrem Bruder zu. »Da hast du aber nochmal die Kurve bekommen, was?«

»Du bist unmöglich.« Er verdreht die Augen und drückt ihr einen Kuss auf die Wange. »Hey Kleines.«

»Hi«, wispert sie und lässt sich von ihm drücken. Lächelnd betrachte ich die beiden. Es ist nicht zu übersehen, wie sehr Brooklyn seine kleine Schwester liebt, aber auch wie sehr Lorraine ihn liebt.

ICH STELLE die letzte Schüssel in der Küche ab und sehe Olivia lächelnd an.

»Das ist die letzte Schüssel«, verkünde ich ihr. »Wie können sie all das essen?«

Olivia hatte wirklich groß aufgefahren zum Essen. Es gab traditionell einen Truthahn mit verschiedenen Beilagen. Für fünf Personen viel zu viel, das dachte ich zumindest, aber zu meiner großen Verwunderung können die Websters ganz schön zulangen.

»Tja.« Sie wischt sich die Hände ab und lacht. »Das frage ich mich schon seit Jahren. Kann ich dich etwas fragen?«

Ein Kloß bildet sich in meinem Hals, und ich nicke langsam. Das ist diese Art von Fragen, die niemand hören möchte, oder? Sie beginnen immer harmlos, und dann sind sie wie ein Schlag in die Fresse. Darum steht auch mein gesamter Körper unter Strom.

»Ich denke, dass Brooklyn es dir erzählt hat, oder?«, will sie wissen. »Dass Lorraine im Gefängnis war.«

»Ja«, antworte ich ehrlich. »Das hat er, und … und es … es tut mir leid, dass ihr diese Erfahrung machen musstet. Meine Mutter sitzt immer wieder im Gefängnis, seit ich mich erinnern kann.« Ich schüttle unwirsch mit dem Kopf. »Ich weiß, wie das ist … all … all die Sorgen, ob sie sich ändern wird und … und es nochmal passiert.«

»Das ist gut.« Ich ziehe die Augenbrauen zusammen. »Oh, entschuldige«, rudert sie sofort zurück. »Natürlich ist es nicht gut, dass du das auch durchmachen musstest. Ich meinte vielmehr, dass es gut ist, dass du ihn verstehst – uns verstehst. Brooklyn braucht jemanden an seiner Seite, der ihn bei dem Thema wieder auf den Boden holt. Er macht sich viele Vorwürfe.«

»Ich weiß.« Ich verflechte meine Finger ineinander. »Aber mehr als zuhören kann ich auch nicht.«

»Das hilft ihm sehr«, erwidert sie und drückt meinen Arm. »Du machst ihn glücklich, das sehe ich ihm an.«

»Er mich auch«, gestehe ich ihr.

Brooklyn kommt zu uns und lächelt zuerst seine Mom und dann mich an.

»Fahren wir nach Hause?«, will er wissen und zieht mich in seine Arme.

»Ich weiß nicht«, murmle ich. »Ist denn … also, haben wir …?« Natürlich möchte ich auch mit ihm allein sein, aber ich möchte seinen Eltern nicht das Gefühl geben, dass ich von ihnen wegwill.

»Oh, natürlich«, ruft Olivia aus. »Ihr möchtet noch etwas Zweisamkeit haben an Thanksgiving.« Als sie uns zuzwinkert, werde ich knallrot im Gesicht. Sie ist eine erwachsene Frau, und wenn sie das Wort ›Zweisamkeit‹ in den Mund nimmt, meint sie damit sicherlich nicht, dass ihr Sohn mir seine Trikotsammlung zeigt. »Ich packe euch noch etwas vom Essen für morgen ein.«

Dann huscht sie an uns vorbei in die Vorratskammer, und ich vergrabe meinen Kopf beschämt an Brooklyns Brust. Er lacht und streicht mit seinen Händen über meinen Rücken.

»Ist dir das peinlich?«, flüstert er.

»Natürlich«, zische ich. »Sie weiß, dass wir Sex haben werden.«

»Lori wird hier übernachten«, teilt er mir weiter mit, ohne auf meine Worte einzugehen. »Wollen wir zu mir fahren, oder möchtest du lieber in deine Wohnung?«

»Nein«, rufe ich aus, und Brooklyn lacht. »Ich meine … ich … ich würde deine Wohnung sehr gern sehen.«

»Gut.« Röte überzieht meine Wangen, und er lehnt sich zu mir vor und küsst mich sanft. »Ich habe nämlich schon einen genauen Plan, wie ich dich nach und nach in jedem Raum ficken werde.«

»Brooklyn, du bist –«

»Hier ist alles für euch drin.« Olivia unterbricht unser Gespräch jäh, und ich löse mich von Brooklyn, um ihr für das Essen zu danken. Hoffentlich hat sie nicht gehört, was er gesagt hat.

»Ich sage schon mal Lori und Dad Tschüss.«

Damit verlässt Brooklyn schmunzelnd die Küche.

Nachdem Brooklyn und ich seine Wohnung, nein, sein Penthouse in Manhattan mit Blick über den Central Park und einer Rundum-Verglasung mit Dachterrasse betreten haben, habe ich anderes im Sinn als Sex. Die Wohnung ist der pure Wahnsinn. Ich habe noch nie so viel Luxus auf einmal gesehen, seitdem ich auf Dans Party gewesen bin.

»Möchtest du einen Wein?«, fragt Brooklyn lächelnd und geht in die Küche. Ich folge ihm und lege meine Unterarme auf der schwarzen Marmorplatte der Kücheninsel ab, während er zwei Gläser aus dem Schrank gegenüber nimmt.

»Trinkst du mit?«

»Nein«, erwidert er und stellt das Glas vor mir ab. »Gestern Abend ist und bleibt eine Ausnahme, Lilly.«

Erst will ich protestieren und sagen, dass er ein Glas trinken kann, aber dann tue ich es nicht. Für Brooklyn war das gestern Abend eine Katastrophe, und ich verstehe, dass er es bei einem Vorfall belassen möchte. Auch wenn wir hier nicht von einem Besäufnis sprechen. Alkohol ist Alkohol, egal in welchen Mengen.

»In Ordnung«, sage ich und beuge mich zu ihm hinüber, um ihn zu küssen. »Du hast eine schöne Wohnung.«

Ich nehme das Glas an mich und gehe zurück zur Fensterfront, um über die glitzernden Lichter der Stadt zu schauen.

»Danke.« Er legt seine linke Hand an meine Hüfte, während er hinter mir steht. Durch die Spiegelung des Fensters sehe ich, dass er ein alkoholfreies Bier in der Hand hat.

»Hast du mal überlegt, was passiert, wenn Jenna und Pierce den nächsten Schritt wagen?«, fragt er in die Stille hinein, und ich sehe ihn durch die Scheibe hinweg an.

»Natürlich«, antworte ich ehrlich. Dann nippe ich an meinem Wein. »Denn ich weiß, dass es nicht ewig so weitergehen kann. Dann suche ich mir eine eigene Wohnung in Queens. Brooklyn kann ich mir nicht leisten. Pierce ist aber nicht der einzige Grund, warum ich mir darüber Gedanken mache. Jenna und ich sind erwachsene Frauen. Es kann nicht ewig so weitergehen.«

»Und was wäre, wenn du … na ja … zu mir ziehst?«, schlägt er plötzlich vor, und ich drehe mich zu ihm um.

»Zu dir?«, frage ich. »Lorraine wohnt auch hier, und außerdem ist es zu früh.«

»Ich meine doch nur, wenn … wenn es so weit ist«, legt er Veto ein. »Rein hypothetisch scheint es dir bei mir zu gefallen.«

Ich seufze und lehne mich gegen die Glasfront. Lächelnd sehe ich zu ihm auf und trinke von meinem Wein.

»Rein hypothetisch interessiert mich diese Frage gerade überhaupt nicht«, lasse ich ihn wissen und nicke ihm zu. »Zieh dich aus, Baby.«

Im ersten Moment noch völlig überrascht von meiner Forderung, stellt er sogleich seine Flasche auf dem Boden ab und sieht mich an. Lächelnd betrachte ich meinen superheißen Freund. Brooklyn greift nach dem Saum seines Pullovers und zieht ihn sich über den Kopf.

»Jetzt das Shirt.« Ich lächle erneut und trinke von meinem Wein.

»Du bist dran«, erwidert er und legt seine Hände an seinen Gürtel. »Runter mit dem Kleid.«

»Oh nein.« Ich schüttle den Kopf. »Mein Kleid ist nur ein Teil, und deine Jeans und Shirt sind zwei.«

»Ist ein Argument.« Er zuckt mit den Schultern und zieht sich das T-Shirt aus. Beim Anblick seines nackten Oberkörpers entweicht mir ein Stöhnen. Diese breiten Schultern, die festen Muskeln und vor allem dieses Eightpack.

Ich trinke den letzten Schluck von meinem Wein und stelle das leere Glas neben mich. Dann streife ich mir ganz langsam das Kleid ab, sodass ich noch das schwarze Top, BH und Höschen trage.

»Du bist dran.« Brooklyns Jeans folgt. Die Beule in seiner Boxershorts ist beachtlich, und es freut mich enorm, dass ihn das Ganze genauso anmacht wie mich. Ohne seine nächste Aufforderung abzuwarten, folgt mein T-Shirt.

Er sieht mich an und kommt auf mich zu.

»Ich liebe dich«, gesteht er mir und nimmt mein Gesicht in seine Hände. Ich lasse mich zurück an die kühle Fensterfront gleiten und öffne meine Lippen, um ihm Einlass zu gewähren.

»Ich liebe dich auch.« Ich seufze in den Kuss hinein, der schnell leidenschaftlicher wird.

EPILOG

Lilly

Eineinhalb Jahre später, New Jersey

Mein Leben hat sich in den letzten eineinhalb Jahren radikal verändert, das stelle ich immer wieder fest, wenn ich die Einfahrt unserer Villa in New Jersey hochfahre. Brooklyn und ich haben uns vor einem Jahr bewusst entschieden, dem Großstadtrummel in Manhattan und Brooklyn den Rücken zu kehren und ins beschauliche New Jersey zu ziehen. Vor allem für Brooklyn hat sich der Weg zum Stadion und Trainingsgelände der New York Gladiators halbiert.

Brooklyn hat uns ein völlig überteuertes und für uns beide viel zu großes Haus gekauft, aber er meinte, dass er das Geld hat und in die Zukunft blickt. Irgendwann bräuchten wir hier Platz für unsere vier Kinder. Ja, er möchte vier Kinder. Bisher ist nicht mal eins in Sichtweite. Zwar habe ich die Pille vor einigen Wochen abgesetzt, aber ich glaube nicht, dass ich so schnell schwanger werde. Immerhin habe ich sie fast zehn Jahre genommen. Mein Körper muss erst mal wieder klarkommen ohne die Hormonpumpe jeden Tag.

Wenige Wochen, nachdem Brooklyn und ich uns versöhnt und zu Weihnachten meine Familie in Colorado besucht haben, hat Jenna mir eröffnet, dass sie und Pierce zusammenziehen möchten. Ich habe diesen Schritt schon lange erwartet. Sie war kaum noch in unserer Wohnung. Immer nur bei ihm, und ein Umzug ihrerseits schien mir die logische Schlussfolgerung. Jenna hat sich schwergetan, mir das zu sagen, aber für mich war es kein Problem.

Brooklyn und ich haben beschlossen, dass ich zu ihm ziehe und Lorraine meine und Jennas alte Wohnung bekommt. So ist sie in unserer Nähe, hat eine gute Bleibe, und Brooklyn weiß sie in Sicherheit. Ihm ist es schwerer gefallen, sie gehen zu lassen nach einem halben Jahr, als ich angenommen habe. Das hat auch zu einigen Spannungen und Streit zwischen uns geführt, da ich ihm nicht selten vorgeworfen habe, dass er keine Zeit mit mir verbringen möchte. Natürlich haben wir uns jedes Mal wieder vertragen, aber es war dennoch nicht einfach.

Seitdem Lorraine ihr eigenes Leben lebt und Brooklyn sie nur noch besuchen kann, ist es besser geworden. Sie studiert Soziale Arbeit an der *New York*

University, so wie ich einst. Auf meine Nachfrage hin, ob ein sozialer Beruf nach einer Vorstrafe wegen Drogenbesitzes überhaupt möglich ist, meinte Brooklyn, dass er das geklärt habe.

Mit anderen Worten: Er hat irgendwen irgendwo geschmiert.

Ich habe diese Aussage hingenommen und nicht weiter kommentiert. Für mich ist das ein absolutes No-Go, aber ich kann ihn verstehen. Ich würde für Lesley das Gleiche tun.

Meine Schwester und Luke sind vor drei Monaten Eltern der kleinen Luna-Lillian geworden. Einige Tage vor ihrer Geburt bin ich nach Old Colorado geflogen, um meine Nichte willkommen zu heißen. Sie ist der ganze Stolz ihrer Eltern und auch ihrer Urgroßeltern, die sie liebevoll umsorgen. Mit Luna haben sie nun endlich die Enkelin, die sie nach Strich und Faden verwöhnen können. Bei Lesley und mir konnten sie das nur selten, da sie als unsere Erziehungsberechtigten unsere Eltern ersetzen mussten.

Von unserer Mutter hören wir sporadisch immer wieder etwas, aber wir bleiben beide hart und ignorieren sie. Vor allem, wenn sie mal wieder Geld braucht. Nachdem Brooklyn und ich unsere Beziehung öffentlich gemacht haben und ich als die Frau an seiner Seite immer mehr in den Fokus der Medien gerückt bin, um meine eigenen Interessen mit seinem Namen durchzusetzen, wollte sie ein Fernsehinterview geben, was mein Freund mit einer ordentlichen Summe Geld und seinen Anwälten im Keim erstickt hat.

Brooklyn hat mich dazu ermutigt, meinen Beruf,

seine Bekanntheit und unsere Geschichte für eine Stiftung zu nutzen, und das habe ich getan. Die *Dory & Kirk Kids Foundation* hilft Kindern und Jugendlichen, wie Lesley und ich es einst waren, genauso wie Lorraine, mit Stipendien für eine gute Schulbildung, das College steht ihnen mit Rat zur Seite, ohne die Behörden zu informieren. Wir haben ein Büro in New York und eines in Denver, das war mir besonders wichtig. Benannt habe ich die Stiftung nach meinen Großeltern. Meinen Beruf in der Einrichtung habe ich mit wachsendem Zulauf zu der Stiftung aufgegeben, aber arbeite immer noch eng mit meinen damaligen Kollegen in der Vermittlung zusammen. Unser Büro in Denver wird von Lesleys Freundin Jane geführt, und meine große Schwester hat ein Auge auf sie und unsere zwei weiteren Angestellten in Colorado.

In New York arbeite ich im Büro, seit Neustem auch Lorraine speziell für Teenager, die Probleme mit ihren guten Elternhäusern haben, so wie sie es einst hatte, außerdem noch zwei Streetworker, die auf den Straßen New Yorks unterwegs sind. Darüber hinaus konnte ich der Einrichtung Claire abwerben. Ich freue mich sehr, dass sie Teil unseres Teams ist.

Lorraine macht die Arbeit mit den Kids erstaunlicherweise großen Spaß, und sie geht vollkommen darin auf, das hätte ich nicht erwartet. Brooklyn hat mich gebeten, ihr eine Chance zu geben, und ich war nicht wirklich angetan, das muss ich gestehen. Er hat aber keine Ruhe gegeben, und ich habe es noch keinen Tag bereut, Lorraine eingestellt zu haben.

Ich parke meinen Audi neben Brooklyns Ferrari in

der Garage und steige aus. Auch wenn ich seit einem Jahr in diesem Luxus lebe, wir ein riesiges Haus haben, mit einem Pool-Haus im Garten, einem Indoor-Pool im Keller sowie Fitnessräumen und einem eigenen Heimkino, kann ich mich immer noch nicht daran gewöhnen. So bin ich nicht aufgewachsen. Brooklyn auch nicht, aber er ist deutlich besser darin, das Geld aus dem Fenster zu werfen. Seufzend greife ich nach meiner neuen Designertasche aus Frankreich. Brooklyn hat sie gekauft und mir dann geschenkt – einfach so, weil er mich liebt.

Ich schließe den Audi ab und gehe ins Haus.

»Baby«, rufe ich. »Ich bin zu Hause.«

Ich schlüpfe aus meinen Pumps, stelle meine Tasche neben der Garderobe ab und gehe in die Küche, wo er auf mich wartet.

»Hey«, sage ich, und er lächelt.

»Hi«, erwidert er. »Du bist früh.«

Brooklyn schließt mich in die Arme, und ich schmiege mich an seinen trainierten Körper.

»Ich dachte, dass ich als Chefin auch mal früher gehen darf.«

»So so«, entgegnet er und setzt mich vor sich auf der Kücheninsel ab. »Als Chefin darfst du das also?«

Ich spreize meine Beine einladend für ihn, sodass mein kurzes Sommerkleid nach oben rutscht. Brooklyn entblößt meine nackten Schenkel. Er lässt seine Hände genüsslich nach oben wandern.

»Ich habe eine Überraschung für dich«, sagt er und küsst meinen Hals.

»Hast du?« Ich seufze, als seine Finger meine Mitte

berühren und er den Steg meines Slips zur Seite schiebt. Brooklyn berührt mein nacktes Fleisch, und ich lege den Kopf in den Nacken. Er lässt seinen Daumen über meine Perle gleiten und dringt mit einem Finger in mich ein.

»Habe ich«, bestätigt er seine Aussage und fingert mich weiter. »Vorher will ich dich ficken.«

Das Rascheln seiner Gürtelschnalle erklingt, und ich spreize meine Beine noch weiter für ihn, sodass er besseren Zugang hat. Brooklyn verreibt meine Feuchtigkeit auf meinem Geschlecht, was mich fast wahnsinnig werden lässt.

»Brook.« Ich stöhne und dränge mich ihm entgegen. Auch nach eineinhalb Jahren Beziehung ist unser Sexleben noch so intensiv wie am ersten Tag. Er weiß genau, was ich mag und wie ich es mag. Selbiges gilt für mich. Wir ergänzen uns perfekt und haben eine Menge Spaß im Bett. Brooklyn verteilt meine Feuchtigkeit zusätzlich auf seinem Schwanz, der bei seiner Behandlung noch weiter anschwillt. Genüsslich sehe ich ihm dabei zu, wie er sich selbst verwöhnt.

»Komm her«, raunt er mir zu und greift nach meinen Schenkeln, um mich an die Kante der Kücheninsel zu ziehen, sodass ich meine Beine um seine Hüften schlingen kann. Er positioniert seine Spitze an meinem Eingang und dringt mit einem festen Stoß in mich ein. Stöhnend werfe ich den Kopf in den Nacken und gebe mich seinem Rhythmus hin. Meine Finger krallen sich in seine Haare, und ich ziehe seinen Kopf zurück, um ihn zu küssen.

Wir schlafen schon lange ohne Kondom miteinander, weil zu einem bestimmten Zeitpunkt in unserer Beziehung klar war, dass die Pille als Verhütungsmittel ausreicht und wir beide gesund sind. Brooklyn weiß nicht, dass ich vor ein paar Wochen die Pille abgesetzt habe. Ich habe es ihm bisher nicht gesagt, weil ich ihn nicht enttäuschen möchte, falls ich nicht schwanger werde. Ich denke aber, dass das nicht richtig ist. Falls er doch noch keine Kinder möchte und ich ihn mit einer – für ihn ungewollten – Schwangerschaft überfalle, wäre das furchtbar.

»Brook.« Ich keuche und löse mich von ihm, sodass er sein Tempo drosselt.

»Ja?«, will er wissen und sieht mich mit lustverhangenen Augen an.

»Ich muss dir was sagen.«

»Jetzt?«

»Ja«, erwidere ich, »ich habe die Pille abgesetzt.«

Er hält augenblicklich inne und sieht mich mit großen Augen.

»Du … du hast die Pille abgesetzt?« Er klingt so ungläubig, dass mein Herzschlag sich verdoppelt.

»Bist du sauer?«, frage ich. »Ich … ich kann sie jederzeit wieder nehmen.«

»Gott nein«, ruft er fast schon aus und küsst mich. »Ich bin nur so wahnsinnig überrascht. Du wolltest doch noch keine Kinder.«

»Ja, ich weiß.« Lächelnd streichle ich mit meinen Fingerspitzen über seinen Nacken. »Aber seitdem Luna auf der Welt ist, sehe ich das etwas anders. Noch dazu ist Jenna schwanger.«

»Oh, Baby.« Er seufzt. »Das ist die schönste Nachricht des Tages.«

»Hm«, flüstere ich und küsse ihn erneut, während er sein Tempo wieder aufnimmt.

BROOKLYN und ich betreten Hand in Hand die luxuriöse Dachterrasse eines der angesagtesten Restaurants in Manhattan. Er hat uns einen Tisch reserviert, aber ich wundere mich dennoch, dass die gesamte Dachterrasse leer ist. Die Sonne geht am Horizont unter und taucht die gläsernen Fronten der Wolkenkratzer um uns herum in ein wunderschönes Licht. Ich gehe zum Geländer und lege meine Hände darauf, ehe ich in die Ferne über den Central Park schaue. Draußen in New Jersey ist der Sonnenuntergang viel schöner. Die Wolkenkratzer verdecken einfach zu viel.

Ich bin froh, dass wir es uns leisten können, ein großes Haus auf dem Land, wie Brooklyn New Jersey sieht, zu bewohnen. Unsere Kinder in diesem Großstadtdschungel aufwachsen zu lassen, ist nicht richtig. Auch wenn ich es manchmal vermisse, nicht mehr in der Stadt zu leben, ist mir unser Zuhause in New Jersey so viel mehr wert. Keine Sirenen, keine Massen, die durch die Straßen hetzen, kein Hupen und all die anderen typischen Geräusche in New York. Es ist einfach besinnlich, und ich mag das. Es ist so, wie ich es aus meiner Kindheit kenne, und das möchte ich auch für meine Kinder. Je länger ich mich mit dem Gedanken, eine Familie zu gründen, auseinandersetze, desto mehr möchte ich es auch wahrmachen.

»Woran denkst du?«, fragt Brooklyn, als er hinter mich tritt und mir einen Kuss auf die Wange gibt.

»An zu Hause.« Ich lehne mich an ihn. »Und daran, dass unser Haus die gleiche Ruhe bietet.«

»Es ist ein guter Ort, um Kinder großzuziehen.« Ich muss leise lachen, dass er bereits von dem Thema spricht.

»Du glaubst doch nicht, dass du bereits getroffen hast, oder?« Ich drehe meinen Kopf leicht, um Brooklyn anzusehen.

Er grinst verschmitzt und haucht mir einen Kuss auf die Lippen. »Aber sowas von«, erwidert er. »Ich habe mir besonders viel Mühe gegeben diesmal.«

»Oh, Brook!« Ich schlage ihm kopfschüttelnd auf die Brust. »Du bist unmöglich.«

»Vielleicht«, meint er. »Hier. Lass uns ein Foto für meine Eltern und deine Großeltern machen.«

Er drückt mir sein iPhone in die Hand.

»Okay«, sage ich irritiert von seinem Vorschlag und nicke. Ich finde das Motiv auch wunderschön, aber nicht so spektakulär, dass wir ein Foto für sie machen müssen. Wir haben so viele schöne Fotos von uns, die sie noch nicht kennen. Dennoch gebe ich mich geschlagen und nehme das iPhone an mich. Stöhnend stelle ich fest, dass er die Frontkamera angeschaltet hat. Das ist typisch Brooklyn, dass er das nicht kontrolliert.

»So, jetzt habe ich …« Ich hebe das iPhone an und sehe, dass er nicht mehr hinter mir steht. »Brook? Wo bist du denn?«

Er räuspert sich.

Als ich mich umdrehe und nach ihm schauen will, lasse ich vor Schreck das iPhone fallen.

Brooklyn kniet vor mir, in seiner Hand eine geöffnete hellblaue Schatulle, in der ein wunderschöner Diamantring funkelt.

»Lillian Mosley«, nennt er mich bei meinem vollen Namen und schluckt. Dabei zuckt sein Adamsapfel verräterisch. Tränen steigen mir sofort in die Augen. Mir ist klar, was dieser Moment bedeutet, und ich schluchze bereits, bevor er auch nur ein weiteres Wort gesagt hat. »Du bestes Doppeldate meines Lebens.« Ich muss leise lachen, als er unser Kennenlernen erwähnt. »Lilly, du bist mir vom ersten Kennenlernen an nicht aus dem Kopf gegangen. Ich wollte unbedingt wissen, wer die Frau ist, die mich so umgehauen hat. Ich glaube, dass es Liebe auf den ersten Blick war. Bei uns beiden. Bestreite es ja nicht. Du bist das Beste, was mir je passiert ist. Meine bessere Hälfte, meine beste Beraterin, meine härteste Kritikerin und engste Freundin. Ich kann mir keine andere Frau vorstellen, mit der ich eine Familie gründen möchte und mein Leben verbringen. Willst du mich heiraten?«

Siedend heiße Tränen schießen wie Sturzbäche aus meinen Augen. Meine Wangen müssen völlig durchnässt sein, und ich weiß nicht, ob er das zierliche »Ja«, das aus meinem Mund kommt, überhaupt bemerkt. Doch als er nach meiner linken Hand greift und mir den Ring überstreift, weiß ich, dass er es gehört hat.

»Ja.« Ich schluchze wieder, und Brooklyn steht auf und küsst mich. »Ja, ich will deine Frau werden.«

Er hebt mich hoch und dreht mich einmal im Kreis. Ich lege meine Arme um seinen Hals und küsse ihn wieder und wieder. Mein Herz rast in meiner Brust, und die Freudentränen wollen nicht aufhören zu fließen.

»Ich will dich heiraten«, sage ich noch einmal ein wenig gefasster.

»Sie hat Ja gesagt«, ruft er plötzlich, und ich denke bereits, dass er damit ebenfalls seine Freude über den angenommenen Heiratsantrag informieren möchte, als die verglaste Tür zum Restaurant-Inneren aufgeht und unsere Familien und Freunde zu uns treten.

»Was zum …?« Brooklyn lässt mich wieder herunter und hebt dabei sein iPhone auf, das er in seiner Hosentasche verschwinden lässt. Das Gerät hatte ich völlig vergessen. »Was macht ihr denn hier?«

Meine Großeltern sind da sowie meine Schwester und Luke mit Luna auf dem Arm. Dazu kommen Brooklyns Eltern, Lorraine, Pierce und Jenna, die im neunten Monat schwanger ist, sowie Dan.

»Oh, mein Kind«, ruft meine Grandma und kommt als Erste auf uns zu. Brooklyns Mutter folgt ihr. »Du heiratest.«

Statt mich in den Arm zu nehmen, reißt meine Grandma an meiner linken Hand und betrachtet den Verlobungsring.

»Gefällt mir«, sagt sie ruhig und lächelt mich warmherzig an. »Ich freue mich so sehr für dich.«

»Danke Grandma«, erwidere ich und drücke sie fest.

Als Nächstes gratulieren uns Brooklyns Mom sowie sein Dad und mein Grandpa.

»Meine kleine Schwester heiratet«, quietscht Lesley und drückt mich an sich. »Und zeig den Ring. Der ist noch schöner als auf dem Foto.«

»Du wusstest es?« Im nächsten Moment schlage ich mir innerlich mit der Hand vor die Stirn. »Natürlich wusstest du es. Ihr wusstet es alle.«

»Nein«, erklärt Lesley. »Brook hat mich ein paar Tage nach Lunas Geburt angerufen und gefragt, ob es zu früh ist. Ich habe ihm gesagt, dass es dafür definitiv nicht zu früh ist. Ob Pierce und Jenna es wussten, das weiß ich nicht, aber Grandma, Grandpa und Luke dachten, dass wir dich nur so überraschen.«

»Oh, wow.« Ich umarme meine beste Freundin, die nicht mehr lange schwanger sein wird. »Wusstest du es?«

»Ja«, sagt sie. »Brook hat nach einem Ring von mir gefragt. Er brauchte ihn für die Maße und wusste, dass du es merken würdest, wenn einer von deinen fehlt. Also hat er einen von mir genommen. Eure Großeltern und Brooks Eltern haben es erst heute erfahren.«

»Okay«, sage ich und umarme auch Luke und Pierce.

Nachdem alle uns gratuliert haben, gehen wir uns Innere des Restaurants, das Brooklyn für uns gemietet haben muss.

Eine lange Tafel ist feierlich gedeckt, und an der gegenüberliegenden Wand ist ein Bogen aus goldenen und weißen Luftballons. Darauf steht ›She said yes‹.

»Wow«, sage ich. »Ist das schön. Ihr habt euch so viel Mühe gegeben.«

»Gott sei Dank«, meint Brooklyn und zieht mich unter den Bogen. »Hättest du nein gesagt …«

»Ach komm schon.« Lachend sehe ich ihn an. Meine Augenbrauen wandern wissend in die Höhe. »Du wusstest, dass ich nicht Nein sage.«

»Ja, okay«, gibt er zu. »Das hätte mich gewundert. Was nicht heißen soll, dass ich weniger nervös war. Ich hatte alles geplant, und wäre nur eine Sache schiefgegangen, wäre ich durchgedreht.«

»Es ist perfekt.« Ich verdrücke erneut eine Träne. »Und alle sind hier. Es ist wunderschön.«

»Ich liebe dich, meine Verlobte.« Er küsst mich. »Lillian Webster – ich kann es kaum erwarten.«

Wir küssen uns erneut, als ein Schrei erklingt.

»Oh, bitte nicht heute«, ruft Jenna, und ich fahre herum. Pierce und Lorraine stützen sie, während Brooklyns Mom vor ihr hockt. »Heute passt mir wirklich gar nicht, kleiner Mann.«

Ich brauche eine Sekunde, um zu begreifen, dass bei meiner besten Freundin die Wehen eingesetzt haben.

»Wir müssen ins Krankenhaus.« Dan fuchtelt aufgeregt mit den Händen in der Luft hin und her. »Ich fahre euch.«

»Ich komme mit«, sagt Lorraine, während Pierce seine hochschwangere Freundin hochhebt und aus dem Restaurant trägt.

An Brooklyn und mir läuft das alles vorbei wie ein Film.

»Gehört das auch zu deinem Plan?«, frage ich kurzzeitig verwirrt und sehe ihn mit großen Augen an.

»Verdammt nein«, ruft er und greift nach meiner Hand. »Das Baby sollte doch erst übermorgen kommen.«

THE END

ÜBER DIE AUTORIN

Mrs Kristal schreibt seit 2012. Ihre ersten Geschichten über Fußball entwickelten sich über die Jahre zu richtigen Büchern. Irgendwann wechselte sie den Kontinent und schrieb fortan über American Football.

2021 veröffentlichte sie ihre erste College-Romance als Selfpublisherin. In ihren Büchern stehen neben dem Sport auch immer die große Liebe und Freundschaft im Vordergrund. Besonders am Schreiben liebt sie, dass sie in andere Welten eintauchen und ihre Charaktere auf einem langen Weg begleiten kann – und am Ende gibt es auch immer ein Happy End.

Geboren 1993 in Hessen, ist sie ein echtes Dorfkind, studierte Medienwissenschaft und lebt zusammen mit ihrem Kater in einer WG. Wenn Mrs Kristal nicht schreibt, verbringt sie Zeit mit ihren Freunden, der Familie und ist auf Weltreise. Einer ihrer größten Wünsche: Die Länder, Städte und Stadien, von denen sie schreibt, einmal im Leben gesehen zu haben!